Luna

TIREL

et Archives
ves Canada

Luna

LA CITÉ OCÉANE

ÉDITIONS
MICHEL
QUINTIN

Catalogage avant publication de Bibliothèque[...]
nationales du Québec et Bibliothèque et Archi[...]

Tirel, Élodie

Luna

Sommaire: 9. La cité océane.

Pour les jeunes.

ISBN 978-2-89435-552-7 (v. 9)

I. Titre. II. Titre: La cité océane.

PZ23.T546Lu 2009 j843'.92 C2009-940443-5

Illustration de la page couverture: Boris Stoilov
Illustration de la carte: Élodie Tirel
Infographie: Marie-Ève Boisvert, Éd. Michel Quintin

La publication de cet ouvrage a été réalisée grâce au soutien financier du Conseil des Arts du Canada et de la SODEC.

De plus, les Éditions Michel Quintin reconnaissent l'aide financière du gouvernement du Canada par l'entremise du Fonds du livre du Canada pour leurs activités d'édition.

Gouvernement du Québec – Programme de crédit d'impôt pour l'édition de livres – Gestion SODEC

ISBN 978-2-89435-552-7
Dépôt légal – Bibliothèque et Archives nationales du Québec, 2012
Dépôt légal – Bibliothèque et Archives Canada, 2012

Éditions Michel Quintin
C. P. 340, Waterloo (Québec)
Canada J0E 2N0
Tél.: 450 539-3774
Téléc.: 450 539-4905
editionsmichelquintin.ca

1 2 - A G M V - 1

Imprimé au Canada

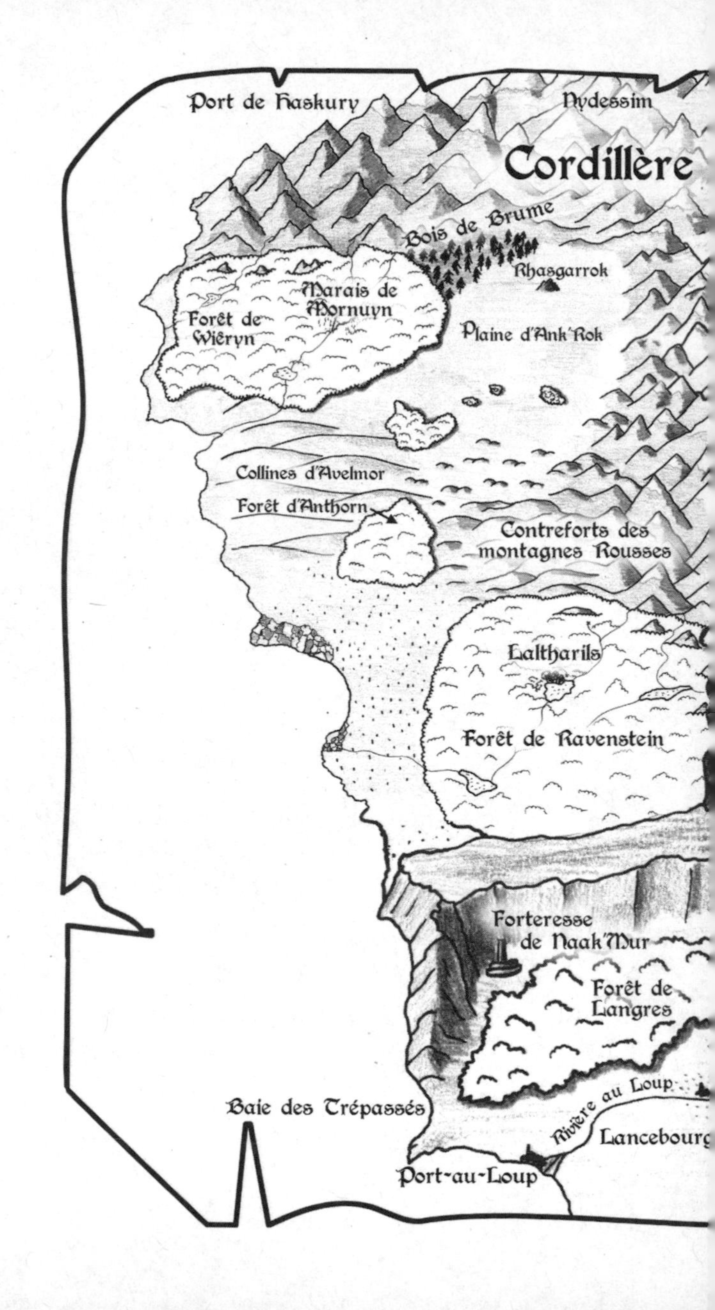
Port de Haskury
Nydessim
Cordillère
Bois de Brume
Rhasgarrok
Marais de Mornuyn
Forêt de Wiëryn
Plaine d'Ank'Rok
Collines d'Avelmor
Forêt d'Anthorn
Contreforts des montagnes Rousses
Laltharils
Forêt de Ravenstein
Forteresse de Naak'Mur
Forêt de Langres
Rivière au Loup
Baie des Trépassés
Lancebourg
Port-au-Loup

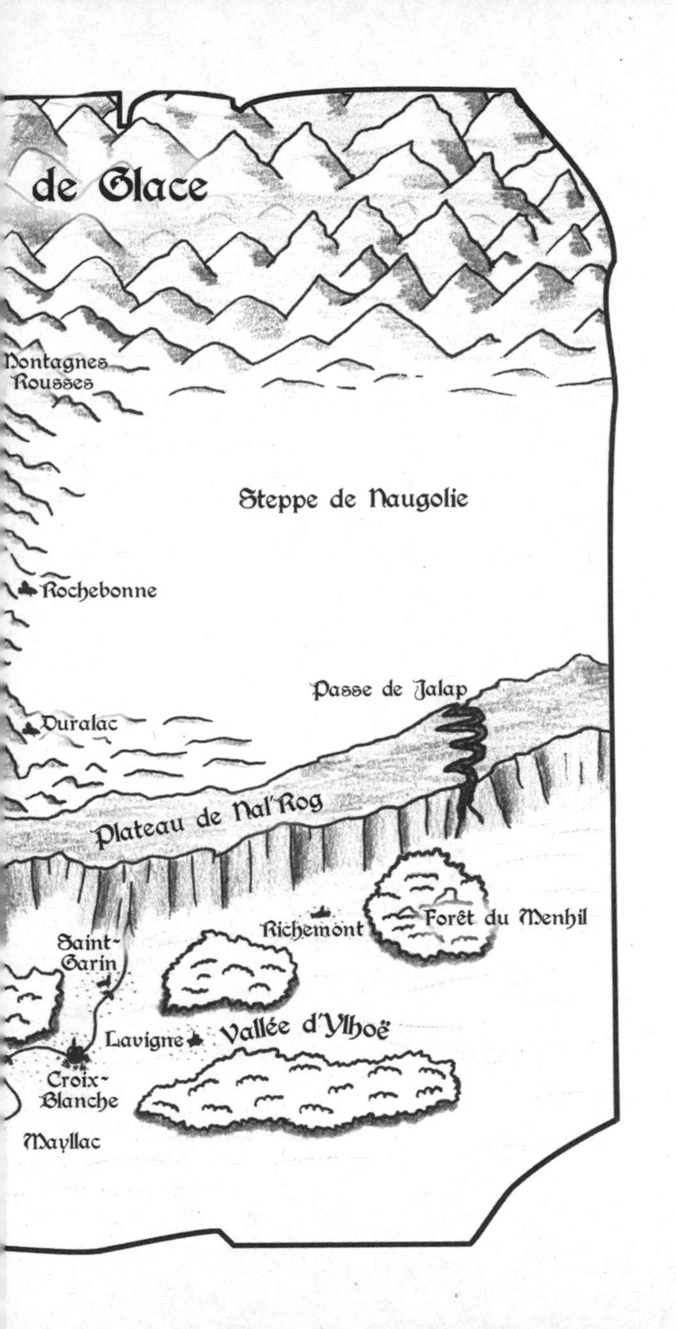

de Glace
Montagnes
Rousses
Steppe de Naugolie
Rochebonne
Passe de Jalap
Duralac
Plateau de Nal'Rog
Richemont
Forêt du Menhil
Saint-
Garin
Lavigne
Vallée d'Ylhoë
Croix-
Blanche
Mayllac

PROLOGUE

La nuit était belle. Des milliers d'étoiles piquetaient le velours marine du firmament. Sur la petite île de Tank'Ylan, seules les stridulations des grillons facétieux troublaient le silence parfait de ce début d'automne. Tous les habitants dormaient paisiblement. Tous, sauf un.

Phyllis n'avait pas sommeil. La jeune fée aurait dû être fatiguée après le dur labeur de la journée. De récolter le nectar des dernières fleurs de l'été avant qu'elles fanent s'était révélé bien plus épuisant qu'elle ne l'avait imaginé. Pourtant, lovée dans la corolle d'une orchidée sauvage agrippée à la falaise, elle ne parvenait pas à fermer l'œil. Elle songeait encore au scarabée doré qu'elle avait sauvé cet après-midi-là en l'extirpant des soies collantes d'une toile d'araignée géante. Sans elle, le malheureux insecte aurait été saucissonné, liquéfié, absorbé et digéré par un horrible arachnide. Cette idée la fit frissonner malgré la chaleur. Heureusement qu'elle avait détruit la toile ! Cette sale bestiole ne tuerait personne au cours de la nuit.

Phyllis se tourna de l'autre côté et se força à fermer les yeux. Le parfum de la fleur qui l'abritait des regards indiscrets emplit ses narines de saveurs sucrées. Quel privilège, de passer ses nuits au cœur des plus belles fleurs de l'île ! Ma'Olyn avait eu raison de choisir cet endroit. La falaise était un lieu inaccessible et, depuis que son clan avait migré là, plus aucune de ses sœurs n'avait été attaquée. La fée soupira de contentement et essaya de faire le vide dans son esprit pour se laisser emporter par de douces rêveries.

Mais, au bout d'une heure à tourner dans tous les sens, elle s'avoua vaincue. Elle se redressa, en nage, et s'agenouilla dans la corolle. Sans un bruit, elle écarta un pétale écarlate et glissa sa tête à l'extérieur. La brise, tiède et légère, rafraîchit agréablement son visage, tout en faisant onduler sa chevelure émeraude. Phyllis songea qu'une petite promenade nocturne lui ferait du bien. Mais la voix sévère de Ma'Olyn résonna aux tréfonds de sa conscience. La guérisseuse supérieure leur avait formellement interdit de se déplacer seules, surtout la nuit.

Phyllis hésita, aspira goulûment une gorgée d'air frais et contempla les milliers de têtes d'épingle argentées qui luisaient dans le ciel. La tentation d'une balade nocturne fut finalement plus forte que l'interdiction. Ne pouvant résister, elle se pencha au-dessus du vide et agita doucement ses délicates ailes translucides. Comme pour balayer ses dernières réticences, elle se fit la réflexion que les recommandations de Ma'Olyn n'avaient plus lieu d'être puisque, depuis qu'elles vivaient en hauteur, aucune attaque n'avait été déplorée, ni dans leur clan ni dans les autres. La menace qui planait sur l'île semblait bel et bien avoir disparu.

Alors qu'elle s'élançait du haut de la falaise, la fée finit de se convaincre en se disant qu'après tout la chef de clan ne découvrirait jamais son escapade, vu que tout le monde dormait à poings fermés. Personne ne saurait jamais qu'elle avait bravé ses ordres.

L'esprit léger, Phyllis quitta son refuge dans un scintillement argenté. Sous la pâle lueur du croissant de lune, elle survola l'épaisse forêt tropicale qui recouvrait l'île. La douce fraîcheur de la nuit exhalait des parfums sauvages, intenses, inédits. La fée se gorgea des fragrances des catalpas en fleurs, de l'humus humide, des algues échouées sur la plage. Ces subtils mélanges la ravissaient. Sans qu'elle l'ait vraiment prémédité, ses ailes l'emmenèrent au-dessus de la clairière où elle avait sauvé le scarabée. Elle sourit en imaginant l'araignée dépitée devant sa toile abîmée, qui passait sa nuit à travailler d'arrache-pied pour la réparer. Espiègle, Phyllis se dit qu'il serait amusant de ruiner à nouveau ses efforts.

Aussitôt pensé, aussitôt décidé ! Elle piqua vers la petite prairie, longea les troncs rugueux des palmiers, évita les lianes sournoises et se glissa entre les fougères géantes. Quelques gouttes de rosée perlèrent sur sa robe végétale sans toutefois la mouiller. En s'approchant sans bruit du repaire de l'araignée, la fée avisa une épaisse brindille sur le sol. L'arme idéale pour emmêler et arracher les fils collants. Elle s'en saisit et reprit sa progression silencieuse quand soudain l'angoisse l'envahit. Et si l'araignée était là, tapie dans un coin sombre, à attendre que se présente l'impudente qui avait osé lui ravir sa proie afin de se venger ?

Phyllis s'arrêta brusquement, tous ses sens en éveil. Elle n'entendit rien de suspect et ne vit rien d'anormal, mais un mauvais pressentiment s'insinua dans son esprit. Elle était certaine que quelqu'un ou quelque chose se tenait immobile et l'épiait. Son instinct sauvage ne la trompait jamais. Une présence hostile et invisible la guettait dans l'ombre de la nuit. Un frisson de peur hérissa sa peau claire. Soudain oppressée parmi ces plantes exubérantes qui pouvaient cacher n'importe quel ennemi, elle s'éleva d'un rapide coup d'ailes pour se poser sur une branche en hauteur. Elle replia ses ailes dans un nuage de poussière d'argent et observa les alentours, le cœur battant.

Elle ne vit pas venir la main griffue qui l'attrapa brusquement.

La pression brutale lui coupa le souffle. Une douleur fulgurante jaillit de ses côtes comprimées. Elle voulut hurler, mais son cri se perdit dans l'atmosphère confinée d'une prison hermétique. Son agresseur venait de la jeter sans ménagement dans une sorte de flacon. Alors, les secousses commencèrent, infernales, insoutenables. De chaotiques mouvements la propulsèrent en tous sens et de plus en plus violemment contre les parois translucides. Impossible d'amortir les chocs. Phyllis ferma les yeux et tenta d'ignorer la souffrance. C'était comme si son crâne allait exploser. Mais ses ailes cédèrent avant. Les fines membranes ne purent résister longtemps à la brutalité du traitement. Elles finirent par se déchirer en libérant une nuée de paillettes argentées. De douleur, Phyllis perdit connaissance.

L'air frais la ranima d'un coup lorsqu'elle fut brusquement extirpée du flacon. Toujours prisonnière de la poigne d'acier, elle regarda autour d'elle, terrifiée. Ce qu'elle vit la tétanisa.

La chose qui la tenait serrée dans son poing était la créature la plus gigantesque et la plus effroyable qu'elle eût jamais vue. Les écailles bleutées qui recouvraient son corps luisaient sous la lune telles des lames de rasoir affûtées. La tête, grotesque, ne possédait pas d'yeux ni de nez. Seule une bouche démesurée fendait la face blafarde et repoussante. Mais, le pire, c'était cette deuxième main figée à vingt centimètres d'elle. Ce n'était pas les griffes crochues qui effrayaient la fée, mais bien le gros œil globuleux serti au milieu de la paume qui la fixait sans ciller. La pupille d'un noir profond tranchait avec le jaune laiteux de l'iris. Outre l'incongruité anatomique, ce regard suintait la malveillance et la perversité.

Phyllis avait tellement peur qu'elle en oublia la souffrance qui résonnait dans son corps meurtri. La main semblait attendre le moindre mouvement de sa part pour fondre sur elle et l'écharper. Retenant son souffle, immobile, la fée s'interdit de prendre panique et pria, terrorisée, pour que la chose finisse enfin par la relâcher.

Un bruit humide de succion lui glaça soudain le sang. Phyllis leva les yeux. Le monstre venait d'ouvrir la bouche. La fée sut que sa dernière seconde était arrivée.

D'un coup aussi bref que précis, les trois rangées de dents aiguisées comme des poignards sectionnèrent la tête de la fée. L'immonde créature rejeta le petit corps décapité dans les fougères et s'en retourna en direction de la plage.

Avant de disparaître dans l'océan noir, le monstre passa une langue visqueuse sur la goutte de sang qui perlait au coin de ses lèvres et pressa contre lui le flacon plein de poudre argentée, comme s'il s'agissait d'un véritable trésor.

1

Quelques semaines plus tard, au beau milieu de la nuit, deux silhouettes encapuchonnées rasaient les murs des quais de Port-au-Loup. Les individus venaient de quitter l'un des infâmes bouges qui pullulaient dans ce quartier mal famé et semblaient pressés de mettre les voiles. Fuyant la clarté laiteuse de la lune, ils se glissaient dans un silence parfait entre les cabanes de pêcheurs, évitaient les monticules de filets emmêlés et les seaux abandonnés. À un moment, l'un d'eux tendit le bras pour désigner la majestueuse frégate que berçaient doucement les eaux du port. L'autre acquiesça d'un hochement de tête, mais ne s'attarda pas.

Sans faire grincer les planches de bois des pontons, sans se concerter ni se regarder, mais dans une parfaite synchronisation de mouvements, les deux silhouettes s'éloignèrent rapidement, comme de fugaces fantômes. Une telle prouesse était impossible pour de simples humains. Seules certaines races possédaient la faculté de se mouvoir ainsi, avec grâce et légèreté. Hélas ! les elfes n'étaient pas les bienvenus à Port-au-Loup. Voilà pourquoi Kendhal et Luna tenaient tant à regagner la campagne environnante, déserte à cette heure indue. Ils avaient pris des risques énormes en s'aventurant dans la ville portuaire. Mais le jeu en valait la chandelle.

— Alors, qu'en penses-tu ? souffla Kendhal à son amie, dès qu'ils furent suffisamment loin de toute habitation.

— À mon avis, il est fiable. Je crois qu'on peut lui faire confiance.

— Tu as réussi à lire dans son esprit ?

— Oui, et je n'y ai décelé aucune fourberie. Ce qu'il veut, c'est de l'or. Si nous pouvons lui en fournir assez, il nous emmènera où bon nous semble. Il est cupide, mais pas stupide. Il ne cherchera pas à nous tromper.

— Pourtant, il n'a pas sauté de joie à l'idée de s'aventurer aussi loin des côtes. Il nous a bien précisé qu'il commandait une frégate commerciale. Il est habitué à transporter des marchandises d'un port à un autre et n'a rien d'un aventurier avide de sensations fortes.

— C'est vrai, admit Luna, mais, depuis que les villes humaines des terres du Nord ont été détruites par les drows, les affaires ne sont plus aussi florissantes qu'avant. Le capitaine Oreyn est conscient qu'il ne trouvera pas meilleure offre que la nôtre avant longtemps.

Kendhal hocha la tête sans rien ajouter, mais sa moue indiquait clairement son scepticisme. Il s'empara de la main de Luna et l'entraîna sur un sentier bordé de joncs de mer qui s'enfonçait à l'intérieur des terres. L'air était doux et embaumait l'iode et les algues. Tout semblait si calme, si paisible ! Luna soupira longuement.

— Qu'y a-t-il ? s'enquit son compagnon.

— Rien, enfin, si, confessa-t-elle en serrant plus fort sa main. Je pensais à Laltharils, à l'esprit de Ravenstein toujours prisonnier de ma sœur et à tous ceux que nous avons perdus. Tout s'est passé tellement vite ! Si vite qu'on pourrait se croire dans un mauvais rêve. Parfois, je me dis que je vais me réveiller, que l'attaque de Laltharils ne s'est jamais produite. Mais la réalité finit par me rattraper et mon cœur se met à saigner. Tout ce gâchis, ça fait mal. C'est comme une profonde blessure qui ne se refermera jamais. Tu vois, Kendhal, je n'ai passé là-bas que trois ans de ma vie et pourtant ma tête est remplie de souvenirs tellement forts, tellement intenses que je souffre le martyre chaque fois que j'y pense.

— Je sais ce que tu ressens. Deux fois j'ai vu ma ville tomber sous les coups des drows et, la dernière image que je garde d'Aman'Thyr, c'est celle d'un tas de ruines fumantes qui se consumaient sur le cadavre de mon père. Je suis bien placé pour comprendre qu'on ne sort jamais indemne d'une telle tragédie. Mais, l'important, Luna, c'est de continuer à vivre. Et c'est ce que nous allons faire, tous ensemble. Nous sommes une communauté soudée et nous reconstruirons une cité cosmopolite comme le voulait ton grand-père.

— Oui, mais où ? murmura la jeune fille qui semblait bien lasse, soudain.

— Allons, Luna, ne sois pas si défaitiste, enfin ! Nous savons que la forteresse de Naak'Mur n'est pas l'endroit rêvé. Elle est trop sombre, trop décrépie, trop dangereuse…

— Et trop près des drows !

— Tout à fait. Cela ne fait qu'un mois que nous nous sommes réfugiés entre ces murs et déjà l'enfermement nous pèse. Nous sommes tous d'accord là-dessus. Je te rappelle que c'est pour cette raison que nous cherchons un nouvel endroit pour nous établir.

— Je le sais bien, soupira-t-elle à nouveau, mais, pour les avoir fréquentés, je sais que les humains n'accepteront jamais notre présence dans leur vallée. Regarde, même pour nous approvisionner à Mayllac, nous devons nous déguiser en forains. Et heureusement que nous avons de l'or, sinon ils nous rejetteraient comme des malpropres !

— Hum, je dois admettre qu'en ce qui concerne les Portlouviens tu ne t'étais pas trompée. Quelle méfiance dans leurs regards, quel mépris dans leurs propos ! Sans parler du gouverneur qui n'a même pas daigné nous recevoir ! Nous venions en amis et ils nous ont traités comme des pestiférés.

— C'est pour cela que nous avons fini avec la racaille du port, dit Luna, amusée. Et, c'est tant mieux finalement, sinon nous n'aurions jamais rencontré le capitaine.

Kendhal leva les yeux au ciel.

— Quand je pense aux humains des terres du Nord ! Ils étaient nettement moins bornés. Le gouverneur d'Anse-Grave nous avait même hébergés dans sa ville avant notre exil à Laltharils.

— C'est vrai, mais les habitants d'Anse-Grave, de Belle-Côte et même d'Eaux-Vives avaient conscience de n'être que des colons. Les terres du Nord appartenaient aux elfes depuis des milliers d'années. Ils étaient venus s'installer là pour faire du commerce avec nous. Ils avaient appris à nous connaître et à nous apprécier. Les humains de cette vallée sont radicalement différents.

— Si je comprends bien, selon toi, la seule chance de trouver un lieu idéal pour notre future ville, c'est de s'exiler par-delà l'océan ?

— En effet, admit Luna en fixant son compagnon avec gravité. La vallée d'Ylhoë, malgré son climat clément, ses champs fertiles et sa beauté tranquille, ne nous apportera jamais rien de bon. Ses habitants ne veulent pas de nous et il est hors de question de nous imposer par la force. Il y a eu bien assez de morts comme ça !

— Je suis d'accord, mais pourquoi prendre la mer ? Ne pourrait-on pas rejoindre la forêt du Menhil, là où habite sire Lucanor ? Ce serait sans doute plus simple et moins risqué.

Luna haussa les épaules, défaitiste.

— J'ai bien peur que les humains ne voient notre passage sur leurs terres comme une provocation et ne réagissent très violemment. Par ailleurs, mon vieil ami lycaride est un incorrigible solitaire. Même notre Marécageux est cent fois plus sociable que lui. Sire Lucanor n'oserait sans doute pas refuser ouvertement que nous nous installions dans sa forêt, mais il en souffrirait. Je refuse de lui imposer notre présence.

— Et qu'en est-il des terres plus à l'est ?

— J'en ai déjà parlé à Syrus. Il dit que les montagnes orientales sont truffées de gobelins. Inutile de s'y aventurer, ils passeraient leur temps à nous chercher des noises. Et puis… nous serions trop près de la Passe de Jalap.

— Et alors ?

— Les drows, Kendhal ! Ma sœur n'abandonnera jamais, tu le sais aussi bien que moi. L'échec cuisant qu'elle a subi à Laltharils va la pousser dans ses derniers retranchements.

— L'échec ? hoqueta Kendhal. Tu n'inverserais pas les rôles, par hasard ?

— Sylnor est exactement comme les autres matrones. De détruire notre cité était une chose, mais son but ultime était de nous massacrer, moi, ma mère et nous tous jusqu'au dernier. Elle n'a pas eu ce qu'elle voulait. Pour elle, la guerre ne fait que commencer. Elle ne rentrera pas à Rhasgarrok tant que nous ne serons pas tous morts. Je suis même certaine qu'elle nous cherche déjà. Fouille-t-elle les montagnes Rousses ? Arpente-t-elle la steppe de Naugolie ? Fait-elle construire des bateaux pour contourner le plateau de Nal'Rog par la mer ? Je n'en sais rien. La seule chose dont je sois sûre, c'est qu'il faut nous installer le plus loin possible de cette furie !

— Mais pour aller où, Luna ? Qu'est-ce qui nous attend de l'autre côté de l'océan ?

— Les îles occidentales !

— Hum, le capitaine ne semblait pas très enthousiaste à l'idée de s'y rendre. Il a parlé d'îlots volcaniques peuplés de créatures bizarres. À mon avis, nous ne trouverons rien de bon là-bas !

— C'est pour cela que nous devons partir en reconnaissance, insista Luna. Il n'est pas question de déménager pour le moment, seulement de découvrir un endroit qui nous convienne. Je propose que nous rassemblions une vingtaine de volontaires et que nous retournions voir Oreyn pour qu'il nous emmène explorer ces fameuses îles.

Cette fois ce fut Kendhal qui soupira.

— Parce que tu crois vraiment qu'un océan suffira à écarter la menace que représente ta sœur ? Tu as toi-même émis l'idée qu'elle puisse faire fabriquer des navires.

— Oh, ça suffit ! le coupa-t-elle, excédée par ses propres contradictions. Moi, au moins, j'essaie de trouver des solutions à notre situation ! Si je pars en mer, tu m'accompagneras, ou pas ?

Kendhal l'attira à lui et déposa un baiser sur son front.

— Tu connais déjà ma réponse, petite louve.

Où que tu ailles, je te suis. Même au bout du monde !

Soulagée, Luna se serra contre Kendhal. Elle ferma les yeux et savoura l'impression de sécurité qu'offrait le torse de son ami. Elle céda à la torpeur qui la gagnait et se laissa aller à bâiller. Voyant que son amie tombait de fatigue, Kendhal lui proposa de trouver un endroit tranquille pour dormir quelques heures. Ils étaient en effet partis deux jours auparavant et n'avaient pratiquement pas dormi. Un champ isolé entre deux bosquets d'aulnes leur offrit un parfait refuge. Ils s'allongèrent au pied d'un arbre, se lovèrent l'un contre l'autre et ne tardèrent pas à sombrer dans un sommeil sans rêves.

Réveillés à l'aube par les pépiements des oiseaux, ils prirent une légère collation et regagnèrent rapidement la sécurité de la forêt de Langres où les attendaient Bowen et sa meute. Après deux jours de marche en leur compagnie, ils parvinrent en vue de la forteresse de Naak'Mur en début de soirée.

À l'orée des bois, derrière le haut talus qui protégeait le domaine des loups, Luna s'arrêta pour caresser le chef de meute.

— Merci, Bowen, de nous avoir escortés jusqu'ici.

— Tout le plaisir fut pour moi, jeune elfe,

rétorqua-t-il dans un jappement joyeux. Tu sais à quel point je te suis redevable. Grâce à toi, les loups de la vallée se comportent à nouveau normalement et les humains ont fini par nous laisser tranquilles. Tout est rentré dans l'ordre.

— J'en suis vraiment ravie, fit Luna, sincère. Bon, je vais devoir y aller. À bientôt !

— La prochaine fois que tu passeras par là, tu n'auras qu'à siffler et j'accourrai.

Luna lui adressa un dernier signe de la main et se hâta de gravir le talus où l'attendait Kendhal.

— Eh, tu sais quoi ? fit-elle, enjouée, à son ami. Bowen m'a promis de…

— Chut ! la coupa brusquement l'elfe doré en lui saisissant le bras.

Luna le toisa, interloquée, se demandant quelle mouche l'avait piqué. Kendhal avait les yeux rivés sur la forteresse. Luna suivit son regard, mais ne décela rien d'anormal. L'énorme masse de la citadelle en ruine dormait paisiblement dans l'ombre de l'immense falaise coupée au couteau qui la dominait de toute sa hauteur.

— Qu'est-ce qu'il y a ? chuchota Luna, gagnée par l'angoisse.

— J'ai cru apercevoir quelque chose, au-dessus du plateau de Nal'Rog.

Une vague de soulagement apaisa immédiatement Luna.

— Sans doute un aigle ! Ils sont nombreux, là-haut. Parfois je les observe et…

— Non, ce n'était pas un rapace. C'était bien plus gros, plus inquiétant et tellement fugace ! Je n'ai fait qu'apercevoir la chose, mais cela a suffi à me glacer le sang.

Luna se frotta le menton, pensive.

— Et cette chose, comme tu dis, elle volait ou elle se tenait au bord de la falaise ?

— Les deux, je crois. C'est bizarre, non ?

— Assez, mais ne te tracasse pas pour rien. Des choses étranges, nous en verrons toute notre vie. Rentrons, maintenant. J'ai hâte de m'entretenir avec maman et Darkhan de mon projet d'exploration. Et j'ai une faim de loup !

L'adolescente s'apprêtait à dévaler le talus quand une poigne de fer la retint.

— Là ! Regarde, Luna ! Cette forme noire dans le ciel, c'est quoi ?

Les yeux de l'elfe de lune se braquèrent dans la direction indiquée et restèrent pétrifiés d'effroi. Son corps se figea et elle cessa de respirer.

Juste au-dessus du plateau de Nal'Rog, plusieurs taches sombres se dessinaient avec netteté dans le firmament flamboyant du coucher du soleil. Les créatures arrivaient, se posaient et repartaient aussitôt dans un incessant ballet.

— Des griffons de l'ombre ! souffla Luna, terrifiée.

2

Tapis derrière les épais buissons qui bordaient la forêt de Langres, Kendhal et Luna restèrent un moment paralysés par la peur à observer les allées et venues des créatures cauchemardesques qui hantaient le ciel écarlate.

Si, au début, ils n'avaient aperçu que les griffons de l'ombre, étranges animaux au corps de lion et à tête d'aigle munis d'ailes robustes et de serres acérées, ils avaient ensuite noté la présence de plusieurs pégases noirs, puissants et racés. Mais, tout terrifiants qu'ils étaient, ce n'étaient guère ces monstres qui effrayaient les deux adolescents, mais bien leurs cavaliers.

— Ce que je craignais est arrivé, murmura Luna d'une voix blanche. Ma sœur nous a retrouvés !

— Ce sont des drows ? Tu en es sûre ?

Comme Luna acquiesçait d'un hochement de tête, Kendhal poursuivit :

— Tu crois que les nôtres les ont vus ?

— J'en doute. Regarde, ils volent juste au-dessus du plateau. D'ici on peut les voir, mais, de la forteresse, on ne doit rien détecter du tout.

— Alors il faut rejoindre Naak'Mur au plus vite et donner l'alerte, glapit Kendhal en entraînant son amie au bas du talus.

— Mais ils vont nous voir ! protesta-t-elle en tentant vainement de le ralentir.

— Tant pis ! Les drows risquent d'attaquer la citadelle d'une minute à l'autre. Nous devons prévenir nos amis et nous préparer au pire.

Emportée par l'élan de son compagnon, Luna fut contrainte de le suivre à découvert. Rarement elle n'avait eu peur à ce point, mais, loin de la pétrifier, l'urgence de la situation lui donnait au contraire des ailes. Accrochée à Kendhal qui ouvrait la voie, elle courait sans faillir, plus vite qu'elle n'avait jamais couru.

Les monstres qui s'activaient au-dessus de la falaise aperçurent-ils ces minuscules insectes qui rentraient se mettre à l'abri dans la fourmilière en contrebas ? Sans doute pas, car ils auraient fondu sur eux pour n'en faire qu'une bouchée. À moins, bien entendu, qu'on leur ait donné l'ordre de délaisser ces ridicules proies pour ne pas trahir leur présence. Quoi qu'il en fût, Kendhal et Luna parvinrent sans dommage jusqu'à la première enceinte de la forteresse. Sans lever les yeux sur les horribles prédateurs, ils grimpèrent quatre à quatre les marches aménagées dans la muraille éventrée et se glissèrent dans le tunnel creusé sous le deuxième rempart. Lorsqu'ils pénétrèrent dans le grand vestibule qui desservait les différents quartiers où s'était installée leur communauté, ils s'arrêtèrent enfin, essoufflés, exténués, mais soulagés d'avoir réussi. Pourtant, leur mission ne faisait que commencer.

— Va prévenir Ambrethil ou Darkhan ! ordonna Kendhal en indiquant l'escalier à droite. Moi, je vais essayer de trouver les autres. On se retrouve dans la salle de réunion ?

— Entendu ! dit Luna en s'élançant dans l'escalier malgré sa fatigue. À tout de suite !

En moins de temps qu'il faut pour le dire, elle gagna les appartements de sa mère et la trouva attablée en compagnie de Darkhan, d'Assyléa, d'Edryss et de Thyl. Tous semblaient de bonne humeur et mangeaient d'un bel appétit. L'arrivée fracassante de l'adolescente figea leurs gestes.

— Les drows ! s'écria-t-elle en se précipitant vers eux. Ils sont là ! Ils vont nous attaquer !

Darkhan et Thyl furent les premiers à réagir. D'un même bond, ils se précipitèrent vers l'adolescente.

— Qu'est-ce que tu racontes, Luna? fit son cousin en la saisissant par les épaules.

La jeune fille s'efforça de calmer les battements de son cœur affolé et de rassembler ses esprits pour se montrer à la fois claire et concise.

— Alors que nous étions à l'orée de la forêt et que nous nous apprêtions à rejoindre la forteresse, Kendhal et moi avons aperçu d'inquiétantes formes sombres dans le ciel, juste au-dessus du plateau de Nal'Rog. En restant à couvert, nous les avons observées un moment.

— Et c'était quoi? demanda Thyl, aux abois.

— Des griffons de l'ombre et des pégases noirs, montés par des drows. Sylnor nous a retrouvés, maman, ajouta Luna en adressant un regard désespéré à Ambrethil.

La nouvelle, aussi inattendue que terrifiante, laissa les convives sans voix. Chacun, dans le silence de son esprit, essayait d'entrevoir les conséquences de l'annonce de Luna. Une vague d'angoisse les submergea bientôt. Lorsque Edryss prit la parole, elle était livide.

— Ta sœur est plus futée que nous le pensions, Luna. Elle a deviné où nous nous cachions et compris que seules des créatures ailées pourraient l'aider à franchir la muraille naturelle que constitue le plateau de Nal'Rog. En faisant appel aux légendaires montures des guerrières drows, elle s'inscrit dans la lignée des plus grandes matriarches que Rhasgarrok ait jamais connues. Hélas pour nous, je crains que cette fois nous n'ayons aucun moyen de lui échapper.

— Il faut prévenir tout le monde ! s'alarma Ambrethil en se levant de table à son tour.

— Et mettre les enfants à l'abri ! ajouta Assyléa en songeant sans doute à son propre fils qui dormait paisiblement dans sa chambre, sous la garde d'Haydel.

— À l'abri ? Mais où ? s'exclama Thyl qui sentait la panique le gagner.

Luna sentit que c'était à elle de prendre les choses en main.

— Je vous propose de nous rendre dans la salle de réunion. Là, nous attendrons le retour de Kendhal parti chercher Platzeck et nous réfléchirons tous ensemble à ce qu'il convient de faire. D'accord ?

N'ayant rien à proposer de plus raisonnable, tous acquiescèrent et quittèrent la pièce en silence. La salle dite de réunion se trouvait à seulement quelques couloirs de là. On l'avait appelée ainsi parce qu'en son centre se trouvait une immense table de granit. Par ailleurs, c'était là qu'on avait entreposé les coffres de précieuses archives sauvés *in extremis*.

Les six amis n'attendirent pas longtemps. Kendhal, Platzeck et Cyrielle arrivèrent sans tarder. Leur visage indiquait qu'ils étaient déjà au courant de la catastrophe.

— Alors, que faisons-nous ? demanda Kendhal à brûle-pourpoint.

— Et si nous tentions une attaque aérienne ! proposa spontanément Thyl en cherchant du regard l'appui de Cyrielle. Bien armés, nous autres, avariels, pouvons anéantir plusieurs de ces monstres, j'en suis certain. Qu'en penses-tu, chère cousine ?

L'elfe ailée ne semblait pas convaincue, mais ce fut Platzeck qui répondit à sa place.

— Ta proposition est noble et fort courageuse. Je connais ta valeur et celle des tiens ; je sais que vous pourriez éliminer ces créatures démoniaques, mais je crains que vous ne soyez rapidement submergés par le nombre et que votre tentative ne se solde par un massacre.

Luna et Darkhan approuvèrent le sorcier elfe noir. Pourtant, Edryss semblait se ranger du côté de Thyl.

— Si nous restons là les bras croisés à attendre qu'ils fondent sur nous, nous sommes tous perdus.

— Et si nous tentions de fuir pour nous cacher dans la forêt de Langres ? suggéra Ambrethil.

— Bien trop risqué ! argua Luna. Imagine qu'ils nous attaquent pendant notre fuite. Ce serait un véritable carnage. Et les drows seraient capables de passer cette forêt au peigne fin pour nous retrouver.

— Les habitants de Mayllac ne pourraient-ils pas nous cacher ? fit Cyrielle d'une voix timide.

Platzeck secoua la tête.

— Je te rappelle qu'ils nous prennent pour une bande de troubadours qui campent dans la forêt. Ils apprécient notre or, certes, mais leur cupidité a des limites. Lorsqu'ils verront qu'on est presque cinq cents, ils refuseront tout net de nous laisser franchir leurs remparts. Il ne faut pas rêver !

— Je suis d'accord avec toi, approuva Kendhal. Jamais les humains ne nous viendront en aide. C'est aussi bien ainsi, car ils ne résisteraient pas longtemps aux assauts des drows. Ce sont des paysans, pas des guerriers. Inutile de les mêler à nos problèmes.

Le jeune homme avait raison. Une longue minute de silence s'écoula. Tous réfléchissaient à une solution.

— Et pourquoi ne pas fuir par le passage souterrain qui nous a amenés ici? suggéra Assyléa.

— Le Marécageux l'a bouché, objecta Darkhan. Il voulait éviter que les drows s'y aventurent. Et, quand bien même nous parviendrions à sortir, Sylnor a dû poster des sentinelles un peu partout dans ce qui reste de Ravenstein; ses troupes nous cueilleraient comme des lapins. En fait, là où ils se trouvent, les drows ont un avantage considérable sur nous. Du plateau de Nal'Rog, ils peuvent surveiller à la fois le nord et le sud. Si nous faisons un pas hors de Naak'Mur, nous sommes perdus.

— Alors, pourquoi ne pas y rester et lutter! conclut Kendhal. Après tout, la forteresse est encore assez robuste pour tenir un siège. Qu'en pensez-vous?

— Pas de problème pour l'eau grâce à la source souterraine, mais avons-nous suffisamment de vivres? se demanda Luna.

Ambrethil allait prendre la parole quand une explosion tonitruante déchira leurs tympans. Le sol vibra, les murs tressaillirent et une profonde fissure balafra le plafond qui vomit un nuage de poussière grisâtre.

— Qu'est-ce que c'était? bredouilla Thyl, les yeux effarés.

— Je crois que Sylnor n'a pas attendu que nous tombions d'accord sur notre stratégie défensive, devina Luna.

Une seconde secousse encore plus violente que la première fit vaciller toutes les personnes présentes dans la pièce. Cette fois, l'explosion ébranla tout l'édifice et une partie du plafond s'écroula. Les elfes reculèrent, effrayés.

— Il faut évacuer les étages supérieurs ! gronda Thyl en se précipitant vers la sortie de la salle.

— Je t'accompagne ! fit Darkhan. Assy, cours chercher Khan et Haydel, et allez trouver refuge auprès du Marécageux dans les caves de la forteresse.

— Bonne idée ! approuva Ambrethil. Il faut prévenir tout le monde.

— Je viens avec toi, fit Cyrielle. Nous en profiterons pour prendre des vivres au passage.

— De mon côté, ajouta Edryss, j'irai à la salle du trésor chercher notre artefact sacré, ainsi que de l'or. Nous risquons d'en avoir besoin.

— Allez, tous au sous-sol ! ajouta Kendhal en empoignant le bras de Luna.

— Attends ! objecta-t-elle. Pas question de partir sans Elbion et sa famille !

Le jeune homme se crispa. Il avait complètement oublié les loups. Il fit volte-face et suivit

Luna dans sa course effrénée à travers les dédales de la forteresse en panique. Partout dans les couloirs et les escaliers, les elfes fuyaient, couraient, criaient, cherchant où aller pour éviter de périr sous les éboulements provoqués par chaque nouvelle secousse.

— Au sous-sol ! Au sous-sol ! répétaient inlassablement Kendhal et Luna à toutes les personnes qu'ils croisaient.

Affolés par les explosions, les elfes suivirent les consignes de leurs dirigeants et coururent se réfugier dans les gigantesques caves de la citadelle. Bientôt, tous les escaliers furent pris d'assaut par des centaines d'hommes, de femmes et d'enfants qui cherchaient à se mettre en sécurité au plus profond de Naak'Mur. Certains avaient pris le temps de réunir quelques affaires, vêtements ou bijoux, d'autres avaient quitté leur chambre en n'emportant avec eux que la chemise de nuit qu'ils portaient.

Là-haut, les drows poursuivaient leur œuvre destructrice.

Juchés sur leurs puissantes montures ailées, les guerrières et sorciers bombardaient la forteresse de sorts offensifs. Pendant que les boulets enflammés transperçaient les terrasses supérieures et défonçaient les plafonds sur plusieurs niveaux, les traits de glace attaquaient la pierre pour la rendre plus friable que du verre. Quelques éclairs suffisaient ensuite à faire exploser les murailles les plus épaisses.

Plusieurs fois, Kendhal et Luna crurent leur dernière heure arrivée ; partout autour d'eux, les murs s'écroulaient les uns après les autres, les plafonds éventrés cédaient dans d'affreux fracas, tandis que les planchers s'effondraient, ouvrant des gouffres mortels sous les pieds des fuyards.

Dans cette ambiance apocalyptique, les adolescents tentaient tant bien que mal de se frayer un chemin jusqu'à la salle où s'était installé Elbion et sa famille. En effet, si les loups de Ravenstein avaient accompagné les elfes dans leur fuite, aucun n'était resté à Naak'Mur. Ils avaient tous préféré recommencer une nouvelle vie dans la forêt de Langres, sauf Elbion et Scylla.

Au bout d'un temps qui leur sembla une éternité, les deux amis parvinrent au rez-de-chaussée de la tour ouest où Elbion avait élu domicile, mais l'endroit était désert. Intact, mais désert. Le cœur de Luna se serra de détresse. Son regard humide croisa celui de Kendhal.

— Je suis sûr qu'Elbion a mis les siens à l'abri, fit-il en lui tendant la main. Viens, allons rejoindre les autres dans les caves.

— Non, je refuse d'aller me cacher sans mon frère et les louveteaux !

— C'est moi que tu cherches ! déclara soudain une voix dans son dos.

Luna se retourna et bondit en direction d'Elbion, submergée par une vague de soulagement.

— Oh, Elbion ! J'ai eu si peur, lui confia-t-elle en le serrant dans ses bras. Où sont Scylla et les louveteaux ?

— En sécurité ! rétorqua le loup. Suivez-moi !

Luna et Kendhal se précipitèrent à la suite du loup et s'engouffrèrent dans un escalier qui s'enfonçait dans les ténèbres de la citadelle.

— Dès que les premières explosions ont retenti, nous sommes tous descendus nous mettre à l'abri, expliqua Elbion sans cesser de dévaler les marches. C'est fou, le nombre de galeries qui existent sous cette forteresse. Comme elles sont taillées à même le roc, elles ne risquent pas de s'effondrer sur nous.

— Mais que faisais-tu là, alors ?

— Je savais que tu t'inquiéterais pour moi et ma famille.

Malgré la précarité de la situation et le drame qui se jouait aux étages supérieurs, un sourire se dessina sur les lèvres de la jeune fille.

Dans une autre partie de la citadelle, à dix mètres de profondeur, au cœur des sous-sols obscurs et humides de Naak'Mur, les réfugiés tentaient de faire le décompte des elfes présents. Très vite il apparut qu'une cinquantaine manquaient à l'appel. Dans la panique, certains s'étaient trompés de chemin, d'autres avaient pris du retard en voulant emporter trop de choses et s'étaient retrouvés coincés dans les éboulis, d'autres encore avaient certainement péri, écrasés par les pans de murs qui s'effondraient partout autour d'eux. Alors montèrent de la foule agglutinée les cris, les pleurs, les hurlements désespérés devant l'absence des êtres chers.

N'écoutant que leur courage, une vingtaine de volontaires décidèrent de remonter aux niveaux supérieurs à la recherche de survivants, perdus, figés par la peur ou même blessés et incapables de se mouvoir. Tous ceux qui avaient perdu une mère, un frère ou un fils mirent leurs derniers espoirs dans ces ultimes tentatives de sauvetage.

Les minutes s'égrenèrent plus lentement que jamais, douloureuses comme autant d'aiguilles chauffées à blanc. Chacun essayait tant bien que mal de réconforter son voisin en murmurant des paroles rassurantes, en séchant les larmes ou en pansant les blessures bénignes.

Après plusieurs heures d'angoisse, Darkhan ramena une fillette de deux ans en pleurs et un jeune garçon d'une dizaine d'années dont la jambe avait été broyée par une poutre. Thyl, quant à lui, eut le bonheur de retrouver une dizaine d'enfants, coincés dans leur dortoir miraculeusement épargné par les bombardements. Un peu plus tard, Edryss ramena un couple de vieillards aveugles que personne n'avait pris le temps de guider pendant la débandade qui avait suivi les explosions. Nombreux furent celles et ceux qui eurent la vie sauve grâce à cette poignée de volontaires héroïques.

Entre les sanglots de bonheur pour les uns et les spasmes de désespoir pour les autres, la communauté tentait de faire le point sur la situation et de savoir qui manquait encore à l'appel, quand Platzeck déboula en trombe dans l'immense cave en brandissant son sabre dégoulinant de sang.

— Les drows sont entrés dans la forteresse ! s'écria-t-il, le visage déformé par la peur. J'en ai tué trois, mais d'autres vont venir. Nous ne pouvons pas rester là. Nous ne sommes plus en sécurité !

3

Le magnifique griffon de matrone Sylnor se posa sur le sable dans un nuage de poussière. La nuit était tombée depuis plusieurs heures déjà, mais, malgré l'obscurité, tous pouvaient voir le sourire sauvage qui éclairait le visage de la jeune matriarche. Quel coup de génie d'avoir fait appel à ces fantastiques créatures ailées pour se jouer des contraintes de la nature ! Grâce aux griffons et aux pégases, le dantesque plateau de Nal'Rog devenait à peine plus difficile à franchir qu'une colline. Certes, cela lui avait pris beaucoup de temps, d'envoyer deux unités à l'autre bout des terres du Nord pour ramener ces animaux, mais le jeu en avait vraiment valu la chandelle.

En fait, seules les guerrières d'élite habituées au dressage de ces montures d'un genre particulier avaient pris la route du bois de Brume.

Après plus de deux semaines de marche effrénée, elles avaient récupéré les pégases noirs parqués à cet endroit sous la surveillance de gardiens trolls. Après avoir mis en confiance les impétueux équidés célestes, elles les avaient chevauchés pour parcourir les montagnes Rousses à la recherche des griffons de l'ombre. Leur mission s'était révélée des plus délicates ; ces animaux, aussi fougueux qu'imprévisibles, ne se laissaient pas approcher facilement. Grâce à leur don d'empathie, les dresseuses étaient néanmoins parvenues à entrer en contact télépathique avec les créatures mythiques, symboles des anciennes guerres elfiques. Si, depuis plusieurs décennies, les matriarches drows ne faisaient plus appel à elles, les bêtes se souvenaient parfaitement des exploits accomplis avec les bipèdes à la peau noire. L'exaltation, la peur, le goût du sang, les cris d'agonie des victimes, la frénésie carnassière étaient tout à fait présents à leur mémoire. Toutes ces sensations mises en sommeil durant tant d'années leur étaient revenues à l'esprit avec une vague de nostalgie. Les griffons, désireux de renouer avec leurs exploits passés, s'étaient finalement laissés convaincre de participer à une nouvelle campagne sanglante, contre la promesse de retrouver leur liberté dès qu'ils auraient accompli leur mission.

Matrone Sylnor flatta l'encolure de son griffon. Le gant argenté de mithril reflétait l'éclat de la lune et tranchait sur le pelage sombre de l'animal.

« Quelle bête majestueuse ! songea la jeune fille. Puissante, racée, volontaire, sauvage. Comme moi ! »

D'un regard elle passa en revue ses troupes postées au pied de la citadelle. Presque trois mille drows qui n'attendaient qu'un mot d'elle. Ses yeux se posèrent sur ce qui restait de Naak'Mur et son sourire s'élargit. D'un pas alerte et déterminé, elle s'avança vers sa fidèle Ylaïs qui s'entretenait avec un groupe de guerrières.

— Les sentinelles envoyées dans ces ruines sont-elles revenues ?

— Pas encore, Votre Seigneurie, répondit Ylaïs avec respect.

— Elles ne devraient plus tarder, maintenant, ajouta une soldate d'un certain âge. Mais je pense qu'il n'est pas facile de se frayer un chemin parmi les décombres.

La matriarche la toisa avec un air dédaigneux.

— Penser ? répéta-t-elle en levant les yeux au ciel. Qui t'a demandé de penser ? Contente-toi d'obéir, ce sera bien suffisant !

Alors que des sourires goguenards étiraient les lèvres des autres, la vieille guerrière s'empourpra et baissa la tête, humiliée. Matrone Sylnor n'avait pas son pareil pour briser les fortes têtes qui prétendaient penser à sa place. Pourtant, malgré ses remarques acides et son autorité implacable, tous l'appréciaient, l'admiraient, la vénéraient comme nulle autre matriarche avant elle. C'était peut-être même la première fois qu'une grande prêtresse faisait l'unanimité parmi son peuple. Il faut dire que jamais aucune matrone avant Sylnor n'avait osé entreprendre une campagne militaire d'une telle ampleur. Sa jeunesse, qui avait laissé les drows sceptiques au début, s'était finalement révélée un atout indéniable. Intrépide, audacieuse, aventurière, déterminée, l'adolescente ne se contentait pas de fomenter des complots ou d'ourdir des vengeances dans l'ombre, contrairement à Zesstra et à Zélathory. Elle, elle agissait. Grâce à sa nouvelle matriarche, Rhasgarrok était enfin débarrassée des races inférieures, la forêt de Ravenstein était vidée de ses méprisables habitants et la traque ne s'arrêterait pas là ; bientôt il ne resterait plus un seul elfe de la surface en vie. Bref, les drows adulaient leur nouvelle dirigeante et le lui faisaient savoir à chaque instant. Ils se pliaient sans discuter à chacun de ses ordres et se soumettaient entièrement à sa volonté.

Alors que la jeune fille ne quittait pas des yeux la brèche béante qui perforait la deuxième enceinte, quatre éclaireuses en jaillirent, leur armure sombre couverte de poussière gris et ocre. La plus âgée se précipita vers la grande prêtresse. Dans ses bras pendaient des choses rouges et visqueuses.

— Vous aviez raison, Votre Grandeur ! s'écria-t-elle. Apparemment, nos ennemis ont bien trouvé refuge ici.

— Raconte !

— Certaines de mes recrues sont parvenues à se faufiler dans les coursives des étages inférieurs. Elles ont trouvé quelques cadavres coincés sous les gravats. Treize en tout. Voici pour preuve leur main droite.

Matrone Sylnor observa les restes sanguinolents avec indifférence.

— N'y avait-il pas des survivants, des blessés ?

L'autre s'empourpra, soudain mal à l'aise.

— Si... Nous sommes tombées sur un avariel qui avait eu une aile arrachée. Il n'avait plus de bras gauche et se vidait de son sang. Mais, comme il semblait en mesure de répondre à nos questions, je l'ai interrogé comme vous le souhaitiez.

— Que t'a-t-il dit ? s'enquit Sylnor, le cœur battant à tout rompre.

— Pas grand-chose. Comme il murmurait des paroles incompréhensibles, je l'ai... un peu rudoyé et il est mort.

La violente gifle qui fusa dans l'air fit éclater la pommette de la guerrière. Le gant métallique de la matriarche se couvrit de gouttelettes écarlates.

— Sombre idiote ! siffla Sylnor entre ses dents. Comment fait-on, maintenant, pour savoir combien ils sont là-dedans ?

Elle s'apprêtait à lui asséner un deuxième coup quand la voix d'Ethel l'interpella et stoppa son geste.

— Matrone Sylnor ! Matrone Sylnor ! s'écria le jeune guerrier en surgissant de l'ouverture qui éventrait la muraille. J'ai trouvé trois des nôtres décapités !

Un éclair féroce se mit à luire dans les prunelles azur de la jeune fille.

— Tant mieux ! se réjouit-elle en frottant ses deux gants l'un contre l'autre. On va pouvoir s'amuser un peu. À présent ils sont coincés là-dedans, faits comme des rats ! Il ne nous reste plus qu'à nous mettre en chasse.

Elle se tourna vers Ylaïs et ajouta :

— Je vais entrer là-dedans avec Ethel et mes troupes d'élite. Je veux que tu restes ici avec les autres. Vous surveillerez activement les alentours. Au besoin, prends quelques griffons et patrouille au-dessus de la forêt. J'espère que Thémys en fera autant du côté nord. Pas question que ces maudits elfes nous échappent encore une fois. Sache que, si nos ennemis parviennent à sortir de la forteresse, je t'en tiendrai personnellement responsable. Compris ?

La jeune femme hocha la tête sans broncher. Un filet de sueur glissa néanmoins le long de ses omoplates, alors qu'elle regardait sa maîtresse disparaître dans la gueule béante de Naak'Mur.

En détruisant les étages supérieurs de l'ancienne forteresse du dieu scorpion, matrone Sylnor voulait en réalité contraindre les elfes sans doute éparpillés un peu partout à l'intérieur à se regrouper sur les premiers niveaux, voire dans les caves. Plus ses ennemis se sentiraient acculés et menacés, moins ils seraient dangereux et moins ils pourraient tendre d'embuscades à ses guerrières.

Toute possibilité de retraite leur étant coupée, sa mère et sa sœur devaient trembler, serrées l'une contre l'autre, à pleurnicher et à espérer qu'on épargne leur misérable vie. Quel spectacle touchant ! La matriarche cracha sur le sol. Le mépris, la haine et la violence qu'elle ressentait à leur égard avaient atteint leur paroxysme. Pas une nuit depuis leur départ de Rhasgarrok ne s'était passée sans qu'elle imaginât quelles tortures raffinées elle infligerait à l'une sous les yeux de l'autre. Elle savait néanmoins que, malgré ses talents dans ce domaine, la souffrance psychique de celle qui assisterait au supplice de la seconde dépasserait de beaucoup la douleur de la chair. La question était donc de déterminer laquelle devait payer le plus, sa mère indigne qui l'avait livrée au clergé de Lloth, ou sa garce de sœur qui jouissait d'un amour maternel exclusif.

Tout en réfléchissant à cette question cruciale, la jeune fille pénétra dans le grand vestibule de la forteresse. Avec ses fresques murales et ses tapis au sol, il semblait presque intact, malgré la rudesse des assauts subis précédemment. Matrone Sylnor promena son regard de nyctalope dans la vaste salle pour repérer les ouvertures, les porches et les escaliers. Elle répartit ses troupes en plusieurs bataillons qu'elle envoya en exploration dans chacune des directions, en privilégiant les voies qui menaient au sous-sol.

— Et rappelez-vous, fit-elle, menaçante, Luna et Ambrethil sont à moi. Si jamais vous les trouvez, neutralisez-les, mais le premier qui les esquinte le regrettera toute sa vie. Je les veux vivantes et intactes !

Escortée d'une cinquantaine de guerrières, matrone Sylnor s'enfonça dans un grand escalier sombre et silencieux. Hormis les traces figées dans la poussière qui recouvrait le sol, l'endroit était désert, vide, mort, comme s'il n'y avait plus là âme qui vive. Les drows progressèrent dans ces dédales inextricables pendant de longues minutes. Mais l'édifice était tellement gigantesque que bientôt les minutes se muèrent en heures. Au grand dam de la matriarche, les traces se croisaient, se chevauchaient, se coupaient et se recoupaient, mais elles ne menaient nulle part. Elle avait en outre espéré que les elfes enverraient quelques-uns des leurs en patrouille. Grâce à la légilimancie ou à la torture, les sentinelles ainsi capturées auraient tôt fait de révéler où se dissimulaient les leurs. Hélas! les drows ne débusquèrent aucun ennemi.

Matrone Sylnor maudit le temps perdu à fouiller cette citadelle de malheur. L'exploration souterraine n'en finissait pas et cela l'agaçait prodigieusement. Pourtant les elfes étaient bien là, quelque part, puisqu'on avait retrouvé des corps dans les décombres et que trois de ses guerrières avaient été tuées dans un guet-apens.

Brusquement un doute l'assaillit. Elle s'immobilisa, pensive. Finalement, n'aurait-elle pas mieux fait d'achever la destruction aérienne de Naak'Mur et de condamner ses ennemis à mourir écrasés sous des milliers de tonnes de gravats ? Après réflexion, elle conclut que non. Cela aurait été plus radical, mais la frustration de ne pouvoir étriper Ambrethil et Luna de ses propres mains l'aurait certainement torturée le reste de ses jours. Et comment, dans ce cas, être bien certaine qu'elles fussent mortes ? En fait, seule la vue des cadavres de sa mère et de sa sœur mettrait réellement un terme à sa campagne.

« Nous mettrons le temps qu'il faudra, mais je les trouverai ! se jura-t-elle intérieurement en se remettant à avancer. Et mes fidèles guerrières extermineront une bonne fois pour toutes cette vermine qui souille nos terres. Ce moment digne de figurer dans une anthologie sera l'apothéose de mon règne. Et tant pis si je perds de bons éléments dans cette ultime bataille. Toute victoire a un prix ! »

Pourtant son optimisme se dégrada au fil de la nuit. Le temps s'écoulait inéluctablement, lent et monotone, sans qu'aucun elfe ne fût détecté. Les couloirs étaient déserts, les salles, complètement vides ; l'air vicié était comme figé pour l'éternité et le silence était presque palpable, tellement il semblait lourd. L'aube se lèverait bientôt, emportant avec elle tout espoir de trouver leurs ennemis.

L'angoisse commençait à étreindre l'esprit de matrone Sylnor. Et si, en fin de compte, les elfes ne se cachaient plus là ? Si seule une poignée de soldats avaient été postés dans la forteresse, pendant que les autres s'étaient réfugiés dans la forêt ou dans les villages humains ?

Tout à coup, des gémissements sourds lui parvinrent. Une onde de soulagement balaya ses craintes et elle se mit à courir vers le couloir du fond, aussitôt suivie de son escorte. Les plaintes geignardes la guidèrent jusqu'à une porte en bois ouverte sur une salle de taille modeste, une sorte de cave taillée à même le roc. L'adolescente s'immobilisa sur le seuil, le visage déformé par une profonde déception.

Une demi-douzaine de guerrières entouraient un vieil elfe malingre recroquevillé dans un coin et s'efforçaient de lui soutirer des informations par de douloureux moyens. Sa jambe droite était bizarrement tordue ; quand à la gauche, elle saignait abondamment.

— Ah, divine prêtresse, vous voilà ! s'écria une jeune recrue en se relevant. Nous venons de trouver ce vieillard agonisant.

Matrone Sylnor soupira de dépit.

— S'agit-il d'un elfe doré, ou d'un elfe argenté ? demanda-t-elle en s'approchant, sans cacher sa frustration.

— Ni l'un ni l'autre, reprit la guerrière en grimaçant de dégoût. Vu la couleur cuivrée de sa peau, on dirait plutôt un des elfes sylvestres qui vivaient il y a fort longtemps dans les marais de Mornuyn. Je croyais pourtant que cette race répugnante avait disparu.

L'adolescente la toisa avec mépris.

— Vous a-t-il révélé où se cachent les autres ?

— Pas encore. On lui a pourtant charcuté une jambe et brisé l'autre. Il est du genre coriace, le bougre, mais il ne fait aucun doute que nos bons soins sauront venir à bout de son mutisme.

Son sourire sadique indiquait clairement quel plaisir elle prenait à faire souffrir son prisonnier. Mais, vu l'état de faiblesse du moribond, matrone Sylnor jugea préférable d'intervenir avant qu'il ne soit trop tard.

— Laissez-le-moi ! Je crois qu'une petite intrusion mentale suffira à nous renseigner.

La guerrière esquissa une moue de déception, mais n'osa pas contredire sa maîtresse. Elle fit signe à ses compagnes de reculer et matrone Sylnor s'approcha du corps immobile. Les yeux clos, elle projeta son esprit sur le cerveau offert. Elle resta ainsi, impassible, une dizaine de secondes, à sonder les méandres psychiques du vieil elfe, avant de rouvrir brusquement les yeux, ahurie.

— Son esprit est vide, fulmina-t-elle. Complètement vide! C'est impressionnant, je n'ai jamais vu un tel néant. C'est bien ma veine, tiens, de tomber sur l'abruti de service!

— Que fait-on de lui? s'enquit la guerrière dans son dos.

Mais matrone Sylnor ne l'écoutait déjà plus. Elle refusait de s'avouer vaincue. Sans un mot, elle s'agenouilla auprès du corps inerte et posa cette fois sa main sur le crâne dégarni. Elle ferma à nouveau les yeux et se concentra pour faire une nouvelle tentative. Cette fois, elle envoya ses pensées plus loin. Telles des tentacules invisibles, ses ondes mentales s'immiscèrent dans les moindres recoins de l'esprit impuissant de la victime. Elle ne tarda pas à trouver ce qu'elle cherchait. Lorsqu'elle se releva, un sourire mauvais étirait ses lèvres fines. La tête haute, elle faisait signe à son escorte de la suivre, quand la guerrière l'interpella:

— Peut-on l'achever?

Matrone Sylnor s'immobilisa sur le seuil. Après un temps d'hésitation, elle ordonna:

— Pas encore. Laisse-le ici et surveille la porte. On ne sait jamais…

4

Autour de Luna, dans l'immense grotte naturelle ouverte sur la mer où les elfes venaient enfin de déboucher, tout n'était que cris, pleurs, rires, lamentations. Alors que l'aube se levait, chacun essayait de retrouver les siens dans un désordre terrifiant. Mais Luna ne les entendait pas. Elle aussi courait en tous sens, affolée. Elle se faufilait entre les groupes, bousculait les uns en marmonnant de brèves excuses, interrogeait les autres sans cesser de chercher du regard son ancien mentor. Mais personne ne l'avait vu. Elle avisa soudain Kendhal qui discutait avec Haydel et s'empressa de les rejoindre.

— Avez-vous vu le Marécageux? leur fit-elle, essoufflée.

— Non, mais Haydel a perdu sa poupée préférée et elle voudrait que je…

— Ce n'est qu'un jouet, cornedrouille! s'écria Luna en colère. Moi, c'est mon ami, que j'ai perdu!

Luna était blême comme un fantôme, au bord de l'apoplexie.

— Ne te mets pas dans des états pareils, Luna, fit Kendhal en entourant ses épaules dans un geste affectueux. Le Marécageux n'est sûrement pas loin. À tous les coups, il est en train d'effacer les traces de notre fuite. Tu sais comme il est perfectionniste! Il voulait sans doute que l'entrée du tunnel soit indétectable et ça prend du temps, j'imagine. Allez, ne te tracasse pas, il va bientôt nous rejoindre. Il t'en a fait la promesse.

— Espérons qu'il la tienne, rétorqua la jeune fille. Mais j'ai un mauvais pressentiment.

— Moi aussi, j'ai un mauvais pressentiment, ajouta Haydel en affichant une moue chagrine. Pour ma poupée, je veux dire…

Luna lui adressa un sourire compatissant et jeta un dernier regard chargé d'angoisse vers la gueule sombre du tunnel par lequel ils avaient fui.

Deux nuits et un jour à fuir sans répit et sans arrêt dans un étroit boyau au tracé sinueux, creusé au cœur du plateau de Nal'Rog. Deux nuits et un jour de peur et de panique.

Alors qu'ils étaient tous réunis dans les

sous-sols de la forteresse, prêts à combattre l'armée de Sylnor, les habitants de Laltharils, rejoints par les loups, avaient brusquement vu surgir le vieil elfe sylvestre de la paroi rocheuse, comme par enchantement. Là où, deux secondes avant, le rocher offrait un renfoncement aussi solide et compact que du métal se trouvait à présent une ouverture irrégulière de presque deux mètres sur deux.

— Venez, mes amis ! s'était-il écrié. Venez tous ! Cette galerie est votre seule chance d'échapper au massacre. Allez, dépêchez-vous !

Comme lors du siège d'Eilis quatre semaines auparavant, les elfes avaient obéi au Marécageux et s'étaient engouffrés rapidement dans le tunnel providentiel. Une vingtaine de guerriers avaient pris la tête du cortège, devant les femmes et les enfants suivis des personnes âgées. Les autres guerriers fermaient la marche, prêts à défendre les arrières et à donner leur vie pour sauver les leurs.

Pendant que la cave se vidait progressivement, Luna et Kendhal en avaient profité pour aller interroger le Marécageux.

— C'est toi qui as creusé cette galerie ?

— Non, ma pistounette, pas cette fois. Je l'ai découverte tout à fait par hasard. En réalité, depuis notre arrivée à Naak'Mur, je réfléchissais au moyen d'aménager une issue de secours en cas d'invasion drow. J'ai d'abord sondé le sol, puis le sous-sol, et, un jour, en me promenant dans ces caves, j'ai senti des courants d'air. J'ai immédiatement compris.

— Tu veux dire que cette galerie existait déjà du temps des adorateurs de Naak ?

— Exactement ! Mais j'ignore si ce sont eux qui ont creusé le plateau de Nal'Rog ou s'ils se sont contentés de remettre en fonction des tunnels plus anciens datant des temps primitifs.

— Vous dites les tunnels, avait relevé Kendhal. Cela signifie qu'il en existe plusieurs ?

— Bigrevert, c'est peu de le dire, mon garçon ! Le plateau est un véritable gruyère. Ce sont des kilomètres et des kilomètres de galeries qui forment un labyrinthe inextricable. Qui l'aurait cru, hein ?

Les deux adolescents avaient échangé des regards émerveillés.

— Mais comment être sûrs que les éclaireurs partis en tête de notre convoi ne se perdront pas en chemin ? s'était soudain inquiétée Luna.

— Pas de danger, avait rétorqué le Marécageux en lui adressant un clin d'œil. J'ai balisé la voie. Cette galerie vous mènera jusqu'à une grotte ouverte sur la mer, à la pointe sud du plateau. De là, vous pourrez rejoindre Port-au-Loup.

Le visage de Kendhal s'était illuminé.

— Eh ! nous avons bien fait de prendre contact avec le capitaine Oreyn. Hein, Luna ?

Mais son amie, impassible, semblait à dix mille lieux de toute expédition maritime. En dardant son regard argenté dans les yeux sombres du Marécageux, elle avait murmuré :

— Pourquoi as-tu dit « vous pourrez rejoindre » et non « nous pourrons » ? Tu viens bien avec nous, n'est-ce pas ?

Le vieil elfe sylvestre s'était imperceptiblement rembruni avant d'afficher un sourire rassurant.

— Nom d'un marron, quelle idée ! Jamais je ne t'abandonnerais, ma crapouillote. Allez, filez, maintenant ! avait-il conclu en indiquant l'issue creusée dans la roche. Il me reste quelques tâches à accomplir. Nous nous reverrons plus tard.

Mais Luna sentait au fond d'elle qu'ils ne se reverraient pas. Pourtant, personne d'autre qu'elle ne semblait se soucier de son absence. Tout le monde était exténué, autant physiquement que moralement. Après deux nuits sans sommeil, les rescapés regroupés par familles n'aspiraient qu'à une chose, prendre un peu de repos avant de se lancer vers l'inconnu.

Car d'échapper aux drows était une chose, de savoir où ils iraient ensuite en était une autre. Pour le moment, personne n'avait envie d'y penser.

Tout à coup, une onde de tristesse infinie submergea Luna. Les sentiments qu'elle éprouvait pour le Marécageux étaient aussi forts, sinon plus, que ceux qu'elle ressentait pour Hérildur. Perdre ces deux grands-pères coup sur coup, c'était trop dur. Beaucoup trop dur. Désespérée, l'adolescente s'approcha de l'entrée de la grotte et s'adossa contre la roche froide. Là, à l'abri des regards, elle se recroquevilla pour cacher ses larmes au creux de ses mains.

Combien de temps resta-t-elle ainsi, prostrée dans son chagrin ? Le soleil était déjà haut dans le ciel lorsqu'Elbion s'approcha d'elle.

— Eh bien ! qu'est-ce que tu fais, toute seule dans ton coin ? Tout le monde te cherche !

Comme la jeune fille relevait lentement la tête, le loup s'étonna de ses yeux rougis.

— Mais... que se passe-t-il ? balbutia-t-il en lui donnant un coup de langue affectueux sur la joue.

— Le Marécageux n'est pas là ; il m'avait promis de venir nous retrouver. Oh, Elbion, j'ai tellement peur qu'il lui soit arrivé malheur ! sanglota Luna en plongeant son visage dans la fourrure ivoire de son frère de lait.

À sa grande surprise, le loup se recula vivement.

— Allons, Luna ! Secoue-toi un peu, voyons ! Tout le monde compte sur toi, ici. Si le Marécageux t'a promis de venir, il le fera au moment voulu. Maintenant, lève-toi et file rejoindre Kendhal et ta mère. Ils t'attendent à l'entrée de la caverne.

Stupéfaite qu'Elbion s'adresse à elle sur ce ton, Luna sourcilla et dévisagea son frère avec perplexité. Brusquement une étincelle s'alluma dans son esprit. Elbion avait raison. C'était contraire à ses habitudes de se laisser aller ainsi. Et ce n'était pas en pleurant qu'elle ferait revenir son mentor. Elle devait avoir confiance en lui et ne pas mettre sa parole en doute.

D'un mouvement souple, elle se releva sans attendre. Une détermination nouvelle brillait dans son regard argenté et elle s'efforçait de sourire.

— J'y vais !

Elbion regarda Luna s'éloigner et, dès qu'elle eut disparu derrière les réfugiés regroupés ici et là, il se tourna avec circonspection pour examiner le tunnel glacial et silencieux. Il n'avait pas voulu l'avouer à sa sœur, mais l'absence du vieil elfe sylvestre l'inquiétait également. Quelque chose ne s'était pas déroulé comme prévu. Sans hésiter, le loup bondit dans la galerie, déterminé à retrouver le Marécageux.

Luna aperçut bientôt Kendhal et Ambrethil en compagnie de Darkhan, d'Assyléa, d'Edryss et de Platzeck, tous réunis au seuil de la grotte, devant la mer d'un bleu intense qui scintillait sous les rayons du soleil.

— Elbion m'a dit que vous me cherchiez ?

— Où étais-tu passée ? lui reprocha Darkhan en braquant sur elle un regard noir. Un peu plus et ils allaient partir sans toi.

Luna ne comprenait pas bien ce qui se passait, mais le reproche de son cousin lui fit monter le rouge aux joues. Heureusement, Kendhal s'empressa de venir à son secours.

— Assyléa et moi, nous nous apprêtions à gagner Port-au-Loup. Veux-tu te joindre à nous ?

Elle vit là un bon moyen de chasser ses idées noires. Peut-être que, lorsqu'elle rentrerait, le Marécageux serait de retour ! Elle s'empressa d'accepter.

— Nous sommes tous conscients du fait que les gens de la vallée d'Ylhoë ne veulent pas de nous ici, expliqua Ambrethil. Nos diverses tentatives d'approche pacifique se sont toutes soldées par des échecs. Il ne nous reste plus que la voie maritime. Nous n'avons plus le temps de tergiverser: nous allons tous prendre la mer. On verra bien où nous porteront les flots.

Luna dévisagea ses amis, abasourdie.

— Mais la frégate d'Oreyn est trop petite! Nous ne monterons jamais tous à bord.

— C'est justement pour cette raison que nous avons besoin de son aide. Il faut que le capitaine nous trouve deux ou trois autres navires. Et vite!

Kendhal, Luna et Assyléa marchèrent à un bon rythme jusqu'au crépuscule. La lune était déjà haute lorsque, éreintés, ils firent une halte dans un bosquet abrité de la brise marine. Ils entamèrent les vivres emportés et dormirent quelques heures à la belle étoile avant de repartir en direction de Port-au-Loup. Il faisait encore nuit, mais l'air était doux et les vagues au loin rythmaient agréablement leur marche.

L'aube teinta le ciel d'un rose poudré, les mouettes reprirent leurs rondes au-dessus de la mer et leurs plongeons à la recherche de leur ration matinale.

— Elles, au moins, elles peuvent manger à leur faim, grommela Kendhal.

Les filles échangèrent un regard amusé.

— Tu pourras prendre ma part, ce midi, proposa spontanément Luna.

— Et la mienne aussi si tu veux, l'imita Assyléa.

Leur générosité fit monter le rouge au front du jeune homme qui se défendit aussitôt.

— Non, non, je ne disais pas ça pour ça ! C'est juste que parfois j'en viens à envier ces oiseaux. C'est vrai, quoi ! Ils n'ont pas de hordes de drows à leurs trousses, personne ne les chasse, ils sont libres d'aller où bon leur semble, ils mangent toute la journée. Le paradis !

Luna éclata de rire et le railla.

— Kendhal, le goéland ! Quel joli surnom !

— Eh bien, tu sais quoi ? rétorqua Assyléa avec sérieux. Je ne trouve pas ça si stupide, figure-toi ! Moi aussi j'aimerais parfois être une maman oiseau, tranquillement installée dans mon nid douillet à donner la becquée à mon oisillon.

— Khan te manque ? devina Luna.

Assyléa hocha la tête, soudain trop émue pour pouvoir parler.

— Mais il est en sécurité, la rassura Kendhal. Darkhan sait parfaitement s'en occuper. Et il peut compter sur l'aide d'Haydel.

— C'est vrai, dit l'elfe noire en souriant, depuis que nous sommes à Naak'Mur, la petite sœur de Thyl passe beaucoup de temps avec Khan. Mais j'ai hâte de le serrer à nouveau contre moi. De savoir que les drows rôdent dans les parages me rend très nerveuse.

— Hum, pourquoi t'es-tu proposée pour aller à Port-au-Loup ? demanda Luna. Rien ne t'obligeait à le faire. D'autant moins que, sans vouloir t'offenser, ton… apparence risque d'effrayer les humains.

L'elfe noire haussa les épaules, fataliste.

— Je suis la seule d'entre nous à posséder un talent de séduction aussi développé. Comme le capitaine risque d'être difficile à convaincre… Mais ne crains rien, Luna, ma capuche me dissimulera complètement. Personne ne hurlera en m'apercevant !

Elle adressa un clin d'œil à son amie et rabattit d'un coup sa cape sur son beau visage.

Les trois amis longèrent la côte le restant de la journée sans faire de pause. Lorsqu'ils parvinrent enfin en vue de la petite cité portuaire, la nuit était déjà bien installée. Kendhal et Luna relevèrent leur capuche afin de dissimuler leurs oreilles caractéristiques. Assyléa les suivit, aussi fluide et silencieuse qu'une ombre.

Malgré quelques lumières qui luisaient faiblement derrière les rideaux, la ville semblait paisiblement endormie, à l'exception du port d'où provenaient des notes entraînantes d'accordéon parfois masquées par les chants des marins avinés.

Kendhal guida sans hésiter ses compagnes jusqu'au *Bol flottant*, l'auberge où Oreyn descendait lorsqu'il faisait escale à Port-au-Loup. Fort heureusement, ils ne croisèrent sur les pontons branlants que quelques saoulards qui cuvaient leur vinasse en ronflant comme des buffles, avachis sur des montagnes de cordages.

Leur arrivée dans la taverne passa inaperçue, tant il y avait de monde et de fumée. Kendhal dut jouer des coudes pour accéder à une table, crasseuse, mais libre, dans le fond du bouge. Ses compagnes s'installèrent et attendirent qu'il dégotte le capitaine dans cette foule bruyante et bigarrée. Sa recherche fut néanmoins de courte durée. Accoudé au bar, Oreyn réclamait de la bière en agitant sa chopine en l'air. Il semblait passablement ivre et il résista à peine lorsque Kendhal lui saisit le bras pour l'entraîner vers le fond de la taverne.

— Alors, prêts à partir, mes petits amis? se réjouit-il en reconnaissant les deux étrangers avec lesquels il avait discuté quelques jours auparavant.

— En effet, murmura Kendhal. Le plus tôt sera le mieux. Quand pourrez-vous lever l'ancre ?

— Dès que j'aurai dessaoulé ! s'esclaffa l'autre. Ou plutôt non, dès que vous m'aurez montré votre or !

Soudain, son regard tomba sur le troisième larron et son sourire s'effaça.

— Et lui, c'est qui ? demanda-t-il, soudain agressif.

— Un ami, fit Luna, laconique. Bon, les choses ont un peu changé depuis la dernière fois. Nous avons besoin d'au moins trois ou quatre bateaux.

— Hein ? Quatre ! répéta Oreyn, incrédule.

— Chut, pas si fort ! fit Kendhal, alarmé. Inutile que tout le monde soit au courant !

— Connaissez-vous d'autres capitaines susceptibles de nous emmener jusqu'aux îles occidentales ? reprit Luna à voix basse.

— Mais… combien êtes-vous exactement ?

— Un peu moins de cinq cents.

Abasourdi, le capitaine qui pensait n'avoir à transporter qu'une poignée de passagers en renversa sa chope qui roula sur la table. Elle allait s'écraser sur le sol dans un fracas de verre brisé quand Assyléa, plus rapide que l'éclair, la rattrapa au vol. Elle reposa la chopine loin du marin qui ouvrit des yeux grands comme des soucoupes en découvrant sa main noire. Soudain apeuré, il s'affola et essaya de se relever, mais la poigne d'acier de Kendhal le cloua sur son siège.

— Qu'est-ce que c'est que… ces diableries? s'étrangla-t-il, livide. Lâchez-moi, espèce de démon, ou je fais un scandale!

— Taisez-vous, bon sang! s'exclama Kendhal sans élever la voix. Nous sommes des elfes, pas des démons, et nous ne vous voulons aucun mal!

Médusé, le capitaine écarquilla les yeux, ouvrit la bouche et la referma comme un poisson qui suffoque. Cette stupéfiante nouvelle semblait l'avoir complètement dégrisé.

— Des… des elfes? Non, désolé, je ne peux pas…

Avant qu'il ne termine sa phrase, Assyléa jeta une lourde escarcelle sur la table. Les pièces d'or s'entrechoquèrent dans un tintement prometteur. Le capitaine cessa de gesticuler, les yeux rivés sur la bourse cramoisie.

— Vous… vous avez de bons arguments, balbutia-t-il. Mais c'est peine perdue. Jamais je ne trouverai d'autres capitaines qui accepteront de vous conduire jusqu'aux îles occidentales.

— Pourquoi cela? s'enquit Luna.

— Je vous l'ai déjà expliqué la dernière fois, reprit le capitaine. Personne ici n'est assez fou pour s'aventurer aussi loin des côtes. Nous sommes des négociants, pas des aventuriers. Et on raconte des tas d'histoires inquiétantes sur… sur ce qui arrive à ceux qui prennent le large.

— Je sais, le coupa Luna. Ça aussi, vous nous l'avez déjà raconté. Mais vous nous avez aussi révélé que vous étiez plus intelligent que les autres et que ce n'étaient pas quelques racontars de poivrots qui vous empêcheraient de faire affaire avec nous. Ce sont vos propres mots.

— Ouaip, fit Oreyn en lorgnant la bourse bien replète. Mais je ne connais personne à part moi qui prendra ce risque, surtout pour transporter des… elfes.

Il ne put réprimer une grimace, comme si le seul fait de prononcer ce mot suffisait à s'attirer le mauvais œil.

— Je suis certaine du contraire, fit alors Assyléa d'une voix si suave et cristalline que le capitaine en resta coi. Cherchez bien dans votre esprit. Vous avez sûrement deux ou trois amis qui rêvent comme vous de faire fortune. Bien sûr, vous garderiez le plus gros du butin pour vous. Mais sachez que cet or que vous voyez là n'est qu'un acompte. Jamais vous n'en gagnerez autant en si peu de temps. Réfléchissez bien à tout ce que vous pourrez vous offrir lorsque vous serez riche.

Comme hypnotisé, le capitaine hocha la tête.

— Y'a bien mes deux frangins qui arrivent demain au port. Ils commandent chacun une frégate un peu plus petite que la mienne. Je pense pouvoir les convaincre si vous les payez grassement. Mais, même avec eux, ça sera trop juste.

— Je vous l'accorde, Oreyn, reprit Assyléa en modulant le son de sa voix. Mais je suis sûre que vous connaissez d'autres marins avides d'aventures ou… d'or. Allez, encore un petit effort.

Le marin gratta son menton recouvert de poils rêches, visiblement soucieux.

— Il y en a bien un qui accepterait peut-être, mais il est… plutôt spécial comme type. Pas vraiment sympathique, ni très causant, pas vraiment humain non plus.

— Sa race nous importe peu ! répliqua Kendhal sans ambages. C'est un bon marin ?

— Un des meilleurs. En tout cas, il n'a peur de rien et il connaît le coin.

— Marché conclu ! dit Assyléa. Dans trois jours, je veux voir vos quatre navires mouiller dans la baie des Trépassés. Nous serons là à l'aube.

— La baie des Trépassés, dans trois jours, à l'aube ! récapitula Oreyn comme pour ne pas oublier.

— Et je compte sur votre discrétion, ajouta-t-elle. Inutile que toute la région soit au courant de notre transaction.

— Vous pouvez compter sur moi. Je ne tiens pas non plus à ce que tout le monde sache que je pactise avec des… avec vous, quoi.

Sur cette promesse, il s'empara discrètement de la bourse posée sur la table. Ses yeux brillaient d'une cupidité vorace. Finalement, peu importaient les risques encourus et la véritable nature de ces gens, dans moins d'une semaine il serait le marin le plus riche de tout Port-au-Loup !

5

Matrone Sylnor s'élança dans les couloirs. Dans sa poitrine, son cœur battait à tout rompre. Elle avait bien fait d'insister et de sonder l'esprit de l'elfe sylvestre une deuxième fois. Le vieillard avait failli l'avoir en faisant le vide total dans sa tête, mais personne ne pouvait résister très longtemps aux assauts psychiques de la protégée de Lloth. Nul secret n'était à l'abri lorsque la grande prêtresse se mettait à fouiller un cerveau.

Le secret du moribond n'avait pas fait exception. Il existait bel et bien un souterrain qui reliait la forteresse à la forêt. Comme la matriarche le pressentait, ses ennemis avaient fui. Ces imbéciles espéraient encore lui échapper. Mais leur avance était ridicule et, cette fois, rien n'empêcherait les troupes drows de leur tomber dessus. Les elfes ne le savaient pas encore, mais ils étaient déjà morts.

L'adolescente imagina sa mère et sa sœur prises dans la cohue, au milieu de la foule terrorisée, qui cédaient à la panique et tremblaient de peur. Des lâches ! Ambrethil et Luna n'étaient que de misérables pleutres qui prenaient la fuite au moindre danger. Elles avaient fui Lalthartils, elles fuyaient Naak'Mur. Mais elles ne fuiraient pas éternellement.

Une fois revenue dans le vaste hall central de la citadelle, matrone Sylnor observa la pièce avec circonspection. D'après ce qu'elle avait lu dans l'esprit du vieillard, l'entrée du tunnel se trouvait quelque part là. Elle ordonna à ses troupes d'ôter les tapis élimés et poussiéreux étalés sur le sol. Mais, comme aucune trappe n'était visible, elle demanda à Ethel dont les talents dans ce domaine étaient incomparables de sonder la dalle de granit. Le jeune mage noir s'exécuta et scruta le sol de l'immense vestibule à la recherche d'une différence de densité dans le plancher.

— Là ! s'exclama-t-il soudain. C'est creux, en dessous !

— Dégagez-moi ça tout de suite ! s'écria matrone Sylnor, frémissante.

Sans attendre, le sorcier et ses acolytes formèrent un cercle et unirent leurs mains. Les yeux fermés, ils psalmodièrent une incantation ancienne destinée à déjouer les protections magiques qui scellaient l'entrée de la galerie secrète. Bientôt, la pierre se fissura, se fendilla et craquela jusqu'à faire apparaître une large trappe de bois d'environ trois mètres sur deux. La matriarche s'approcha, fébrile, et promena son regard sur les guerrières présentes autour d'elle.

— Vous deux ! fit-elle en désignant deux drows aux muscles impressionnants. Ouvrez cette trappe.

Flattées qu'on fasse appel à leur force, les guerrières abattirent violemment leur hache sur le panneau de bois qui vola en éclats dans un craquement sinistre. La gueule sombre d'une galerie souterraine apparut derrière la trappe éventrée. Une odeur de renfermé, de moisissure et d'humidité s'en échappa.

Matronc Sylnor tiqua. N'aurait-elle pas dû sentir la transpiration, la peur, la panique ?

— On descend ! cria-t-elle néanmoins à ses troupes. Ceux qui possèdent un don de vélocité, vous passez en tête. En cas de danger, je compte sur vous pour nous avertir au plus vite. Les autres, venez avec moi !

Le tunnel avait été creusé au cœur de la roche, sans doute par les adeptes de Naak qui, des millénaires auparavant, avaient édifié la forteresse. Assez large pour qu'on puisse y marcher trois de front, il s'enfonçait en ligne droite vers l'est. Des restes de toiles d'araignée déchirées et encore accrochées aux murs indiquaient qu'on les avait précédés récemment. Matrone Sylnor restait néanmoins sur ses gardes.

Même si elle ne mettait pas en doute son talent de légilimens, une petite voix au fond de son esprit lui chuchotait qu'il pouvait très bien s'agir d'un piège, d'un guet-apens dans lequel elle s'était jetée tête baissée. Certes, il fallait qu'elle envoie des éclaireurs et des troupes pour examiner la galerie, mais était-ce bien raisonnable qu'elle les accompagne ? Sa place était-elle dans cet endroit ? Avait-elle à s'exposer elle-même ? En cas d'attaque-surprise, quel moyen aurait-elle de se défendre ? Son escorte serait-elle de taille à repousser les assaillants ? Ses poignards seraient-ils efficaces contre la magie des elfes ? L'adolescente songea aux pouvoirs qui lui avaient été octroyés par Lloth, mais elle se rendit vite à l'évidence : il lui était impossible de se transformer en araignée géante dans un endroit aussi étriqué ; elle se serait retrouvée coincée entre les parois de granit, incapable d'avancer ni de faire le moindre mouvement. Si ce tunnel n'était qu'un piège, Sylnor n'aurait plus que son orbe d'énergie pour venir à bout de ses ennemis. Hélas ! elle était encore loin de le manier avec suffisamment d'efficacité pour anéantir plusieurs ennemis à la fois.

Pourtant, au bout de trois heures de marche, le cœur de l'adolescente se gorgea d'un nouvel espoir. Sur le sol, des restes de nourriture avaient été abandonnés. Des miettes de pain, trognons de pommes et autres croûtes de fromage éparpillés sur plusieurs dizaines de mètres indiquaient sans nul doute possible que les fuyards avaient fait une pause là pour se restaurer.

Matrone Sylnor songea qu'elle aurait également dû prévoir une collation. La route risquait d'être longue. Peut-être la galerie se prolongeait-elle encore sur des dizaines de lieues. Tout à coup, un bruit de course résonna dans la galerie jusque-là silencieuse. Les drows s'arrêtèrent en retenant leur souffle, prêtes à utiliser leurs armes ou leur magie. Lorsqu'elles distinguèrent l'éclaireuse qui se précipitait à leur rencontre, elles s'autorisèrent à respirer à nouveau.

— Matrone ! Matrone ! s'écria la sentinelle, essoufflée. On a trouvé la sortie !

— Où ça ?

— À deux lieues d'ici environ, le tunnel débouche dans une petite grotte située près d'un cours d'eau. L'endroit était désert, mais j'ai trouvé ceci.

Dans la main de la guerrière se trouvait une poupée de chiffon.

Matrone Sylnor exulta. Enfin, les vents tournaient en sa faveur.

6

À l'aube du troisième jour, les rescapés de Laltharils découvrirent avec soulagement, mais non sans appréhension, les quatre navires ancrés dans la baie qui s'étalait en contrebas de la grotte. Trois frégates, dont celle que Luna et Kendhal avaient vue dans le port, ainsi qu'une élégante goélette se laissaient bercer par les flots en attendant leurs passagers.

Assyléa, Kendhal et Luna, rentrés la veille en fin de journée, avaient mis l'ensemble de la communauté au courant de leur projet. Si l'idée de quitter les terres du Nord avait fait l'unanimité, celle de s'aventurer en pleine mer à la recherche d'une hypothétique terre d'accueil avait fait frémir jusqu'aux plus valeureux guerriers. Les elfes, qu'ils fussent dorés, argentés, noirs ou ailés, n'avaient guère d'affinités avec l'océan. Toutefois, en l'absence d'une option plus satisfaisante, nul n'avait osé s'opposer à la décision des dirigeants. Tout le monde s'était préparé au grand voyage et personne n'avait rechigné à donner une partie de ses trésors pour payer les capitaines des navires.

Finalement, lorsque les elfes dévalèrent la pente douce qui menait à la plage, tous semblaient pressés de quitter cet endroit. Tous sauf Luna qui avait l'estomac noué. Le Marécageux n'était en effet pas réapparu. Pire, Elbion avait rebroussé chemin et était retourné jusqu'à la forteresse, sans découvrir nulle trace du vieil elfe. Le tunnel se terminait à présent par un cul-de-sac et le mentor de Luna était manifestement resté de l'autre côté. Ce désastreux constat bouleversait l'adolescente. Elle aurait voulu retourner à Naak'Mur pour ramener le Marécageux avec elle, quitte à creuser la galerie à mains nues, quitte à affronter une armée entière de drows déchaînés. Mais elle devait admettre que ses tentatives ne pouvaient se solder que par un échec. Par ailleurs, de retarder le départ d'un des bateaux à cause de son obstination aurait été égoïste. Que valait la vie d'un vieillard par rapport à celles de dizaines de familles ?

En rejoignant le reste de la communauté sur la plage de galets gris, Luna avait le cœur lourd.

Elle s'efforçait de ne pas pleurer et reportait toute son attention sur les fringants trois-mâts qui dansaient sous la brise.

En voyant leurs passagers arriver, les capitaines mirent plusieurs chaloupes à l'eau. En voguant vers la plage, les canots tanguaient parfois dangereusement sur les vagues, mais, grâce au talent des rameurs, pas un ne se renversa.

Le premier à débarquer fut Oreyn. Pressé d'organiser l'embarquement, Kendhal se précipita vers lui, mais, lorsqu'il lui tendit la main, le capitaine qui le voyait pour la première fois au grand jour fut frappé de stupeur. Il ne s'était pas rendu compte, dans la pénombre de la taverne, de la beauté stupéfiante de ce garçon. Tout chez lui était extraordinaire, ses yeux dorés, le soleil tatoué sur sa joue hâlée, ses cheveux blonds comme les blés surmontés d'une couronne étincelante, une couronne en or massif.

Oreyn sourit et saisit la main tendue avec chaleur. Ils furent bientôt rejoints par Orkar et Orull, les frères du capitaine, puis par Ambrethil et Edryss. Si les humains s'étaient faits à l'idée de transporter des elfes, leur visage ébahi indiquait clairement qu'ils n'en avaient jamais vu. Ils n'auraient su dire ce qui, de leur charme irrésistible, de leur grâce naturelle, de leurs couleurs de peau ou de leurs oreilles étranges les surprenait le plus. Pourtant, lorsque Thyl et Cyrielle vinrent les saluer à leur tour, ils restèrent subjugués, émerveillés par ces anges descendus du ciel pour les accueillir. Leurs ailes aux plumes légères et chatoyantes les hypnotisaient. Ce fut Kendhal qui les tira de leur fascination.

— Dites-moi, où se trouve le capitaine du dernier bateau ? Pourquoi ne vient-il pas accueillir ses passagers en personne comme vous trois ?

Oreyn détacha son regard des avariels pour le reporter sur la goélette, l'air songeur.

— Le capitaine Gorgonath n'est pas très… comment dire ? Pas très loquace ni très accueillant, c'est un fait. Mais c'est un des meilleurs marins que je connaisse et, lui, il sait précisément où se trouvent les îles occidentales. Il a accepté sans rechigner de vous y conduire. Il prendra même la tête du convoi.

— Parfait ! déclara Kendhal, rassuré sur les intentions du quatrième capitaine. Bon, comment s'organise-t-on pour l'embarquement ?

— Combien êtes-vous exactement ?

— Quatre cent soixante-dix-neuf passagers.

— Dites à vos amis de se répartir en quatre groupes. Moi, je peux en prendre cent soixante-dix environ, mes frangins, une bonne centaine chacun, disons cent dix, et la *Sanglante*, qui est plus petite, embarquera le reste. Ça devrait faire le compte.

— La quoi ? manqua de s'étouffer Kendhal.

— Ben, c'est le nom du navire du min… du misérable… rustre qui ne daigne même pas venir vous saluer. Mais ne vous fiez pas à son nom, c'est un excellent bateau.

Kendhal et Darkhan froncèrent les sourcils, soudain méfiants, mais, comme Oreyn leur souriait, ils jugèrent préférable de ne pas insister, du moins pour le moment. Ils s'apprêtaient à rejoindre les autres elfes pour leur expliquer comment ils allaient procéder pour la répartition des passagers quand Orkar poussa un cri d'orfraie. Le doigt tendu vers la meute de loups restée en retrait en compagnie de Luna, il manqua de s'étrangler.

— Eh, frangin ! Ne me dis pas qu'eux aussi sont du voyage !

— Crédiou ! suffoqua Orull, avisant à son tour les canidés. Pas question que ces créatures diaboliques montent à bord de la *Marie-Jeanne* !

Le capitaine plissa le front et se tourna vers Kendhal, l'air furieux.

— Dites donc, c'est quoi, c'te blague ? On n'a jamais parlé de bêtes sauvages !

Comme Kendhal cherchait un argument pour convaincre le capitaine, Ambrethil s'approcha discrètement d'Oreyn. Elle murmura quelques mots à son oreille et, comme par miracle, il retrouva immédiatement le sourire.

— OK, c'est bon, les gars, fit-il à ses frères. Pas de soucis, je m'en occupe. Je prends tous les loups sur la *Fougueuse* et on n'en parle plus. Retournez à vos chaloupes et commencez l'embarquement.

Dès que les deux capitaines eurent le dos tourné, Ambrethil glissa une bourse de velours dans la main d'Oreyn.

— Je vous promets qu'ils se montreront aussi dociles que des agneaux.

L'autre grommela dans sa barbe, mais s'empressa de faire disparaître le pécule dans l'une de ses poches.

D'un commun accord, les dirigeants de la communauté choisirent de se répartir sur chacune des embarcations. Kendhal et Luna monteraient avec les loups sur la frégate d'Oreyn, Ambrethil et Edryss sur l'*Étoile du soir* d'Orkar. De leur côté, Platzeck et Cyrielle iraient sur la *Marie-Jeanne* d'Orull, tandis que Darkhan et sa famille accompagnés de Thyl et d'Haydel embarqueraient sur la goélette avec les passagers restants.

Avant de monter dans la chaloupe, Luna se

dirigea vers Oreyn. Dans sa longue robe bleue, elle était particulièrement belle. Sa chevelure argentée balayée par la brise dansait avec légèreté. Elle posa ses yeux gris clair sur Oreyn qui peina à déglutir.

— Bonjour, capitaine. Vous me reconnaissez ? J'étais avec Kendhal au *Bol flottant.*

— Oh, fit le marin, sous le charme. Je... j'avoue que je ne vous aurais jamais reconnue. Je veux dire avec l'obscurité, votre manteau à capuche et tout.

— Bon, on y va? le coupa brusquement Kendhal qui s'était rapproché d'eux.

Luna lui adressa un regard en coin et poursuivit :

— Je tenais à vous remercier, capitaine, d'avoir accepté d'embarquer mes amis loups.

— Mais... c'est un plaisir, fit Oreyn en se courbant maladroitement. Vos désirs sont des ordres.

Kendhal leva les yeux au ciel en serrant les dents. Le capitaine lui tapait déjà sur les nerfs.

L'embarquement commença. À raison d'une vingtaine de passagers par chaloupe, les elfes grimpèrent peu à peu à bord des navires. Certains n'avaient jamais vu la mer et éprouvaient une appréhension certaine à l'idée de s'aventurer sur cette immense masse mouvante. De passer plusieurs jours au milieu de l'océan sur ces frêles esquifs ne les enthousiasmait guère. Plus vite ils arriveraient, mieux ils se porteraient.

Il ne fut pas facile non plus de faire monter les loups dans l'un des canots, d'abord parce que les rameurs étaient effrayés de devoir côtoyer d'aussi près ces terribles prédateurs qu'on disait mangeurs d'hommes, ensuite parce que les loups eux-mêmes n'étaient pas rassurés. Le bruit du ressac et toutes les odeurs inédites troublaient leurs repères. Heureusement, Luna sut trouver les mots qui apaisèrent leurs craintes. Le trajet se fit dans le calme. Aucun loup ne tomba par-dessus bord et aucun marin ne fut croqué.

À peine le dernier passager fut-il embarqué que les navires hissaient déjà les voiles et levaient l'ancre. La brise s'engouffra dans les voiles et les quatre vaisseaux prirent la mer, la *Sanglante* en tête.

Tous espéraient secrètement que son nom ne leur porte pas la poisse.

Accoudés au bastingage de la *Fougueuse*, Kendhal et Luna regardaient la côte s'éloigner. Poussée par le vent, la frégate, toutes voiles dehors, fendait les flots avec aisance. Luna qui n'était pourtant jamais montée sur un bateau ressentait étrangement une impression de déjà-vu, mais elle était trop triste pour approfondir la question. Son regard argenté ne pouvait se détacher de la mince bande de roche grise qui frangeait l'horizon. Ils étaient tellement loin que l'imposant plateau de Nal'Rog dépassait à peine de la mer.

Comme eux, les cent soixante-dix elfes embarqués sur la frégate du capitaine Oreyn regardaient disparaître cette terre qui était la leur et celle de leurs ancêtres depuis des milliers d'années. Ils fixaient l'horizon, le cœur lourd. Ils avaient beau se persuader qu'il n'y avait pas d'autres solutions, au fond de leur esprit, doutes et questions les assaillaient avec violence. Avaient-ils bien fait de quitter les terres du Nord ? Le regretteraient-ils un jour ? Auraient-ils dû combattre les drows, au risque de voir mourir leurs enfants ? N'aurait-il pas mieux valu partir pour les montagnes de l'est et affronter les gobelins ? Allaient-ils trouver des îles hospitalières ? Quels nouveaux dangers les attendaient là-bas ? Les habitants ne seraient-ils pas finalement pires que les drows ?

Kendhal toucha la main de Luna. Comme elle ne réagit pas, il se tourna vers elle pour ramener une mèche rebelle derrière son oreille et découvrit ses joues humides.

— Eh ! ne pleure pas ! Allons, tout va bien se passer. Regarde, même les loups sont confiants.

Les navires sont en bon état, il fait beau, la mer n'est pas trop agitée, la brise souffle juste ce qu'il faut. La situation pourrait être bien pire !

— Mais il n'est pas là ! murmura la princesse en étouffant un sanglot.

Kendhal comprit tout de suite. Ses pensées se tournèrent vers le malheureux Marécageux, resté seul dans la forteresse de Naak'Mur. Le vieil elfe s'était sans doute sacrifié pour permettre à sa protégée de fuir, définitivement cette fois. Il avait donné sa vie pour que les drows ne la retrouvent jamais. Mais comment l'avouer à Luna sans faire qu'elle se culpabilise ?

— Pourquoi n'est-il pas venu avec nous ? sanglota l'adolescente. Il m'avait promis, Kendhal, il m'avait promis. Je l'aimais tellement ! C'était comme mon grand-père. Pourquoi est-il resté là-bas ? Pourquoi ?

Luna qui avait tenu bon jusque-là craquait. Kendhal jugea préférable de l'éloigner du bastingage. Son chagrin risquait de contaminer leurs compagnons. Inutile de saper le moral des troupes. En la tenant par la main, il se dirigea d'un pas sûr vers le château arrière et y pénétra par la porte de gauche, aussitôt suivi d'Elbion. Le capitaine Oreyn leur avait attribué une belle cabine, à côté de celle du second. Privilège notoire, car les autres elfes dormiraient dans les hamacs de l'entrepont avec l'équipage. Seules les femmes et les jeunes enfants auraient également droit à des cabines, mais moins spacieuses. Situées à la proue de la frégate, elles offriraient néanmoins à leurs passagères un peu d'intimité et de confort.

Une fois seul dans la cabine, Kendhal enlaça Luna en lui murmurant d'apaisantes paroles pour tenter d'atténuer sa tristesse, mais rien n'y fit. L'adolescente semblait inconsolable. Il commençait à désespérer de voir ses pleurs se tarir quand Elbion aboya pour lui rappeler sa présence. Même si Kendhal ne possédait pas le talent de Luna, il comprit immédiatement que le loup souhaitait rester seul avec sa sœur. Cela pouvait sembler paradoxal, mais peut-être le loup trouverait-il les bons mots. Après tout, ils avaient grandi ensemble et le Marécageux faisait partie de leur passé commun.

— Je te la confie, glissa le garçon au loup en sortant de la cabine.

La porte se referma doucement. Elbion sauta sur le lit.

— Bon, maintenant, Luna, ça suffit ! aboya-t-il. Tu comptes pleurer durant tout le voyage, ou quoi ?! Je te rappelle que tu représentes l'autorité sur ce bateau. Tu dois montrer l'exemple à ton peuple. Un jour, tu seras sa reine. Les elfes auront-ils confiance en quelqu'un qui fond en larmes à la moindre contrariété ?

— Tu te rends compte de ce que tu dis? rétorqua Luna, défigurée par la colère et le chagrin. Il ne s'agit pas d'une petite contrariété ! Je viens de perdre l'être que j'aimais sans doute le plus au monde. Cet homme m'a sauvée, il m'a offert une famille, il m'a vue grandir, il m'a tout appris, il a veillé sur moi pendant près de douze ans. Certes, depuis notre installation à Laltharils, il vivait loin de moi, mais combien de fois suis-je allée le voir pour lui demander conseil ou juste discuter avec lui ? Il était mon repère, mon pilier, ma force et sans lui je me sens vide et inutile.

— Je comprends ta tristesse, Luna, mais cela ne justifie en rien ces simagrées.

— Non, Elbion, tu ne comprends rien! gronda l'adolescente. Une partie de moi est restée là-bas, dans la forteresse, et je souffre terriblement. C'est comme si on m'écartelait, comme si on déchirait mon esprit. C'est insupportable.

— Parce que tu crois que, d'avoir vu ma meute décimée par les urbams, c'était supportable, peut-être ! s'emporta le loup, solidement campé sur ses pattes. Parce que tu crois que je n'ai pas souffert devant ce massacre ? Que je ne me suis pas senti déchiré, moi aussi ?

La brutalité de la question prit Luna de court.

Elle se tourna vers lui et fixa ses grands yeux

dorés. Alors, elle s'apaisa d'un coup. Elbion avait raison. Lui aussi avait vécu une tragédie, encore pire, même, que celle qu'elle vivait actuellement. Pourtant il avait surmonté son chagrin pour aller de l'avant.

Lorsque Luna reprit la parole, toute colère l'avait quittée.

— Mon cœur saigne, Elbion, murmura-t-elle. Il saigne d'avoir laissé le Marécageux sur une terre que nous avons tous abandonnée. Je l'ai laissé tout seul. C'est comme une trahison. J'aurais dû rester avec lui.

— Non, Luna, fit le loup avec douceur, détrompe-toi, tu ne l'as pas trahi. Le Marécageux voulait rester là-bas et il le devait. Sa mission n'était pas finie. À chacun son destin, tu le sais bien, je te le répète souvent. Celui du Marécageux, c'était de te sauver. Et il n'a pas failli une seule fois. À chaque étape de ta vie, il était là pour te permettre d'avancer et d'accomplir ta propre destinée. Ce n'est pas en restant tournée vers le passé que tu pourras combler ses attentes.

Tout en essuyant ses yeux, l'adolescente se dirigea vers le lit et s'y laissa tomber en soupirant profondément. Le regard dans le vide, elle demanda :

— Tu crois qu'il est mort ?

Elbion s'assit à ses côtés.

— Le Marécageux aurait donné cent fois sa vie pour préserver la tienne. Il s'est sacrifié pour toi, pour nous tous, c'est certain, mais ce vieux filou a plus d'un tour dans son sac. Il t'a promis de ne pas t'abandonner, n'est-ce pas ?

Luna hocha la tête.

— Fais-lui confiance. Il savait que nous prendrions la mer. S'il a survécu, où que nous nous installions, il te trouvera. Cela prendra des mois, des années peut-être, mais guette toujours l'horizon, petite sœur, car un jour, j'en suis sûr, il reviendra vers toi d'une façon ou d'une autre. En attendant, montre-toi digne de son sacrifice et tourne-toi vers l'avenir.

Elbion lui lécha la joue avec douceur avant de conclure :

— Maintenant, sèche tes yeux et mouche-toi ! Et puis, change de tenue ! Depuis quand les moussaillons portent-ils des robes en dentelle et laissent-ils leur chevelure au vent ? Natte tes cheveux, enfile un pantalon de toile ainsi qu'une chemise chaude, et rendez-vous sur le pont ! Nous avons une frégate à manœuvrer !

Surprise, Luna ne put s'empêcher d'éclater de rire.

— Toi ? Manœuvrer un navire ? Ben tiens, je voudrais voir ça !

Le loup gloussa et posa sa patte sur la clenche de la porte pour sortir. Lorsqu'il fut seul dans le couloir, son sourire s'effaça. S'il avait réussi à remonter le moral de sa sœur, ses propres angoisses demeuraient intactes. La disparition du Marécageux risquait d'avoir bientôt des conséquences tragiques pour lui. Il aurait dû révéler son secret à Luna, mais sa sœur était encore trop fragile. Elle n'aurait pas la force de supporter cette nouvelle épreuve. En regagnant le pont, Elbion se jura de tout lui dire, bientôt, plus tard, lorsqu'il n'aurait plus d'autre choix.

Un quart d'heure plus tard, Luna était à nouveau sur le pont. Habillée à la garçonne, les cheveux attachés en une longue tresse, elle respirait l'air iodé avec une intensité nouvelle. Les sages paroles d'Elbion l'avaient rassérénée. Elle avait compris que le Marécageux s'était sacrifié pour que les drows perdent définitivement leur trace et qu'elle soit à jamais délivrée de sa sœur. Ce sacrifice était un véritable cadeau, peut-être le dernier de son protecteur. Un présent d'une telle valeur ne se refusait pas. Elle n'avait pas le droit de déprécier son sacrifice en refusant d'avancer. Elle devait au contraire en profiter pleinement et savourer chaque minute de la délivrance providentielle qui était accordée à la communauté elfe. Elle ferma les yeux et adressa un dernier message à son mentor.

« Merci, mon cher Marécageux ! Grâce à toi, c'est une nouvelle vie qui commence et jamais je n'oublierai ton geste. Tu resteras toujours au fond de mon cœur. Et, où que tu sois en ce moment, je sais que nous nous reverrons un jour, cornedrouille ! »

Lorsqu'elle ouvrit les yeux, elle se sentait apaisée, sereine, prête à affronter son destin. Elle s'avança jusqu'au grand mât et s'étourdit un moment à observer la ronde des matelots qui s'affairaient sous les ordres énergiques du bosco. Les uns s'élançaient, intrépides, dans les haubans pour remonter ou descendre les voiles, pendant que les mousses enroulaient les cordages qui traînaient sur le pont. Elle les contourna discrètement pour ne pas les gêner dans leurs manœuvres et se dirigea vers le gaillard d'avant, où se tenaient quelques-uns de ses amis.

Une fois en haut des marches, elle fut saisie d'émerveillement devant la vue qui s'offrait à elle. Le bleu du ciel si intense, si absolu, tranchait avec la mer émeraude où moutonnaient des crêtes à l'écume blanche. Le spectacle était à couper le souffle. Soudain, Luna comprit d'où lui venait son impression de déjà-vu. Elle avait rêvé ce voyage, juste avant qu'Hérildur ne lui apparaisse pour lui annoncer la disparition de Ravenstein. Dans son rêve, elle se trouvait avec Kendhal à bord d'une frégate. Et tout était exactement comme sous ses yeux. S'agissait-il d'un rêve prémonitoire ? Était-ce un signe ? Toute à ses pensées, l'adolescente ne vit pas arriver le vieux Syrus.

— Je me suis toujours demandé par quel miracle des navires aussi gigantesques arrivaient à flotter, déclara le sage.

Luna se contenta d'acquiescer d'un mouvement de tête en fixant la majestueuse goélette qui leur ouvrait la route. Malgré la hauteur de son château arrière, le vaisseau avançait fièrement en glissant sur les flots avec grâce et élégance. De chaque côté de la *Fougueuse*, les frégates d'Orkar et d'Orull se laissaient porter par la brise marine avec nonchalance.

— Vous croyez aux rêves prémonitoires ?

Syrus s'apprêtait à lui répondre, quand des éclats de voix les firent se retourner. Luna aperçut Kendhal sur la dunette qui invectivait violemment le capitaine. Sans hésiter, elle bondit, dévala les marches, zigzagua sur le pont et gravit l'échelle qui menait à la barre.

— Que se passe-t-il ? s'écria-t-elle en s'interposant entre les deux hommes.

— Il se trouve que ce type est un fieffé menteur ! aboya Kendhal en levant un poing rageur.

— Absolument pas ! se défendit Oreyn, rouge de colère. Je ne vous ai jamais caché que je ne l'appréciais pas. Mais il se trouve que c'est un excellent marin et ça aussi je vous l'avais dit.

— Oui, mais vous avez soigneusement évité de nous révéler sa vraie nature !

— Vous plaisantez, ou quoi ? Je me souviens parfaitement vous avoir précisé qu'il n'était pas vraiment humain, mais vous m'avez répondu que ça vous était égal.

Comme Kendhal serrait les dents, Luna profita de ce moment d'accalmie pour demander :

— Mais enfin, de qui parlez-vous ?

— Du capitaine Gorgonath, répondit Oreyn en s'efforçant de retrouver son calme. Apparemment sa race ne convient pas à votre ami.

Comme Luna dévisageait Kendhal avec étonnement, le jeune homme se renfrogna.

— Je viens de recevoir un message télépathique d'Assyléa. Leur capitaine est un minotaure !

Luna sursauta et ouvrit de grands yeux. Elle ignorait que ce genre de créature existait encore et arpentait de surcroît les côtes de la vallée d'Ylhoë. Mais le plus surprenant était qu'un minotaure ait le droit de mouiller dans les ports humains. Eux qui détestaient les loups et se méfiaient des elfes, acceptaient-ils sans rechigner un homme à tête de taureau ?

— Mais… qu'est-ce que ça fait ? finit-elle par demander. Ce qui compte, c'est qu'il soit un bon marin, non ?

— Ah, vous voyez ! s'exclama le capitaine Oreyn.

Kendhal se rembrunit.

— Les minotaures sont des êtres sournois, d'une fourberie sans pareille. Ils ont un mauvais fond et peuvent se révéler extrêmement violents. Darkhan n'a absolument pas confiance en lui. Et, le pire, c'est que cette créature nous ouvre la route !

Le capitaine le toisa avec un air désapprobateur.

— Vous savez comment ça s'appelle, ce que vous faites ? De la discrimination ! Vous cédez à la facilité en brandissant des préjugés réducteurs. Tous les minotaures ne sont pas comme vous dites. J'ai confiance en Gorgonath, sinon je ne le suivrais pas aveuglément.

— Eh bien, il n'y a plus qu'à espérer que vous ayez raison, rétorqua Kendhal, en redescendant sur le pont.

Alors que Luna le suivait, ne sachant trop quoi penser, Oreyn lança dans son dos :

— Vous savez, moi, j'ai mis mes préjugés de côté en acceptant d'embarquer des loups sur mon navire. Vous pourriez en faire autant !

— Là, il n'a pas tort, souffla Luna.

Excédé, Kendhal pivota et invectiva le capitaine.

— C'est fou ce que les humains parviennent à faire en échange de quelques émeraudes ! Moi, ma seule richesse, c'est la vie de ceux que j'aime et je ne fais pas confiance à n'importe qui ! Et vous ne m'ôterez pas de la tête l'idée que, un bateau commandé par un minotaure qui s'appelle la *Sanglante*, c'est louche ! Très louche, même !

Luna songea que Kendhal n'avait peut-être pas tort, mais elle s'abstint de tout commentaire. Il était inutile de jeter de l'huile sur le feu.

7

À l'aube du troisième jour, matrone Sylnor crut qu'elle allait devenir folle. Depuis la découverte de la fameuse poupée qui leur avait confirmé le passage des elfes dans le souterrain secret et leur fuite dans la forêt, aucune autre trace n'avait été détectée. C'était comme si leurs ennemis s'étaient évaporés dans la nature !

Pourtant, des centaines de fuyards, ça ne passait pas inaperçu, surtout que la matriarche avait demandé du renfort aux troupes restées en arrière et que c'était maintenant toute l'armée des drows qui patrouillait dans la forêt et même au-dessus, grâce aux griffons et aux pégases. Mais, malgré leurs efforts, les recherches se soldaient toujours par une cuisante frustration. Matrone Sylnor, qui sentait à nouveau le désespoir la gagner, se demandait si les elfes n'avaient pas bénéficié d'une aide extérieure. Ses ennemis étaient-ils entrés en contact avec les humains qui vivaient non loin ? Se cachaient-ils dans les villages qui jalonnaient la rivière ? Il faudrait qu'elle envoie des patrouilles pour s'en assurer avant d'attaquer.

De retour dans la forteresse, la matriarche tournait en rond, indécise. Elle se demandait si lancer une offensive contre les humains était une solution envisageable. Contrairement à Zélathory, Sylnor n'avait rien contre cette race, tant qu'elle ne lui cherchait pas des noises et qu'elle n'abritait pas ses ennemis, bien entendu. S'il s'avérait que ces imbéciles cachaient les elfes, les drows se feraient une joie et un devoir de les massacrer. Mais elle n'avait pas envie que son armée se lance dans une guerre sans intérêt.

Un moment elle avait songé à utiliser l'esprit de Ravenstein, toujours enfermé dans le citrex d'Askorias, pour le soumettre à sa volonté. Lui pourrait parcourir la région et sonder les âmes des vivants plus rapidement que n'importe qui d'autre. Mais saurait-elle convaincre une telle entité de lui obéir ? En essayant, ne prendrait-elle pas le risque de voir le protecteur de la forêt se retourner contre elle et son peuple ? Seule Lloth était de taille à accomplir un tel exploit, mais elle était trop loin. Par ailleurs, au fin fond de sa chapelle, au cœur de Rhasgarrok, la déesse araignée ne semblait guère s'intéresser à elle. Il y avait des semaines entières que Sylnor n'avait pas reçu de messages de sa protectrice. Maintenant que la guerre contre les elfes de la surface était terminée, Lloth avait complètement délaissé sa grande prêtresse. Mais la guerre personnelle de Sylnor était loin d'être finie.

— Où se cache ma sœur, bon sang? s'écria-t-elle soudain en écrasant son poing sur la table en bois massif. Si seulement je pouvais le savoir!

Brusquement l'image de l'elfe sylvestre recroquevillé dans l'une des salles du sous-sol lui revint à l'esprit. Après tout, peut-être que le moribond n'avait pas livré tous ses secrets. Peut-être que lui savait où étaient passées Luna et Ambrethil.

Le sang de la matriarche ne fit qu'un tour. Suivie d'une escorte, elle se précipita dans le couloir et dévala les marches qui s'enfonçaient dans les caves de Naak'Mur, en se félicitant intérieurement d'avoir épargné le vieillard.

Lorsque les deux guerrières en faction aperçurent la matriarche, elles se prosternèrent avec respect.

— Comment se porte le prisonnier? demanda sans attendre la grande prêtresse à celle qu'elle avait personnellement chargée de veiller sur l'elfe sylvestre.

— Il est très faible. Il n'avale rien, ne boit presque pas. On dirait qu'il cherche à se laisser mourir. En fait, il passe son temps collé contre le rocher et dodeline de la tête en marmonnant des paroles incompréhensibles.

Matrone Sylnor retroussa son nez avec dédain.

— Ouvre la porte.

La guerrière obéit en se demandant ce que la matriarche pourrait bien tirer de ce pauvre fou. Mais, après tout, ce n'était pas son problème.

La grande prêtresse pénétra dans la pièce, mais s'arrêta sur le seuil, pétrifiée. Livide, elle se retourna vers la guerrière.

— Où est-il? rugit-elle, défigurée par la colère.

L'autre sentit son cœur s'emballer. Où était-il? Quelle question! Il était forcément là, recroquevillé contre la paroi comme à son habitude. Déroutée, elle fit un pas à l'intérieur de la cellule. Ses yeux sondèrent l'obscurité et la question de la matriarche prit alors tout son sens. L'elfe sylvestre avait disparu! Submergée par l'incompréhension autant que par la peur, la guerrière se mit à haleter en balbutiant des excuses.

— Mais… je ne comprends pas. C'est… c'est impossible ! Il était là, je vous le jure !

Prenant à partie sa camarade qui se tenait sur le seuil, elle ajouta :

— N'est-ce pas qu'il était là ? Je suis même allée lui donner un morceau de pain pas plus tard que ce matin. Il n'a pas pu s'évaporer comme ça !

Elle ne vit pas le coup venir. Le gant métallique de la matriarche s'abattit sur elle et lui déchira profondément la joue droite. La drow étouffa un cri de douleur et tituba en cachant son visage ensanglanté dans ses mains. Matrone Sylnor toisait à présent les deux guerrières avec une rage indicible. Ses yeux azur envoyaient des éclairs dans les ténèbres.

— Pouvez-vous me jurer que vous n'avez pas quitté votre poste une seule seconde ? demanda-t-elle entre ses dents serrées.

— Oui ! Bien sûr que oui ! fit celle qui pouvait encore parler.

— Alors, comment expliques-tu la disparition du prisonnier ? s'enquit la matriarche qui s'efforçait de contenir sa fureur.

— Je… je ne sais pas, marmonna son interlocutrice. Mais je vous promets que je vais tout faire pour le retrouver. Je vous promets !

Matrone Sylnor ne répondit pas. Sous les yeux de son escorte immobile et silencieuse, elle contourna la drow sans cesser de la dévisager. Soudain, d'un geste rapide, elle lui enfonça son poignard dans la gorge jusqu'à la garde. Un jet écarlate s'échappa de la plaie béante et le corps sans vie de la guerrière s'effondra sur le sol. Celle qui avait eu la joue tailladée écarquilla des yeux horrifiés, mais elle ne put, l'espace d'une seconde, s'empêcher de remercier la déesse. Au moins elle avait évité la mort!

— J'ai horreur qu'on s'apitoie sur son sort! rétorqua matrone Sylnor en essuyant sa lame rougie sur la tunique de sa victime.

Elle ajouta en s'adressant à son escorte:

— Bouclez le périmètre et fouillez entièrement la zone. Le prisonnier n'a pas dû s'enfuir bien loin; il avait une jambe cassée. Oh, et achevez celle-ci! Elle a failli à sa tâche et ne mérite plus de me servir.

L'impitoyable adolescente rebroussa chemin, ignorant les hurlements de terreur de celle qu'elle venait de condamner.

Hélas! de tuer les deux sentinelles n'avait en rien apaisé sa colère. Elle avait beau retourner le problème dans sa tête, elle ne parvenait toujours pas à comprendre comment un moribond, avec une jambe brisée de surcroît, était parvenu à s'enfuir de sa cellule, au nez et à la barbe de ses guerrières.

Elle se trouvait dans le grand hall quand Ylaïs arriva auprès d'elle, haletante.

— Tu les as trouvés ? s'enquit la jeune matrone.

La première prêtresse secoua la tête, trop essoufflée pour parler.

— Alors quoi ? gronda l'autre. Pourquoi n'es-tu pas à survoler la forêt comme je te l'avais ordonné ?

— Je viens d'avoir une idée, fit Ylaïs en tâchant de ralentir sa respiration saccadée.

La jeune matrone soupira en levant les yeux au ciel. Malgré la confiance absolue qu'elle lui témoignait, elle avait une sainte horreur qu'Ylaïs pense à sa place. Elle choisit pourtant de la laisser s'exprimer.

— Je t'écoute.

— En patrouillant au sud-est de la forêt, j'ai remarqué une certaine agitation du côté d'une des villes humaines.

L'adolescente se crispa. Elle avait formellement interdit qu'on s'approche des humains pour le moment.

— Malgré votre interdiction, j'ai pensé qu'il s'agissait peut-être d'une piste à ne pas négliger. Je me suis donc un peu approchée pour en voir davantage. Au pied des remparts de la ville s'amassait une foule nombreuse, aussi bigarrée que bruyante. Mais, d'où j'étais, ma vue ne me permettait pas de savoir si cet attroupement était imputable aux elfes ou non ; j'ai donc pris l'initiative de me poser à l'orée des bois et de laisser là mon griffon pour qu'il n'effraie personne. Grâce à un sort de dissimulation, je me suis rendue auprès des murailles afin de me mêler à la foule.

— Et là, tu as vu des elfes ?

— Pas le moindre, mais ce que j'ai découvert m'a donné une idée.

— Parle, enfin ! fit Sylnor, agacée.

— Les humains étaient en pleine procession religieuse.

— Et alors ! Qu'est-ce que tu veux que ça me fasse ! s'énerva l'adolescente.

— J'ai vu la déesse qu'ils trimballaient, parée comme une reine, assise sur un trône doré. Or, il se trouve que cette divinité vous ressemble trait pour trait ! Elle a votre beauté, votre jeunesse, mais surtout votre peau noire et vos yeux bleus. Ils l'appellent la Vierge noire.

Matrone Sylnor sursauta.

— Les humains vénèrent une déesse à la peau noire ? répéta-t-elle, incrédule.

— Exactement, confirma Ylaïs en contenant difficilement sa jubilation. Quelque chose me dit que, si cette déesse leur apparaissait en chair et en os, elle pourrait obtenir d'eux n'importe quoi. Comme de fouiller toute la vallée et de lui livrer tout elfe qui tenterait de se cacher ou de s'enfuir.

Un franc sourire éclaira le visage de Sylnor. L'idée de sa première prêtresse était loin d'être mauvaise. Soumettre les humains en utilisant leurs croyances pour les obliger à participer à une gigantesque chasse à l'elfe, ça c'était bien trouvé !

— Eh bien ! qu'attendons-nous pour rendre une petite visite à ces pieux villageois ? s'esclaffa-t-elle.

8

Les quatre navires poursuivaient leur route, cap à l'ouest, et les jours se succédèrent sans qu'aucun incident notable ne soit consigné dans les livres de bord. Les vents leur étaient favorables et la mer, pas trop agitée, se laissait dompter avec docilité.

À bord des vaisseaux, les passagers avaient fini par trouver leurs marques et se partageaient l'espace avec l'équipage. Chacun s'était finalement approprié un petit coin d'intimité. Même les loups à bord de la *Fougueuse* avaient leurs quartiers en fond de cale. Les émeraudes aidant, Oreyn avait expliqué à ses matelots que ces bêtes-là étaient aussi inoffensives que des chiens et qu'ils n'avaient rien à craindre d'eux. Du coup, certains marins plus intrépides que d'autres s'étaient risqués à quelques caresses lorsque les loups montaient prendre l'air sur le pont. Cela en était presque devenu un jeu ; c'était à qui serait le plus valeureux devant ces animaux sauvages. En quelques jours, les canidés furent acceptés et les trois louveteaux devinrent rapidement les mascottes du navire, même si Scylla évitait de les monter trop souvent jusqu'au pont de peur qu'ils ne passent par-dessus bord. Enfin, pour montrer sa bonne volonté et peut-être également pour se faire bien voir de Luna, le capitaine leur avait fait aménager une confortable litière de paille, grâce à quelques bottes qu'une précédente cargaison avait laissées là.

Le temps passait, rythmé par la grosse cloche installée sous le mât de misaine qui sonnait chaque quart, six en tout dans la journée. Dès huit heures du matin, la cinquantaine de marins se réunissaient sur le pont pour réciter une prière. Puis le capitaine faisait le point avec son second qui distribuait les rôles et assignait à chacun ses tâches pour la journée. Ensuite, le bosco, responsable des manœuvres, veillait au bon déroulement des opérations pendant qu'Oreyn ou son second, en haut de la dunette, tenait la barre.

Certains elfes désireux d'apprendre ou juste pour passer le temps n'hésitèrent pas à se rendre utiles. Quelques-uns apprirent à faire des nœuds, d'autres à repriser les voiles.

Ceux qui ne souffraient pas de vertiges s'amusèrent à grimper dans la voilure. Quelques jeunes avariels prenaient même plaisir à survoler la frégate, rendant régulièrement visite au gabier perché sur la hune du mât de misaine ou à leurs amis embarqués sur les autres navires. Pendant ce temps, d'autres passagers donnaient un coup de main au maître-coq dans les cuisines pour préparer les repas, éplucher les légumes ou faire la plonge. Quant au vieux Syrus, il passait le plus clair de son temps en compagnie du chirurgien du bord, à discuter médecine et remèdes. Bref la cohabitation entre les humains et les elfes se passait bien mieux que d'aucuns auraient pu l'espérer.

La solitude et l'éloignement ne leur pesaient pas vraiment, car les passagers de la *Fougueuse* communiquaient régulièrement avec ceux des autres frégates, soit en criant d'un bord à l'autre lorsque les bâtiments n'étaient pas trop éloignés, soit par signes, soit encore par le biais des avariels quand le vent leur permettait de voler sans courir de risques inutiles. Mais le meilleur moyen de communication restait la télépathie, même si elle avait également ses limites. Luna, par exemple, entrait souvent en contact avec Ambrethil et Cyrielle pour s'assurer que tout allait bien de leur côté. Mais c'était beaucoup plus difficile de discuter avec Assyléa. La goélette de tête, plus légère et également moins chargée que ses consœurs, avançait plus vite. La distance qui les séparait empêchait souvent toute communication. Seule Assyléa qui possédait d'excellentes aptitudes mentales parvenait de temps en temps à leur envoyer un message. Aux dernières nouvelles, Darkhan et Thyl se méfiaient toujours de leur capitaine, taciturne et irritable, mais, pour le moment, rien dans l'attitude du minotaure ou de ses matelots ne laissait soupçonner quelque entourloupe. Les elfes espéraient qu'il les mènerait à bon port le plus vite possible.

De son côté, Luna appréciait ce voyage maritime plus qu'elle ne l'aurait cru. La clémence du temps et la proximité de ses amis la rassuraient. Sa cabine était très confortable, d'autant plus que Kendhal lui avait galamment cédé le lit et passait ses nuits dans un fauteuil. Si son ami n'aimait guère le capitaine, l'adolescente, elle, s'entendait bien avec Oreyn et trouvait les soirées passées dans ses appartements agréables. Tous les soirs, en effet, après le coup de cloche de vingt heures qui sonnait l'angélus, le repas était servi dans le luxueux carré des officiers. Les meubles en acajou verni, les banquettes de soie, la vaisselle en porcelaine et les verres en cristal leur faisaient oublier qu'ils se trouvaient à bord d'un bateau. Les discussions animées autour de quelques bonnes bouteilles permirent aux uns et aux autres de faire plus ample connaissance. Le cinquième soir, Kendhal finit même par se réconcilier avec Oreyn. Certes, la présence d'un minotaure à la tête du convoi lui déplaisait toujours, mais, puisque Darkhan ne se plaignait pas du capitaine de la *Sanglante*, il avait décidé de ne plus aborder ce fâcheux sujet.

À partir du sixième jour pourtant, les choses se dégradèrent. À commencer par le temps qui vira à la pluie. Une pluie fine, froide, pénétrante qui vous glaçait jusqu'aux os. Le vent forcit et la houle entraîna les navires dans d'interminables mouvements de roulis qui rendirent malades plus d'un elfe.

Luna tenait bon. Elle avait l'estomac bien accroché et n'éprouvait aucun mal de mer. Kendhal non plus. Mais, à la différence du jeune homme qui avait besoin de prendre l'air, Luna passait le plus clair de ses journées en compagnie des loups, en fond de cale. Elle profitait des louveteaux qu'elle regardait grandir avec plaisir, tout en espérant une amélioration des conditions météorologiques pour pouvoir regagner le pont.

Mais le temps ne s'améliora pas, au contraire. Le huitième jour, le vent se mit à souffler de plus belle, soulevant d'énormes vagues qui s'écrasaient violemment sur le pont et balayaient tout sur leur passage. Dans les cabines, le bois grinçait et la coque craquait comme si le bateau tout entier souffrait d'être ainsi malmené.

Le confinement et l'isolement auxquels furent soumis les passagers eurent bientôt raison de leur bonhomie. Tous n'espéraient plus qu'une chose, gagner rapidement la terre ferme. Ils étaient prêts à débarquer n'importe où, pourvu que cesse cet infernal roulis qui les vidait de leur énergie, ainsi que de leur contenu stomacal pour certains.

Le neuvième soir, alors qu'ils discutaient dans le carré des officiers, secoués par les vagues énormes, Luna, n'y tenant plus, demanda :

— Dites, capitaine, je sais que je vous ai déjà posé cette question il y a deux ou trois jours, mais nous commençons à trouver le temps long et la mer nous malmène drôlement en ce moment. Combien de jours reste-t-il avant que nous arrivions aux fameuses îles ?

— Deux ou trois, j'imagine, fit Oreyn en grattant sa barbe d'ébène. Gorgonath m'avait dit qu'elles se trouvaient à environ deux mille milles à l'ouest de nos côtes. Or, si mes calculs sont justes, nous avons déjà parcouru mille sept cent trente milles.

— Hum, encore deux cent soixante-dix, alors, calcula rapidement Kendhal. À quelle vitesse avançons-nous ?

— Entre huit et dix nœuds, mais à cause des bourrasques que nous subissons actuellement nous avons été contraints de réduire la voilure. C'est paradoxal, mais, malgré la force du vent, nous ne progressons pas aussi vite qu'avec la brise dont nous bénéficiions au début du voyage. En outre, à cause des fortes vagues, le cap est difficile à maintenir. La roue monopolise à elle seule trois de mes hommes, dont mon second qui est un solide gaillard.

— En plus, la *Sanglante* est loin devant nous, maintenant, précisa le contremaître. Cet après-midi, on la distinguait à peine. Et encore, quand on est au creux de la vague, on la perd de vue.

— Les goélettes sont plus petites et donc plus légères. Avec leurs voiles triangulaires, elles remontent aussi mieux au vent que nos lourdes frégates.

— Soit, mais Gorgonath pourrait nous attendre, tout de même !

— C'est vrai, admit Oreyn. J'imagine qu'il n'est pas habitué à être ralenti et qu'il ressent notre lenteur comme un poids. Mais, si ça se trouve, nous sommes proches des îles et il est pressé d'y mettre son bateau à l'abri.

Luna fut tout à coup prise d'un doute.

— Capitaine, vous êtes certain que Gorgonath ne va pas nous abandonner là, au milieu de nulle part ?

Oreyn se fendit d'un large sourire.

— Aucun risque, princesse ! Le minotaure ne touchera sa prime que lorsque nous serons tous à bon port. S'il nous perd en route, il perd son or. Et, croyez-moi, il est encore plus cupide que moi. Cela m'étonnerait donc fort qu'il cherche à nous semer.

Kendhal répondit à son sourire et lui asséna une tape amicale dans le dos.

— Apparemment, malgré vos belles paroles, vous non plus ne lui faites pas vraiment confiance, n'est-ce pas, capitaine ?

— Hum, disons qu'on n'est jamais trop prudent ! s'esclaffa Oreyn.

Cet aveu finit de sceller leur amitié. La soirée se poursuivit dans la bonne humeur, malgré le chahut des vagues. Soudain le vénérable Syrus, lui d'habitude si policé, quitta brusquement la table et bondit vers la porte qu'il claqua dans son dos.

Tous savaient que le mal de mer pouvait vous prendre n'importe quand et n'importe où.

— N'empêche, c'est l'équipage de la *Sanglante* qui ne sera pas mécontent d'arriver, fit Kendhal en plaisantant. La dernière fois que j'ai eu des nouvelles d'Assyléa, c'est-à-dire hier matin, elle m'a dit que tous ses compagnons étaient malades comme des chiens. Nausées, vomissements, maux de tête, rien ne leur est épargné. C'est encore pire que nous. Les pauvres doivent avoir hâte de débarquer.

Oreyn acquiesça d'un air compatissant.

— J'espère que ces îles se révéleront hospitalières et que vous y trouverez votre bonheur.

Soudain, la porte de la salle à manger s'ouvrit en grand. Alors que tous s'attendaient à voir revenir le pauvre Syrus, ce fut le second, dégoulinant de pluie et d'eau de mer, qui fit irruption dans la pièce.

— Capitaine, la tempête devient ingérable. J'ai encore fait réduire la voilure, mais le grand mât craque dangereusement sous les rafales de plus en plus puissantes.

— J'arrive! s'écria Oreyn, les yeux remplis de crainte. Ce qu'il faut, c'est tenir bon et rester absolument dans le sillage de la *Sanglante*.

— Ben, justement, elle n'est plus là, avoua le second. On l'a complètement perdue de vue!

Luna sentit son cœur s'arrêter. Elle n'eut pas le temps de voir l'expression du capitaine, ni celle de Kendhal qui se leva en même temps que les autres marins pour gagner le pont. En moins de deux, elle se retrouva seule à table. Livide, tremblante, elle glissa ses doigts sous sa chemise à la recherche du médaillon offert par Eilistraée pour que la déesse leur accorde sa protection. Elle gagna sa cabine en se tenant aux cloisons de bois précieux pour ne pas valser à l'autre bout du couloir, tant les secousses devenaient violentes.

Là-haut, sur le pont, c'était le chaos le plus total. Le bosco, pourtant un redoutable esprit d'organisation, ne savait plus où donner de la tête. Tous les matelots s'affairaient, malgré les trombes d'eau qui se déversaient sur leur dos et les paquets de mer qui sautaient par-dessus le bastingage et ravageaient tout. Défiant les éléments, les marins s'arrimaient avec des cordages de fortune pour escalader les mâts glissants afin de changer les voiles déchirées. Ils se tenaient les uns aux autres pour aller de la poupe à la proue ou inversement. La roue était plus difficile que jamais à manœuvrer. Kendhal et le contremaître étaient venus prêter main-forte au capitaine et à son second. Ils étaient quatre à présent à essayer de maintenir le cap. Mais, dans l'obscurité la plus complète et sans le repère du feu arrière de la *Sanglante*, c'était quasiment impossible.

Peu habitué à déployer autant de force sur une aussi longue durée et dans de telles conditions, Kendhal souffrait comme jamais. Ses mains étaient congelées, ses bras, tétanisés. Il se demandait combien de temps il tiendrait encore quand une vague plus forte que les autres manqua de les faire tous passer par-dessus bord en arrachant un hurlement de douleur au bateau.

Terrorisé, le capitaine hurla :

— Affalez toutes les voiles ! Affalez tout ! Et rentrez vous mettre à l'abri !

L'ordre fut relayé par le bosco, mais il dut être répété plusieurs fois, car les cris se perdaient dans la tempête, couverts par la fureur des éléments déchaînés. Seule la cloche, imperturbable, secouée dans tous les sens, retentissait comme un glas affolé.

Dans sa cabine, Luna n'en pouvait plus. Comment croire qu'après plus d'une semaine passée en mer dans d'excellentes conditions le temps avait pu se détériorer aussi rapidement ? Jamais elle n'aurait cru que la mer pouvait se mettre dans un tel état de fureur. Apeurée, recroquevillée dans un coin, elle priait pour que la tourmente cesse enfin. Elle se sentait tellement impuissante, elle avait tellement peur ! Peur pour elle, pour son peuple, pour sa mère avec qui elle ne parvenait plus à entrer en communication, pour les loups, pour Darkhan et sa petite famille, et surtout pour Kendhal. De le savoir sur le pont à risquer sa vie la rendait folle d'angoisse et de colère. Ce n'était plus de la bravoure, mais de l'inconscience, selon elle.

Lorsqu'elle entendit la frégate hurler sous l'assaut d'une vague plus violente que les autres, sa frayeur redoubla. Elle allait céder à la panique et éclater en sanglots quand la voix d'Elbion s'imposa à elle : « *Tu dois montrer l'exemple à ton peuple. Un jour tu seras sa reine. Les elfes auront-ils confiance en quelqu'un qui fond en larmes à la moindre contrariété ?* »

Non ! Cette fois, pas question de se laisser aller ! D'un geste énergique, elle s'accrocha à la poignée de la porte, s'engouffra dans le couloir et se dirigea tant bien que mal vers l'escalier qui menait à l'entrepont et aux cabines des femmes. Elle devait leur apporter un peu de réconfort. C'était son rôle.

Ballottée dans tous les sens, Luna déboula les marches plus qu'elle ne les descendit. Sans se soucier des chocs qui la propulsaient contre les parois, elle se dirigea vers le réfectoire qui servait également de dortoir, mais elle dut terminer le trajet en rampant, incapable de rester debout plus de cinq secondes. Elle fut surprise d'y découvrir la majorité des marins, grelottant de froid dans leurs vêtements trempés, assis au milieu des elfes terrifiés. Tous les passagers, hommes, femmes et enfants, s'étaient regroupés là comme pour profiter ensemble des dernières minutes qu'il leur restait à vivre. Malmenés par les chaotiques soubresauts du navire, ils s'accrochaient désespérément les uns aux autres. Si quelques-uns pleuraient en silence, la plupart écoutaient avec avidité les matelots qui leur expliquaient que leurs supérieurs les avaient envoyés se mettre en sécurité. Ils ne servaient plus à rien là-haut. Seule une poignée d'hommes était restée à tenir la barre à roue pour tenter vainement de garder un cap qu'ils avaient de toute façon perdu depuis longtemps. Les marins, pourtant aguerris, n'étaient pas optimistes.

— C'est pas croyable! maugréa un ancien au visage buriné. Une tempête comme celle-là, ça faisait ben vingt ans que j'en avais pas vu, ma foi!

— On va tous y rester, si ça se calme pas vite! ajouta un autre en crachant par terre.

— Il paraît qu'il y a des vagues tellement puissantes qu'elles peuvent briser des bateaux en deux. C'est vrai? demanda timidement un jeune elfe noir, serré contre sa mère.

— Pour sûr que c'est vrai, p'tit gars! Et encore, estimons-nous heureux de ne pas être dans une zone de récifs.

— Eh, parle pas trop vite! le coupa son voisin en lui donnant un coup de coude. J'ai entendu le capitaine dire que les îles occidentales ne devaient pas être bien loin. Avec un peu de malchance, on n'en verra que les rochers, de ces maudites îles !

« Et dire que j'étais venue pour remonter le moral des troupes ! » songea Luna, dépitée.

— Et si nous priions tous ensemble, mes frères ? proposa l'aumônier du bord en se frayant un chemin à quatre pattes parmi les passagers amassés là.

— Ah non, mon père ! gronda un des gabiers en prenant un air courroucé. Malgré tout le respect que je vous dois, c'est pas vos bondieuseries qui changeront quequ'chose. Quand la mer est en colère, personne peut la calmer, même pas Dieu !

Choqué, l'aumônier leva les mains en l'air comme pour maudire le blasphémateur, mais une forte secousse l'envoya brutalement balader à l'autre bout de l'entrepont. Malgré le danger et la peur, quelques sourires goguenards s'affichèrent sur les faces parcheminées des marins. Soudain l'un d'eux s'écria :

— Eh, j'vais vous raconter une histoire de naufrage que mon grand-père me narrait quand j'étais petiot.

Personnellement, Luna n'avait aucune envie d'entendre ce genre de récit, mais les autres elfes hochèrent tous la tête. Elle comprit que son peuple n'avait pas envie qu'on lui assène des paroles réconfortantes; il n'avait pas non plus envie de prier; ses amis avaient dépassé ce stade; la peur de mourir transfigurait leurs traits. Ce dont ils avaient besoin, c'était au contraire d'exorciser cette peur en écoutant d'effroyables histoires.

Un sentiment de vacuité s'empara de l'adolescente. Son peuple n'avait pas besoin d'elle. Elle se sentit terriblement inutile. Tout à coup, elle songea aux loups, isolés dans la cale et sans doute terrorisés. Eux seraient peut-être heureux de la voir. En tout cas, elle, elle avait besoin du réconfort d'Elbion.

Sans hésiter, elle quitta discrètement l'assemblée et se faufila à quatre pattes jusqu'à l'une des écoutilles qui menaient à l'étage inférieur. La descente fut difficile, mais elle arriva finalement en bas en un seul morceau.

— Elbion ! cria Luna dans l'obscurité.

Comme aucune réponse ne lui parvint, elle se mit à ramper entre les caisses de vivres et les barriques d'eau douce, solidement arrimées par d'épais cordages. Elle contourna quelques cages remplies de volailles épouvantées qui caquetaient et voletaient dans un désordre ahurissant. Elle appela à nouveau, tout en se dirigeant vers la poupe. C'était là que la coque frappait le moins contre l'océan en furie, et c'était donc là qu'avaient dû se regrouper les loups.

Elle se redressa pour ouvrir une porte, mais à peine avait-elle tourné la poignée qu'une brusque embardée du navire la jeta violemment dans la soute. Ses mains cherchèrent désespérément où s'accrocher, mais ne rencontrèrent que du vide. Elle retomba lourdement sur les lattes de bois et glissa jusqu'à percuter une masse douce et chaude.

— Eh bien, quelle arrivée fracassante !

Luna redressa la tête et reconnut la fourrure ivoire de son frère qui la regardait en souriant. Derrière lui se tenaient Scylla et les trois louveteaux endormis dans son giron. Plaqués au sol, les loups ne bougeaient pas, semblant attendre patiemment la fin de la tempête. Seules leurs oreilles dressées qui guettaient le moindre craquement suspect de la coque trahissaient leur peur.

— Oh, Elbion, si tu savais ce que je suis contente de te voir ! chuchota Luna pour ne pas réveiller les petits. C'est épouvantable, là-haut !

— J'étais très inquiet pour toi, répliqua le loup en frottant son museau contre le front de sa sœur. Mais, dis-moi… où est Kendhal ?

Luna tressaillit, rongée par l'angoisse.

— Il est sur le pont avec le capitaine.

— Oh, je vois. Ne t'en fais pas, Kendhal sait ce qu'il fait. De toute façon si la situation devient trop dangereuse, Oreyn le renverra à l'intérieur.

— Mais le capitaine a déjà fait descendre tous ses matelots dans l'entrepont, protesta Luna. Oh, Elbion, je… j'espère qu'il ne lui est rien arrivé, qu'il n'est pas passé par-dessus bord ! Je devrais peut-être aller le chercher ?

Le loup lui fit les gros yeux.

— Pour être emportée par une vague ? Pas question, Luna ! Nous allons attendre là bien sagement et, quand le vent se calmera enfin, nous remonterons sur le pont. Qu'en dis-tu ?

L'adolescente hocha la tête, malheureuse, mais résignée. Elle se lova contre son frère et ferma les yeux.

Ce fut à ce moment-là que tout bascula.

Un effroyable craquement provenant d'en haut transperça leurs tympans. La frégate trembla de tout son long sous un impact d'une puissance épouvantable aussi bien que destructrice et le bois hurla en se déchirant. C'était comme si tout le pont, éventré par la chute du grand mât, s'effondrait d'un coup. Alors, la coque, transpercée par le bras d'acier, céda. Des tonnes d'eau s'engouffrèrent dans la cale et l'entrepont.

En hurlant de terreur, Luna s'agrippa à Elbion de toutes ses forces. Emportée par les flots hystériques, elle n'eut que le temps de penser à Kendhal avant de sentir sa gorge se remplir d'eau. Elle recracha le liquide salé qui menaçait de la submerger. Désespérément accrochée à son frère, elle essaya d'aspirer goulûment une dernière bouffée d'air, mais la mer était partout. Sa vue se brouilla, ses poumons s'enflammèrent et elle perdit connaissance.

9

De faire passer la matriarche des drows pour l'idole sacrée des humains semblait une excellente idée. Matrone Sylnor y avait aussitôt adhéré. Puisque jusqu'à présent leurs recherches assidues n'avaient rien donné et que les elfes étaient toujours introuvables, autant s'amuser un peu. Cela lui éviterait de se morfondre ou de s'en prendre inutilement à ses guerrières. En outre, en s'assurant l'aide des humains, la grande prêtresse bénéficierait d'un atout de taille. Des milliers d'espions à sa solde se feraient une joie et même un devoir d'obéir à la volonté de leur déesse. Car, c'était certain, où qu'ils fussent, les elfes auraient un jour ou l'autre besoin de vivres. Où les trouveraient-ils, sinon dans les villages humains ? Ce serait à ce moment-là que l'armée des drows sortirait de l'ombre et leur tomberait dessus pour les massacrer sans pitié.

« Patience, patience ! s'exhorta l'adolescente. Nous n'en sommes pas encore là… »

Pour le moment, pas question de se montrer. Drows, griffons et pégases devaient rester tranquillement dans la forteresse qu'ils avaient investie et naturellement rebaptisée Lloth'Mur, et poursuivre les patrouilles dans l'immense forêt qui l'entourait. Pendant ce temps, matrone Sylnor jouerait son rôle devant les humains à la perfection.

Mais, pour que tout se déroule sans accroc, il fallait d'abord mettre au point un plan d'action précis et rigoureux. Sylnor et Ylaïs passèrent plusieurs jours à réfléchir aux différentes options qui se présentaient à elles, tout en anticipant les problèmes qui se poseraient immanquablement.

Un des problèmes majeurs, justement, résidait dans l'escorte de matrone Sylnor. Il n'était pas question de laisser la matriarche seule, mais il était impossible que la Vierge noire, comme l'appelaient les humains, fût entourée d'autres déesses noires. Cela serait ridicule et provoquerait inévitablement la suspicion des humains. Non, il fallait absolument que matrone Sylnor soit la seule à apparaître. Par conséquent, soit son escorte utiliserait un sortilège de dissimulation, soit ses guerrières revêtiraient de longs manteaux à capuche et des gants pour masquer leur véritable nature. Mais la question était de savoir si la fameuse Vierge noire avait des disciples, des acolytes ou même des serviteurs. Les drows qui ne s'étaient jamais intéressés aux croyances religieuses des humains ignoraient tout de cette étrange divinité. C'était donc par là qu'il fallait commencer.

Matrone Sylnor n'hésita pas à envoyer Ylaïs dans le village le plus proche. La première prêtresse fit, comme la fois précédente, le trajet en griffon et laissa sa monture en lisière de la forêt. Elle prononça la formule qui la rendait invisible et se rendit au village le plus proche pour sonder les esprits de plusieurs humains. Aucune information concernant la déesse ne devait lui échapper. Elle voulait tout savoir, son origine, ses attributs, son caractère, son influence, ses pouvoirs, sa généalogie; rien ne devait être oublié. Il n'était pas question en effet de commettre bêtement un impair qui réduirait tous leurs efforts à néant. Le plan devait fonctionner du premier coup. Matrone Sylnor n'aurait pas de deuxième chance.

Lorsqu'Ylaïs revint enfin, elle détenait de précieuses informations. Ses pouvoirs psychiques s'étaient révélés d'une efficacité redoutable. Ces stupides humains n'avaient rien remarqué, ni sa présence physique, ni ses incursions mentales. Ils s'étaient laissé fouiller sans même s'en rendre compte. À présent la Vierge noire n'avait plus aucun secret pour les drows. Même si la matriarche restait sceptique par rapport à une religion basée sur l'amour de son prochain et si de parvenir à réunir autant d'adeptes sans jamais pratiquer le moindre sacrifice restait pour elle un mystère, elle comprenait mieux maintenant comment jouer son rôle.

Sylnor et Ylaïs se remirent donc au travail. Ensemble, elles planifièrent les étapes successives de l'apparition divine dans ses moindres détails. En effet, une déesse n'apparaissait pas comme le commun des mortels au pied des remparts en réclamant qu'on lui ouvre la porte. Il fallait une mise en scène. Des paroles à prononcer au choix stratégique du lieu du miracle, en passant par les intonations de la voix, les gestes et les regards, sans oublier le costume, rien ne devait être laissé au hasard.

Les deux drows réfléchirent au moyen le plus sûr de s'assurer du soutien des humains. Normalement, il ne serait nul besoin d'enchantement ou de ruse, car les fidèles viendraient à elle tout naturellement, portés par leur foi. Mais, si leur dévotion venait à faillir, les moyens de les soumettre ne manqueraient pas: hypnose, envoûtement quelconque ou charme de séduction. Les drows excellaient dans ce domaine.

Après plusieurs jours de préparation et de répétition, la supercherie était au point. Dissimulée par magie, tout comme Ylaïs et huit autres drows, matrone Sylnor se posta près d'un taillis isolé au bord du chemin, au pied d'une croix de pierre. D'après Ylaïs, la croix était pour les humains le symbole de leur dieu tutélaire. L'endroit semblait donc idéal pour une apparition divine. L'adolescente attendit que se présente un humain crédule et naïf qui lui servirait de sésame.

L'attente ne fut pas longue.

Yvain s'approcha du calvaire avec un sourire qui lui allait d'une oreille à l'autre et gloussa en silence. Cela devenait trop facile de rouler ce gros benêt de charcutier. Cette fois-ci, il lui avait chapardé un jarret bien grillé qu'il allait dévorer de bon appétit.

Le jeune paysan contourna le monument pour ne pas être visible du chemin et s'assit dos à la pierre. Sans remords ni états d'âme, il mordit dans la viande juteuse à pleines dents. Insouciant et n'écoutant que son ventre qui gargouillait de plaisir, il en savourait chaque bouchée quand une voix féminine pleine de réprobation l'interpella.

— Yvain… Ce que tu as fait est mal, très mal !

Le jouvenceau suspendit son geste, inquiet. Était-ce sa mère qui l'avait suivi jusque-là ? Impossible, la lavandière était au lavoir à cancaner comme à son habitude quand il avait quitté le village. Avec souplesse, il sauta sur ses pieds et contourna le calvaire, prêt à en découdre avec celle qui prétendait le confondre. À sa grande surprise, le chemin était désert. Interloqué, il fit à nouveau le tour du calvaire, jeta un coup d'œil dans les fourrés et finit par mettre sa main en visière pour scruter les alentours.

— Je ne suis pas là pour te juger, Yvain, reprit la voix, juste derrière lui.

Yvain pivota, mais ne vit personne. Il sentit la colère monter en lui.

— Alors, dégage ! cria-t-il, rageur. File d'ici avant que je te mette une raclée !

Un rire cristallin fusa dans l'air et s'enroula autour du jouvenceau, ondulant comme un serpent et hérissant sa peau de mille frissons glacés. Un sentiment de peur s'empara de lui. Qui donc lui jouait ce sale tour ?

— Montre-toi, vilaine, ou je te jure que tu vas passer un sale quart d'heure ! gronda-t-il à la cantonade en brandissant son poing comme une menace.

Il attendit, le cœur battant. Comme le silence semblait revenu, il pensa avoir effrayé la coquine. Il avisa le jambonneau qu'il tenait toujours dans son poing et décida de le terminer vite fait avant que la jouvencelle ne revienne ou qu'elle ne le dénonce à sa mère.

Lorsqu'il se retourna pour s'adosser contre le calvaire, il reçut le choc de sa vie. Une jeune femme se tenait là, juste devant lui, nimbée d'un halo de lumière dorée. Il fit un bond en arrière, tellement affolé qu'il en lâcha sa pitance. Il écarquilla les yeux et cessa de respirer.

La Vierge ! La Vierge noire venait de lui apparaître. C'était un miracle, un véritable miracle !

Repentant, mortifié, il suffoqua et tomba à genoux aux pieds de la sainte.

— Tu n'es qu'un fieffé coquin, Yvain ! fit la Vierge, faussement courroucée. Mais je te pardonne, car j'ai sondé ton cœur et je sais que tu n'es pas un mauvais bougre. Par ailleurs, j'ai besoin de ton aide, Yvain.

— De... de... mon aide ? balbutia le garçon, osant à peine relever la tête.

— Tu auras bientôt un grand rôle à jouer dans l'histoire et, si tu me jures fidélité et obéissance, je t'offrirai un destin exceptionnel.

Rêves-tu toujours d'intégrer l'armée du gouverneur ?

— Co... comment le savez-vous ?

— Je lis en toi comme dans un livre, Yvain. Maintenant, regarde-moi et écoute ce que j'ai à te dire.

Le paysan, qui tremblait comme une feuille, obtempéra. Il leva les yeux vers la divinité et la contempla en silence, ébloui par tant de beauté. Droite et majestueuse, elle se tenait devant lui, magnifique de puissance et de simplicité. La mante bleu ciel qui recouvrait ses cheveux, tout en ayant le mérite de dissimuler ses oreilles, faisait ressortir l'éclat de ses yeux amènes et retombait élégamment sur ses frêles épaules. Sa longue robe d'un blanc immaculé que resserrait à la taille une fine ceinture d'argent contrastait avec sa peau foncée. La Vierge noire le regardait en souriant. Tout dans son attitude, dans sa voix, dans son regard n'était qu'amour et miséricorde.

Yvain n'avait jamais été très croyant. Il assistait aux messes pour ne pas subir le courroux de sa mère et du curé, mais que n'aurait-il pas donné pour troquer les heures interminables de catéchisme contre une bonne partie de pêche ! Combien de fois, avec ses compagnons, s'était-il moqué des vieilles dévotes qui se précipitaient comme des oies vers l'église dès le premier son de cloche!

Pourtant, devant cette apparition miraculeuse, le cœur du garçon se gorgea d'une foi nouvelle et sincère. Un sentiment de fierté mêlé d'une reconnaissance sans borne s'empara de lui. La très sainte Vierge noire lui était apparue, à lui. Le fainéant, le stupide, l'inutile Yvain serait désormais celui qu'on regarderait avec respect. Sa vie appartiendrait dorénavant à la sainte et il ferait tout ce qu'elle lui demanderait.

10

Luna s'étira avec nonchalance, tout en gardant les yeux fermés. Cela faisait des mois qu'elle n'avait pas aussi bien dormi. Elle n'avait pas envie de se réveiller. Pas maintenant. Elle voulait profiter encore un peu de la douce chaleur de son lit. Ses draps sentaient tellement bon ! Une odeur fraîche, délicat mélange d'embruns et de fleurs sauvages. L'adolescente les huma avec plaisir avant de se tourner sur le ventre. Elle glissa un bras sous l'oreiller moelleux et soupira de bonheur. Qu'il était doux de se retrouver enfin à Laltharils, dans sa jolie chambre, dans son lit douillet.

À Laltharils ?

Une décharge électrique secoua l'adolescente. Laltharils avait brûlé. Elle n'était plus que cendres et ruines. Luna ouvrit brusquement les yeux et se redressa comme mue par un ressort.

Autour d'elle nageaient des dizaines de poissons multicolores. Jouant avec de longues algues d'un vert tendre qui formaient comme un rideau protecteur, ils filaient et tourbillonnaient en une danse effrénée.

Les yeux de Luna s'agrandirent de stupeur. Sa bouche s'ouvrit sur un cri muet. Son cerveau se mit à cogiter pour rassembler ses derniers souvenirs. Elle se rappela alors la *Fougueuse*, la tempête, le naufrage. Son cœur s'emballa. Haletante, elle porta instinctivement la main à sa gorge, comme si soudain elle manquait d'air. Mais elle comprit vite sa méprise. Elle n'était pas vraiment sous l'eau, puisqu'elle pouvait respirer. Elle aspira avec avidité une gorgée d'air, puis une deuxième et une troisième. Alors seulement son cœur se calma et l'adolescente promena son regard autour d'elle pour tenter de comprendre où elle se trouvait. Ce qu'elle découvrit dépassait son entendement.

Elle était dans une sorte de bulle, une grosse bulle d'air, étanche et translucide, qui lui permettait d'être sous l'eau sans être dedans. À l'exception d'un rectangle blanc qui se trouvait à deux pas de son lit et qui ressemblait bizarrement à une porte, Luna se serait crue au beau milieu de l'océan.

Sans oser faire le moindre mouvement, elle leva les yeux. Ce qu'elle vit lui coupa le souffle. Les bancs de poissons allaient et venaient au-dessus de sa tête avec une grâce incomparable. Dans un scintillement féerique, la lumière provenant de la surface se reflétait sur leurs écailles argentées. Fascinée et comme hypnotisée par cet envoûtant spectacle, elle n'osait pas détourner son regard. Soudain, entre les algues longilignes qui ondulaient au gré du courant, elle distingua un étrange levier métallique, situé à côté du rectangle blanc. Elle cligna les yeux, ahurie. Se trouvait-il à l'intérieur de la bulle, ou à l'extérieur ?

Sans bruit ni geste brusque, Luna se mit à quatre pattes et avança lentement jusqu'au bout du lit. Là, elle baissa les yeux et s'immobilisa. Le lit se trouvait posé à même le sable. Elle réprima un frisson d'angoisse, car, pour atteindre le levier, il lui faudrait fouler le sol de cette stupéfiante chambre, mais elle n'avait pas envie de sentir l'eau ni même le sable sur ses pieds nus, sans parler du risque de percer cette bulle qui semblait si fine et si fragile. Elle craignait qu'à la moindre pression des centaines de litres d'eau ne s'engouffrent dans son refuge pour l'engloutir.

Soudain les images du naufrage lui revinrent à l'esprit avec la violence d'une gifle.

Sous le poids du mât, la coque du navire s'était déchirée dans un épouvantable fracas. Les flots indomptables s'étaient engouffrés brusquement dans les soutes. Le goût du sel avait envahi sa bouche, sa gorge, ses poumons. Elle aurait dû mourir. Personne ne pouvait survivre à un tel naufrage. Pourtant, elle respirait, elle pensait, elle bougeait. Elle n'était donc pas morte. À moins que… Se trouvait-elle à Outretombe, dans une des tours du palais des Brumes ? Et si elle était devenue un esprit ? Et si le Bouff'mort lui avait désigné une pièce, décorée selon sa volonté ? Oui mais, aussi beau que fût le spectacle sous-marin qui l'entourait, ce n'était absolument pas le décor dont rêvait Luna. Cette masse d'eau infinie qui se mouvait autour d'elle l'angoissait profondément, comme s'il s'agissait d'une menace. Luna n'était plus sûre de rien. Il fallait qu'elle en ait le cœur net. Si c'était sa pièce, elle devait pouvoir en changer.

Elle ferma les yeux en serrant les paupières de toutes ses forces et songea à Laltharils, au majestueux palais de son grand-père, aux tonnelles couvertes de fleurs aux boutons écarlates, aux patios paisibles, à sa terrasse qui dominait le lac scintillant. Ça, c'était les images qu'elle avait envie de retrouver, ça, c'était l'endroit où elle avait envie de vivre l'éternité durant.

Rassérénée, elle sourit intérieurement et ouvrit les yeux.

Sa déception fut atroce. Rien n'avait changé. Son cœur se serra lorsqu'elle découvrit à nouveau les algues bercées par les flots tranquilles et les myriades de poissons insouciants qui jouaient à cache-cache. Elle pesta entre ses dents. Pourtant, si elle ne pouvait changer de décor, cela signifiait qu'elle n'était ni dans sa pièce ni à Outretombe, et donc qu'elle était bel et bien vivante. Mais, dans ce cas, où se trouvait-elle ?

Ses yeux fixèrent à nouveau le levier. La présence d'un tel objet semblait suffisamment insolite pour retenir son attention. À quoi servait-il ? Ouvrait-il quelque chose ? Une porte ? Le rectangle blanc ? Ou bien une vanne qui remplirait la bulle d'eau ?

Luna frémit. C'était comme si sa vie ne tenait qu'à un fil. Un geste maladroit et hop, sa bulle éclaterait et elle se noierait pour de bon, cette fois.

Pourtant, elle n'hésita pas longtemps. Plus les minutes passaient, plus cet endroit devenait oppressant. « Trop d'eau, trop étroit, trop hermétique ! se dit-elle. C'est comme une prison sous-marine. Après tout, qu'importe ce qu'ouvrira ce levier, pourvu qu'on en finisse ! »

Luna s'accroupit au bord du lit, décidée à poser son pied nu sur le fond marin, quelles qu'en soient les conséquences. Sa jambe tremblait pourtant. Elle redoutait le contact avec ce sol humide et sablonneux. Et qui sait quelles créatures étranges vivaient enfouies là-dessous, prêtes à surgir brusquement pour la mordre.

Elle prit une grande inspiration et posa délicatement son pied sur le sable. Elle eut à peine le temps de sentir un sol compact, sec et doux au toucher, car ce qui se produisit la laissa pantoise. Au moment précis où son pied entra en contact avec le sol, la pièce changea d'aspect. Les murs s'opacifièrent brusquement.

Surprise autant qu'apeurée par ce prodige supplémentaire, Luna recula brusquement pour se réfugier au milieu du lit, seul repère stable dans cet environnement déroutant. À présent, la bulle était entièrement opaque et blanche comme un mur chaulé, à l'exception de deux fenêtres qui s'ouvraient sur l'extérieur. En face du lit se trouvait toujours le rectangle blanc. Il apparaissait nettement comme une porte, maintenant.

L'adolescente laissa s'écouler deux longues minutes avant de bouger à nouveau. Comme rien de suspect ne se produisait, elle finit par se lever pour marcher jusqu'à la fenêtre située à droite du lit. Elle constata, presque soulagée, que dehors rien n'avait changé. Les bancs de poissons virevoltaient toujours avec autant de légèreté entre les algues ondulantes. Elle s'écarta de l'ouverture et contourna le lit pour aller se placer devant le fameux levier qui l'intriguait depuis un moment. Ce ne fut qu'à ce moment qu'elle se rendit compte que sa tenue vestimentaire avait changé. Elle ne portait plus le pantalon ciré et l'épaisse veste qu'elle avait mis sur le bateau lorsque le temps avait tourné à la pluie, mais une longue robe turquoise douce comme de la soie et à l'aspect velouté comme une peau de pêche. Légère et vaporeuse, elle était parfaitement ajustée à sa taille et très agréable à porter. Luna caressa l'étrange tissu, séduite.

Comme si cette découverte lui avait redonné confiance en elle, l'adolescente prit une grande inspiration et abaissa d'un coup le levier. Dans un chuintement feutré, le pan de la porte s'effaça dans la cloison blanche. La porte venait de s'ouvrir.

Luna resta un moment sur le seuil, immobile, à observer le long couloir aux murs blancs et lisses percés de hublots circulaires de chaque côté. Cinq ou six mètres plus loin se trouvait une autre porte assortie d'un levier identique.

Le cœur battant, elle hésita. Elle se demandait où elle se trouvait, qui l'avait amenée là et quelles étaient ses intentions.

Sans s'affoler, elle tenta de réfléchir posément. Si les gens qui vivaient là nourrissaient de mauvaises intentions à son égard, ils ne l'auraient certainement pas sauvée de la noyade, ils ne lui auraient pas permis de sortir de sa chambre et ils ne lui auraient pas non plus offert une si jolie tenue. C'était donc plutôt bon signe, ce qu'elle constatait depuis son réveil, mais Luna attendait de voir à quoi ressemblaient ceux qui l'avaient sauvée avant de se réjouir de ne pas avoir péri.

Soudain, une autre pensée l'assaillit. Si elle avait été sauvée du naufrage, qu'en était-il d'Elbion, de Scylla et des louveteaux, de Kendhal, de Syrus, du capitaine et de tous les autres passagers ? Luna se raidit, épouvantée à l'idée qu'il soit arrivé malheur aux êtres qu'elle aimait. Était-elle la seule survivante de la *Fougueuse* ?

Il fallait qu'elle sache. Elle se précipita dans le couloir et abaissa le second levier. La deuxième porte s'ouvrit en disparaissant dans le mur, tandis que celle de sa chambre se refermait sans un bruit, comme si elles étaient reliées l'une à l'autre par un mécanisme invisible. « Intéressant, ce système de portes communicantes ! »

remarqua Luna avant d'examiner la salle dans laquelle elle venait de pénétrer.

Là, il n'y avait pas de fenêtre aux murs, mais un plafond transparent laissait apercevoir le bleu intense de l'océan. Là-haut, à une dizaine de mètres, peut-être plus, se trouvait la surface aux eaux plus claires, baignées de lumière. Apparemment, il faisait beau et la tempête semblait terminée.

«Les autres navires ont-ils tenu bon? se demanda soudain Luna avec anxiété. Maman, Darkhan et les autres ont-ils également fait naufrage? Sinon, à l'heure qu'il est, ils doivent penser que je suis morte!»

Cette pensée la terrifia. D'imaginer que les siens la croyaient morte, de songer qu'ils pleuraient sa disparition provoqua une vive douleur dans sa poitrine. Comment les rassurer? Comment leur dire qu'elle était bien vivante? Il fallait qu'elle trouve le moyen de s'échapper de là, coûte que coûte.

Les murs immaculés du vestibule circulaire étaient percés de trois portes identiques munies de leur levier. Luna choisit au hasard celle qui se trouvait en face d'elle. Elle actionna le mécanisme d'ouverture qui referma aussitôt la porte dans son dos. Sans attendre, elle s'avança dans une vaste salle rectangulaire aux murs et au sol également blancs. De confortables banquettes aux formes arrondies avaient été disposées en arc de cercle autour de tables basses. Sur les côtés, de larges escaliers menaient aux étages supérieurs, ce qui fit soupçonner à Luna que cet endroit était sans doute bien plus grand qu'elle ne l'avait imaginé. Devant elle se dessinaient deux autres portes à levier et, dans les angles, de magnifiques plantes vertes couraient en face des larges baies vitrées qui s'ouvraient sur l'océan. Luna s'en approcha, à la fois émerveillée et terrifiée. La beauté des fonds marins la subjuguait, mais l'idée qu'il suffirait d'une grosse pierre jetée en plein milieu de la fenêtre pour la fracasser l'effrayait. Pour rien au monde elle n'aurait voulu revivre l'expérience traumatisante du naufrage.

Arrivée vis-à-vis de la cloison translucide, l'adolescente posa sa main dessus et s'étonna. Ce n'était ni froid ni solide comme du verre, mais plutôt souple et tiède comme… comme rien de ce qu'elle connaissait. Décidément, les gens qui vivaient là possédaient d'étranges habitations.

Luna laissa son regard suivre le ballet incessant des poissons. Elle admirait leurs formes variées et leurs couleurs chatoyantes quand un détail attira son attention. Elle plissa les yeux et devina plusieurs buissons d'algues vertes, longues et indolentes, comme celles qui entouraient la pièce où elle s'était réveillée. Il y en avait un peu partout, à droite, à gauche, et même en hauteur, plus près de la surface. Elle se demanda si ces chambres hébergeaient d'autres rescapés comme elle et si Kendhal se trouvait dans l'une d'elles.

Soudain surexcitée, Luna s'élança dans le couloir d'où elle venait, bien décidée à ouvrir les portes latérales qu'elle avait laissées derrière elle. Et si ses amis ne s'y trouvaient pas, elle monterait visiter l'étage. Elle allait actionner le levier quand une voix dans son dos lui glaça le sang.

— Holà ! en voilà une qui cherche à s'enfuir !

11

À ces mots, Luna banda son esprit et fit brusquement volte-face, prête à utiliser son pouvoir sur les propriétaires des lieux s'ils se montraient agressifs. Mais elle retint son geste en les apercevant.

La jeune fille avait vaguement imaginé qu'elle rencontrerait des humains à tête de poisson ou bien l'inverse, comme les sirènes des légendes anciennes, mais en aucun cas elle n'aurait pensé découvrir des elfes dans cet endroit. Des elfes bien particuliers, certes, mais leurs oreilles en pointe trahissaient sans aucun doute possible leurs origines elfiques.

Les deux êtres qui lui faisaient face étaient d'une beauté stupéfiante. Tous deux avaient la peau bleutée, couverte de tatouages aux reflets nacrés. Leurs vêtements qui les couvraient à peine mettaient en valeur leur corps parfait. La fille, assez jeune, portait les cheveux longs. Ses boucles d'un bleu intense cascadaient sur ses épaules. D'étranges guirlandes de coquillages enserraient ses bras et ses jambes. L'homme, légèrement plus âgé, avait ses cheveux couleur émeraude nattés dans le dos. Ses muscles saillants étaient ceux d'un athlète accompli.

Tous deux souriaient.

— Ça t'étonne qu'elle cherche à s'enfuir? ironisa la fille en riant. Je te rappelle que tu fais toujours cet effet-là aux filles. Dès qu'elles te voient, elles partent en palmant. Tu devrais être habitué!

— Je croyais que mon côté exotique ferait craquer nos charmantes invitées.

— Eh bien, vu la tête qu'elle fait, apparemment c'est raté, s'esclaffa sa compagne.

Rassurée par les propos frivoles de ses hôtes, Luna chercha à se justifier.

— Mais je ne cherchais pas à m'enfuir, je voulais juste…

— Ah ben! tu vois, la coupa le jeune homme. Je suis sûr qu'elle craque déjà pour ma musculature impressionnante.

Mais sa compagne le rabroua en fronçant les sourcils:

— Dis donc, quand une jolie fille parle, on ne lui coupe pas la parole. T'as appris la politesse avec les murènes, ou quoi?

L'homme s'empourpra, mais son sourire malicieux indiquait qu'il n'éprouvait en réalité aucune honte. Apparemment ces deux-là avaient l'habitude de se taquiner. Leur joyeuse complicité arracha un sourire à Luna.

— Regarde ce qu'elle est belle quand elle sourit ! s'écria le jeune homme en s'avançant vers l'adolescente. Je m'appelle Léathor et, au nom de mon peuple, je te souhaite la bienvenue à Océanys.

Comme il lui tendait la main, Luna s'apprêta à la serrer amicalement, mais un détail arrêta son geste. Elle écarquilla les yeux en découvrant ses doigts longs et fins, entièrement palmés.

— Oh ! je crois que le charme est rompu ! se moqua la jeune fille en éclatant de rire.

— Ben quoi ! T'aimes pas mes nageoires ? grimaça-t-il en les retournant dans tous les sens avec un air interloqué.

Alors que Luna se sentait terriblement embarrassée par son manque de tact, la fille s'approcha d'elle.

— Laisse tomber, lui souffla-t-elle. Mon frère est un imbécile. Il savait très bien que nos mains te surprendraient. Il l'a fait exprès pour voir ta réaction. Comme tu peux le constater, nos mains et nos pieds sont palmés ; nous pouvons ainsi nous déplacer plus vite sous l'eau.

— Vous… vous pouvez respirer sous l'eau ? s'étonna Luna.

— Pourquoi ? Pas toi ? s'écria Léathor en prenant un air consterné.

— Ben non, je…

Devant le trouble de son invitée, la jeune fille eut un regard noir pour son frère.

— Léathor, arrête ! T'es pas drôle !

Elle se tourna à nouveau vers Luna et ajouta en lui adressant un clin d'œil :

— Nous autres, océanides, possédons des ouïes, juste là, derrière nos oreilles. Nous pouvons ainsi respirer sous l'eau, mais ça ne nous rend pas forcément plus intelligents ni plus drôles. Regarde mon frère ! La crétinerie incarnée ! Tu comprends pourquoi les filles l'évitent ?

Comme Luna acquiesçait en pouffant de rire, Léathor leva les bras au ciel.

— Voilà à quoi se résume l'histoire de ma vie ! feignit-il de se lamenter. Ni mon charisme, ni mon corps d'athlète, ni mon humour ravageur ne parviennent jamais à séduire la gent féminine. Je dois être maudit des dieux !

— Bon, c'est fini, ces simagrées ? soupira sa sœur en riant. Je suppose que notre invitée a des tas de questions à nous poser. Et tu ne lui as même pas laissé le temps de nous dire comment elle s'appelle, espèce de poulpe malpoli !

L'insulte fit à nouveau sourire Luna. Décidément ces jeunes gens lui plaisaient bien.

— Je m'appelle Luna, mais mon nom elfique est Sylnodel.

— Oh, Perle de lune ! s'exclama son interlocutrice avec un plaisir évident. Quelle jolie coïncidence ! Moi, je m'appelle Sylmarils, ce qui signifie Perle de mer.

— Vous êtes donc bien des elfes ?

— Des elfes marins ! précisa Léathor en prenant un air docte. Ou océanides, si tu préfères. Ma sœur et moi sommes les héritiers de la couronne d'Acuarius que porte actuellement notre vénéré père, le grand Fulgurus.

— Non, mais tu t'entendrais parler ! le railla sa sœur, hilare. Quel prétentieux ! Oublie ça, Sylnodel. Mon frère essaie de t'impressionner, mais je suis sûre que ses origines t'indiffèrent, n'est-ce pas !

Luna haussa les épaules, amusée.

— Ce qui compte vraiment, c'est la noblesse de cœur, fit-elle, préférant rester modeste.

— Ça, c'est ce qu'on dit quand on est issu du bas peuple, rétorqua Léathor en grimaçant.

C'en fut trop pour Luna qui décida de remettre gentiment ce vaniteux à sa place.

— Sachez, prince Léathor, commença-t-elle en prenant un accent aristocratique exagérément prononcé, que je suis moi-même une princesse elfe de lune de sang royal, fille de la reine Ambrethil et petite-fille du vénérable Hérildur, connu à travers tout le continent pour sa grande sagesse.

Visiblement impressionné, le jeune homme ouvrit la bouche pour répliquer, mais il se ravisa aussitôt.

— Eh bien, tu as bien fait de la sauver, celle-là, hein, frérot ? ironisa Sylmarils en lui donnant un coup de coude complice.

Ce mot fit réagir Luna qui retrouva instantanément son sérieux.

— C'est vous qui nous avez sauvés de la noyade lors du naufrage de la *Fougueuse*?

— Exactement ! s'empressa de confirmer Léathor. Nous avions repéré vos navires depuis un moment déjà, mais, quand la tempête s'est levée, nous sommes restés à proximité, au cas où…

— Et nous avons bien fait, ajouta sa sœur.

— Tous nos bateaux ont fait naufrage ? s'épouvanta Luna.

— Le vôtre en premier. Le grand mât n'a pas tenu le coup. Quand il est tombé, son poids a fait éclater le pont et la coque a été endommagée en plusieurs endroits. Les autres navires ont poursuivi leur route, mais les capitaines ne devaient pas connaître le coin, car ils sont venus s'écraser sur les récifs qui bordent notre lagon. Autant te dire que nous avons eu fort à faire !

Luna tressaillit.

— Vous avez sauvé tout le monde? s'angoissa-t-elle, soudain livide.

Le regard entendu que les deux jeunes océanides échangèrent ne la rassura nullement.

— Eh bien, en fait, nous... nous avons dû faire des choix, avoua confusément Sylmarils.

— Oh, disons les choses franchement, fit son frère avec un sérieux que Luna ne lui connaissait pas encore. Nous n'aimons pas les humains et nous n'en avons sauvé aucun.

— Nos peuples sont en conflit depuis des siècles, expliqua sa sœur. Nous ne nous apprécions guère. Nous ne sauvons donc jamais les humains. C'est une règle à laquelle ne déroge aucun océanide.

La mort d'autant d'humains était certes dramatique et Luna aurait dû s'en attrister, mais la joie de savoir les siens en sécurité balaya ses remords. Soudain, une autre question l'assaillit.

— Et les loups? Est-ce que vous avez sauvé les loups?

— Vous aviez des loups à bord? s'étonna le jeune homme. Des loups vivants?

— Ben oui, des loups vivants! s'énerva Luna. Sinon, je m'en ficherais, de savoir si vous les avez sauvés ou non, cornedrouille!

— Parce que nous aussi on en a, des loups, mais morts. Dans nos cuisines !

— Vous mangez les loups ? s'indigna l'adolescente, prise d'un haut-le-cœur.

— Oui, et c'est même excellent ! précisa Léathor.

Comme Luna serrait les poings, prête à bondir sur l'océanide, Sylmarils jugea préférable de s'interposer avant que la situation ne dégénère.

— Oh, du calme, vous deux ! fit-elle en écartant les bras pour les retenir. Sylnodel, chez nous, les loups sont des poissons dont la chair est fort savoureuse. Mais je pense que, pour toi, il s'agit d'autre chose. N'est-ce pas le cas ?

Luna hocha la tête.

— Sur la terre ferme, les loups sont des mammifères de taille moyenne. Ils possèdent quatre pattes, une fourrure épaisse et un museau effilé. Ce sont des animaux sauvages qui vivent en meute, généralement loin des hommes. Les humains les craignent, mais moi j'ai des liens privilégiés avec eux, car j'ai été allaitée par une louve. Mon frère de lait, Elbion, était à bord du bateau avec sa femelle et trois louveteaux. Oh, je vous en supplie, dites-moi que vous les avez sauvés.

— Désolé… murmura Léathor en baissant les yeux.

Luna étouffa un cri, paralysée par la douleur. C'était comme si des milliers de lames aiguisées ratissaient son corps. Elle allait s'effondrer quand Léathor ajouta :

— Désolé de t'avoir parlé gastronomie. Tu as vraiment cru qu'on allait manger ton frère ?

Comme Luna le regardait sans comprendre, prête à défaillir, il poursuivit :

— Lorsque je t'ai sauvée, tu t'agrippais désespérément à ce drôle d'animal tout poilu. J'ai compris qu'il comptait pour toi et je l'ai ramené à la surface, lui aussi.

— Et sa famille ? haleta Luna, les yeux révulsés par l'angoisse.

— J'ai fait signe à mes cousins, Kern et Gabor qui m'accompagnaient, de s'en occuper. Je sais qu'ils ont récupéré un adulte et trois petits.

Un soulagement intense envahit l'adolescente. Scylla et les louveteaux étaient sains et saufs.

— Où sont-ils ? Vont-ils bien ?

— Comme nous ignorions si ces créatures étaient dangereuses ou non, nous avons préféré les isoler. Elles se trouvent dans une salle à part, au niveau inférieur du palais. Mais, rassure-toi, ils se sont bien remis de leur bain forcé. Ce sont même eux qui se sont réveillés en premier.

— Oh, merci ! s'écria Luna, éperdue de reconnaissance, en se jetant sur Léathor pour le serrer dans ses bras. Je n'oublierai jamais ce que tu as fait. Merci, merci mille fois !

Alors que le jeune homme savourait l'étreinte inattendue de son invitée, Sylmarils ne put s'empêcher de se moquer à nouveau de lui :

— Eh bien, voilà, il ne fallait pas désespérer ! Tu as enfin compris comment on fait pour séduire. Du courage, de la bravoure ! Rien de tel qu'un véritable héros pour enflammer le cœur des jouvencelles en détresse.

Un éclat de rire sonore les fit tous sursauter.

— Léathor, tombeur de ces dames ? On aura tout vu ! tonna une grosse voix dans leur dos.

— Père ! s'écria joyeusement Sylmarils en courant vers lui.

Luna détailla le groupe d'océanides qui venaient d'arriver par l'un des escaliers situés aux extrémités de la salle. Le roi, un colosse tout en muscles, avançait en tête du cortège, facilement identifiable à la couronne d'argent qu'il arborait fièrement sur sa chevelure azur. Une barbe bleu clair lui mangeait la moitié du visage et dissimulait complètement sa bouche, mais ses yeux lumineux souriaient. Une vingtaine d'elfes les accompagnaient. En reconnaissant Ambrethil, Edryss et Platzeck, Luna poussa un cri de joie. Lorsque ses yeux rencontrèrent ceux de Kendhal, son cœur bondit dans sa poitrine. Elle s'échappa des bras de Léathor et se précipita vers l'elfe doré pour lui sauter au cou.

— Oh, mon pauvre frère! plaisanta Sylmarils. À peine en tenais-tu une qu'elle t'échappe déjà. Vraiment, je ne sais pas ce que tu as fait à Acuarius pour être aussi malchanceux en amour.

Les océanides rirent de bon cœur, sauf Léathor qui prit un air désabusé.

— C'est ça, riez! Mais un jour, vous verrez, j'aurai la plus belle fille d'Océanys à mon bras. C'est juste que, pour l'instant, elle ne sait pas encore qu'elle est follement amoureuse de moi.

— Mais oui, mon fils, s'esclaffa le roi. En attendant que notre bon Acuarius daigne t'accorder les faveurs d'une damoiselle, que dirais-tu si nous allions nous restaurer un peu? Même si tous nos invités ne sont pas encore réveillés, ceux-là doivent avoir grand-faim. Les émotions, ça creuse!

Luna se rendit soudain compte à quel point elle était affamée. Même si elle avait hâte de revoir ses loups, l'idée d'un bon repas la réjouissait.

Les elfes furent conduits dans une vaste pièce. Ornée de plantes grimpantes qui couraient le long des murs et tout autour des baies vitrées, elle ressemblait à une salle de bal. En son centre trônait une immense table sur laquelle avait été dressé un banquet multicolore. Une grande partie des rescapés se trouvaient déjà là, un verre à la main, à trinquer avec leurs hôtes. Mais l'arrivée de Fulgurus mit un terme à leurs discussions.

— Je vois que vous avez commencé sans nous… et vous avez bien fait ! s'écria-t-il en s'emparant d'une carafe remplie d'un liquide jaune et pétillant. Mes amis, mes très chers amis, bienvenue à Océanys ! Remplissez-vous la panse jusqu'à plus faim et remplissez vos verres jusqu'à plus soif !

Luna et ses amis s'approchèrent de la table et observèrent les spécialités culinaires de leurs hôtes avec curiosité. Il y avait là des mets aux formes surprenantes et aux couleurs détonantes qui initieraient sans doute leurs papilles à des goûts inédits.

Alors que Luna et Kendhal hésitaient devant les plats, Sylmarils vint les rejoindre.

— Ça, ce sont des blinis aux œufs de lump, indiqua-t-elle en montrant les galettes couvertes de minuscules billes noires. Là, ce sont des lamelles de saumon fumé à l'aneth. Il faut absolument y goûter, c'est divin. Et là, vous avez des rillettes de thon à la laitue de mer, un véritable délice. Tiens, Sylnodel, si tu veux goûter le loup, tu en as de petits morceaux marinés dans cette coupelle.

Luna resta émerveillée devant une telle abondance de mets. Elle avait envie de piocher dans tous les plats. Kendhal, quant à lui, demeurait sceptique.

— Heu, désolé, mais n'auriez-vous pas plutôt quelque chose de sucré ?

— Bien sûr que si, s'enthousiasma la belle. Par ici, regarde ! Là, il y a du porridge de lait de baleine et là, des gâteaux aux huîtres.

— Et ça, c'est quoi ? s'enquit le jeune homme en désignant une masse gélatineuse presque transparente.

— Oh, mon plat préféré ; de la gelée de méduse, fit la jeune océanide en y plongeant une cuiller. Je t'en sers ?

— Heu, non, merci ! Sans façon, je… n'ai pas trop faim, à vrai dire.

Réprimant une grimace de dégoût, il s'éloigna du banquet pour aller admirer les paysages marins. Luna haussa les épaules et se jeta sur les dés de loup marinés. Platzeck, qui engouffrait des sardines dégoulinantes d'huile, lui adressa un sourire complice.

— Au fait, où est Cyrielle ? lui demanda Luna.

— Elle est restée dans sa chambre. Elle a été légèrement blessée lors du naufrage.

— C'est grave?

— Non, une simple luxation de l'épaule. Un guérisseur océanide l'a soignée, mais elle a besoin de repos et de calme.

— J'espère qu'elle se remettra vite, fit Luna, compatissante. Dis, je n'ai pas osé le demander à ta mère, mais est-ce qu'elle a pu sauver nos talismans?

Platzeck se rembrunit.

— Hélas, comme tu peux t'en douter, dans la panique et la confusion qui ont suivi la collision de la frégate contre les récifs, chacun n'a pensé qu'à une chose: sauver sa vie et celle des êtres aimés. Nos talismans sont restés au fond du coffre qui les abritait, dans la cabine qu'occupait ma mère.

Comme Luna plissait le front, soucieuse, l'elfe noir ajouta:

— Mais ne t'inquiète pas. Edryss et Ambrethil en ont déjà parlé à Fulgurus qui a promis d'envoyer des escouades océanides fouiller les épaves. Nous allons les retrouver!

— Ce serait bien... Dis, j'y pense, as-tu vu Darkhan?

— Tiens, non! C'est bizarre! s'étonna l'elfe noir en se mettant à scruter la foule.

Luna aussi promena son regard parmi les rescapés à la recherche de son cousin et d'Assyléa. Soudain, ses yeux clairs tombèrent sur le roi des océanides. Elle resta un moment à observer Fulgurus qui, en hôte attentif, remplissait les coupes de ses invités de l'autre côté de la table. Elle nota intérieurement que sa bonhomie et son sens de l'hospitalité le rendaient fort sympathique. Pourtant, malgré les propos rassurants du roi, Luna s'inquiétait du faible nombre de rescapés présents au banquet. Où étaient donc tous les autres ? Avaient-ils été blessés comme Cyrielle ? Dormaient-ils encore ? Ou bien avaient-ils péri dans la catastrophe ? Vaguement inquiète, elle reposa la verrine qu'elle venait de prendre et s'empressa d'aller rejoindre sa mère. Platzeck la suivit.

— Dis, tu n'aurais pas aperçu Darkhan ou Assy ? demanda-t-elle. Je suis étonnée qu'ils ne soient pas là.

— Moi aussi, fit Ambrethil, visiblement soucieuse. Fulgurus nous a expliqué que nombre de nos amis n'étaient pas encore réveillés. Certains ont échappé à la noyade de justesse. Ils avaient ingurgité tellement d'eau de mer que les océanides ont dû leur administrer un traitement spécial. Ils survivront, mais ils sont pour la plupart très affaiblis. Sans compter ceux qui ont été blessés et emmenés à l'infirmerie pour recevoir des soins en urgence. Mais ce qui me tracasse le plus, c'est que le roi est resté très vague lorsque je lui ai demandé combien d'entre nous avaient été sauvés. Il m'a dit que les rescapés avaient été transportés un peu partout dans sa cité et qu'il était encore trop tôt pour connaître le décompte exact des survivants.

— Tu crois que Fulgurus nous cache volontairement quelque chose ? interrogea Platzeck. Il m'inspire pourtant confiance.

— Je partage ton opinion, soupira la reine, mais il ne faut pas se leurrer. Nous étions presque cinq cents. Les océanides n'ont pas pu sauver tout le monde. Je pense que Fulgurus le sait pertinemment, mais qu'il veut nous ménager.

— Il pense peut-être qu'en reculant cette échéance le choc sera moins douloureux.

— Le choc, peut-être, mais pas notre chagrin, ajouta Ambrethil, les yeux remplis de tristesse. Luna ? Que se passe-t-il ? Tout va bien ?

L'adolescente était toute pâle.

— J'ai beau regarder partout, je ne vois ni Thyl ni Haydel. Or, ils étaient également sur la *Sanglante.*

Platzeck et Ambrethil vacillèrent. Sans se concerter, ils tournèrent la tête dans tous les sens pour tenter d'apercevoir leurs amis dans la foule. Mais ils durent se rendre à l'évidence. Luna avait raison, aucun des elfes qui avaient embarqué sur la goélette du minotaure ne participait au banquet. Un doute affreux s'immisça en eux.

D'un même élan, les trois elfes se précipitèrent vers le roi des océanides. La même question leur brûlait les lèvres. Ambrethil fut la première à la poser.

— Fulgurus, dites-moi la vérité! Avez-vous sauvé les passagers de la goélette?

L'imposant monarque la regarda avec perplexité.

— Bien sûr que non! rétorqua-t-il, comme si la réponse était évidente.

— Pourquoi ça? s'exclama Luna au bord des larmes. Nos amis étaient à bord!

— Mais parce qu'elle n'a pas fait naufrage, pardi! La goélette avait changé de cap depuis longtemps!

Comme Luna retenait son souffle, Platzeck demanda:

— Dans quelle direction est-elle partie?

— Vers le nord.

— Mais la tempête faisait rage partout; ils ont peut-être fait naufrage eux aussi! bredouilla Luna. Vous n'êtes pas allés voir?

— Désolé, princesse, nous ne nous aventurons jamais dans ces eaux-là.

— Pourquoi cela? murmura Ambrethil, tremblante.

Fulgurus les entraîna discrètement à l'écart, comme s'il s'apprêtait à leur révéler un secret.

— À cause d'un traité que nous avons signé avec les abysséens. Au nord, c'est leur territoire et gare à ceux qui violent leurs frontières.

— Les abysséens ? répéta Luna. Qui sont-ils ?

— Sans doute les pires créatures que cache l'océan. Leur férocité n'a d'égale que leur cruauté. Ces êtres sont pervers, sadiques, et ils n'éprouvent aucune pitié pour quelque être vivant que ce soit. Avant que nous signions ce fameux pacte, nombre d'océanides ont été capturés et dévorés vifs par ces redoutables prédateurs.

Luna sentit ses jambes se dérober sous elle.

— Vous croyez que le capitaine de la goélette le savait ? murmura-t-elle.

— Aucune idée, soupira le roi en triturant nerveusement sa barbe. Mais une chose est sûre, les abysséens attaquent tous ceux qui osent s'aventurer dans leur territoire, sous l'eau comme *sur* l'eau. Si la *Sanglante* a coulé, les abysséens auront attendu que ses passagers se noient pour les manger. Et c'est tout le mal que je leur souhaite. Sinon, les monstres sont capables de se jeter sur la goélette pour en dévorer l'équipage tout cru, aussi bien que les passagers, croyez-moi ! Et si vos amis n'étaient pas prêts à défendre très chèrement leur vie, je doute fort qu'ils aient pu en réchapper.

12

Après deux jours de tempête, le ciel était encore chargé, la mer, houleuse, mais le vent avait nettement molli. Toutes voiles dehors, la *Sanglante* filait, cap au nord-est.

Dressé derrière son impressionnante barre en chêne, le minotaure hurla un ordre à ses marins qui réagirent aussitôt. Pas question de bayer aux corneilles ou de tirer au flanc sur la goélette. Il fallait être prompt à réagir si on ne voulait pas subir le fouet ou un châtiment pire.

Pourtant personne ne se plaignait. Tous connaissaient leur capitaine. Il était autoritaire, irascible, aussi imprévisible que violent, mais on disait qu'avec les années il s'était bonifié. Le contremaître de la *Sanglante*, le plus ancien membre d'équipage, racontait à qui voulait bien l'entendre qu'autrefois Gorgonath usait fréquemment du supplice de la planche pour punir les récidivistes et mater les jeunes mousses. Ce n'était pas une mauvaise méthode, mais son côté un peu radical en avait dissuadé plus d'un de venir travailler sur son navire. Alors, le minotaure avait mis un peu d'eau dans son vin. Il avait brûlé sa planche et acheté un fouet. Il frappait fort et gueulait plus. Mais, au final, pour rien au monde l'équipage de la *Sanglante* n'aurait cédé sa place à bord. D'abord parce que Gorgonath était un marin hors pair et qu'ils étaient fiers de naviguer à ses côtés, ensuite et surtout parce qu'il payait grassement. La solde des matelots pouvait en effet atteindre le double de celle des autres marins de Port-au-Loup. Quant à celle des officiers, elle allait jusqu'à tripler. En échange, on encaissait les brimades, coups et sermons sans broncher. Et on fermait les yeux sur les transactions douteuses du capitaine. Douteuses, certes, mais tellement fructueuses !

Gorgonath gronda de plaisir. Le mufle humide à cause des embruns, il huma l'air iodé en ruminant. Ses grosses lèvres bovines se tordirent dans une parodie de sourire. Pour la première fois depuis longtemps, il se sentait bien. Il venait de livrer sa cargaison et, à présent, ce n'était plus des elfes puant la gerbe et les excréments qui dormaient au fond de ses soutes, mais des coffres pleins de coraux précieux et de coquillages rares. Les abysséens n'avaient pas failli à leur parole. Ils s'étaient montrés aussi généreux que prévu.

« Ah, si toutes les transactions pouvaient se dérouler aussi bien que celle-ci ! » songea-t-il.

Dans quelques jours, la *Sanglante* contournerait la cordillère de glace et rejoindrait le petit port de Haskury où l'attendaient ses richissimes clients. Heureusement que l'hiver n'était pas encore là ! Bientôt cet endroit serait prisonnier des glaces arctiques.

Les nains de cette région polaire auraient donné tout l'or de leurs mines en échange des précieux coraux qui ornaient leurs bijoux et paraient leurs costumes de fête. Gorgonath ne comprenait toujours pas pourquoi ces stupides nabots attribuaient plus de valeur à cette pacotille sous-marine qu'aux pépites d'or pur qu'ils extrayaient du sous-sol, mais, comme cela favorisait ses affaires, il avait cessé de se poser des questions.

Après avoir âprement négocié avec les chefs nains et vendu sa cargaison aux plus offrants, il mettrait à nouveau le cap vers le sud et regagnerait Port-au-Loup. Là, il payerait ses hommes et profiterait de ses nouvelles richesses pour acheter les faveurs de quelques gentes damoiselles. Il avait beau n'être qu'à moitié homme, il n'en appréciait pas moins les charmes des humaines.

Tout en reniflant bruyamment, il repensa aux ravissantes créatures qu'il avait embarquées la semaine précédente. Certaines elfes étaient vraiment superbes. Il en aurait bien invité une ou deux dans sa cabine, mais on disait que ces êtres possédaient d'étranges pouvoirs magiques, comme cette noiraude au regard rose qui avait essayé de lire dans son esprit. Elle lui avait donné du fil à retordre, cette sorcière ! En communiquant par télépathie avec les autres navires, elle avait grandement mis son plan en péril. Comme il était primordial que cet idiot d'Oreyn ne se doute de rien, Gorgonath avait décidé de mettre de la distance entre sa goélette et les frégates. L'équipage avait obéi et bordé les voiles pour mieux remonter au vent. La *Sanglante* était devenue un point à l'horizon.

Mais ses passagers n'avaient pas été dupes. De toute façon, depuis le début, le guerrier nommé Darkhan et celui qui avait des ailes se méfiaient de lui.

« Qu'à cela ne tienne, les gars ! avait ricané intérieurement le minotaure. Un petit peu de bouffe avariée pour vous faire vomir tripes et boyaux, quelques gouttes de belladone dans le vin pour provoquer maux de tête et diarrhées et, pour finir en apothéose, du pavot pour endormir définitivement vos soupçons ! »

Ainsi, les elfes dormaient profondément lorsque les abysséens s'étaient hissés à bord pour les emporter avec eux. Ils en feraient, une drôle de tête, à leur réveil, en découvrant les faces hideuses des créatures cauchemardesques qui les retenaient prisonniers. Le minotaure aurait donné cher pour voir ça.

Gorgonath éclata d'un rire tonitruant qui fit se retourner plusieurs marins. Cela faisait longtemps qu'ils n'avaient vu leur capitaine d'aussi joyeuse humeur !

13

« *Si vos amis n'étaient pas prêts à défendre très chèrement leur vie, je doute fort qu'ils aient pu en réchapper.* »

La phrase prononcée par Fulgurus tournait en boucle dans la tête de Luna. Cela faisait trois jours que cette pensée l'obnubilait. Rien ne parvenait à atténuer son inquiétude. Malgré l'hospitalité des océanides, l'amitié sincère de Léathor et de Sylmarils, la visite de la stupéfiante cité sous-marine et la rassurante présence de Kendhal et d'Elbion, Luna ne parvenait pas à chasser l'angoisse qui la taraudait.

La nuit dernière, encore, elle avait peu dormi. Dès l'aube, elle s'était rendue dans le salon pour méditer devant l'océan. Une océanide était venue lui proposer un petit-déjeuner, mais Luna n'avait pas faim. Tant qu'elle ne saurait pas si Darkhan et ses amis étaient en vie, elle ne connaîtrait pas un instant de répit. Il n'y avait rien de pire que de ne pas savoir.

Plusieurs fois, Luna avait essayé d'entrer en contact télépathique avec Assyléa, mais aucune réponse ne lui était jamais parvenue. Son amie devait être beaucoup trop loin, ou morte…

Non ! L'adolescente secoua la tête pour chasser cette funeste pensée. Elle connaissait la valeur de Darkhan et de Thyl. C'était des guerriers forts et courageux. Quant à Assyléa et aux autres elfes noirs, ils possédaient de puissants pouvoirs magiques pour se protéger, mais qu'en était-il des enfants ? Qu'adviendrait-il d'Haydel et du petit Khan en cas de danger ?

Tant de questions sans réponses se bousculaient dans son esprit ! Étaient-ils vraiment passés à travers le territoire des abysséens ? Avaient-ils contourné la zone dangereuse pour gagner d'autres rivages ? Si oui, où étaient-ils, à présent ? Quelque part au nord ? Dans les îles occidentales ? À moins qu'ils ne soient rentrés à Port-au-Loup, auquel cas leurs amis devaient les croire morts et être anéantis par le chagrin.

Quelque chose d'humide se colla soudain sur la main de Luna qui la retira en poussant un cri de surprise.

— N'aie pas peur, c'est moi, Jek ! couina le louveteau, penaud d'avoir effrayé son amie.

— Oh, désolée, mon chou, mais je ne t'avais pas entendu arriver, fit l'adolescente en le serrant dans ses bras comme une grosse peluche.

— Dis plutôt que tu pensais encore à Darkhan ! rectifia Elbion dans son dos.

Luna détacha ses yeux de ceux de Jek pour fixer son frère. Elle le trouva fatigué et amaigri. L'épreuve du naufrage et la peur de perdre les siens l'avaient profondément marqué. Mais elle répondit à sa question comme si de rien n'était.

— C'est vrai que je pensais à Darkhan. Tu sais, il est comme un père pour moi. Assy est ma meilleure amie et Khan est tellement…

— Je sais, Luna, je sais à quel point tu les aimes. Mais fais confiance au destin !

Luna se leva brusquement en faisant rouler le petit loup à terre.

— Arrête de dire ça tout le temps ! C'était valable pour le Marécageux. Il s'est sacrifié pour nous sauver et nous laisser accomplir notre destin, d'accord. Mais, là, c'est n'importe quoi. À quoi servirait la mort de Darkhan et d'Assyléa ? À quoi servirait celle de Thyl ? À quoi servirait le sacrifice d'Haydel et de Khan ? Hein ? Dis-le-moi !

Luna avait crié les derniers mots, tellement elle était folle de tristesse.

Elle s'attendait à une vive réaction de la part de son frère, mais Elbion ne répondit rien. Il la regardait, stoïque. Ses yeux dorés n'étaient que deux fentes insondables.

L'adolescente jeta un coup d'œil à Jek, apeuré, et se sentit rougir. Avant qu'elle ait pu s'excuser, Elbion laissa tomber :

— Qui te dit qu'ils sont morts ?

Luna prit sa tête entre ses mains comme pour l'empêcher d'exploser.

— Mais c'est ça, justement, qui m'angoisse. C'est horrible de ne pas savoir. Je vais peut-être te choquer, mais je préférerais encore qu'ils soient tous morts. Au moins, je pourrais faire mon deuil et les pleurer comme ils le méritent. Alors que là...

— Alors que là quoi ? s'emporta le loup, effectivement choqué par les propos de sa sœur. Tu te rends compte à quel point tu es égoïste ! Tu voudrais qu'ils soient morts pour apaiser tes inquiétudes, pour avoir l'esprit tranquille ? Enfin, Luna, ne pas savoir, c'est au contraire laisser la porte ouverte sur l'espoir. L'espoir de les savoir en vie, en sécurité. L'espoir de les revoir bientôt. Si tu fermes cette porte, tu renonces à l'espoir. Or, c'est tout ce qu'il nous reste, l'espoir. Ne le gaspillons pas bêtement !

Désarmée, Luna hocha la tête en silence. La sagesse d'Elbion n'en finissait pas de la surprendre. Une fois encore il avait su trouver les mots justes. Elle tomba à genoux et referma ses bras autour du cou de son frère. Jek s'empressa de les rejoindre. À nouveau frétillant, il se mit à lécher généreusement les joues de l'elfe.

Lorsque Kendhal arriva dans le salon, il les trouva ainsi, tendrement enlacés.

— Câlin collectif ? fit-il en souriant.

Luna leva la tête vers lui et répondit à son sourire. Elle se détacha des loups et se releva en mettant de l'ordre dans ses cheveux emmêlés.

— Disons que j'en avais gros et qu'Elbion a une fois de plus su me remonter le moral. Je vais mieux, maintenant.

Kendhal adressa un signe de tête au loup pour le remercier, puis il se retourna vers son amie.

— Léathor m'a envoyé te chercher.

— Moi ? Mais pourquoi donc ?

— Il a quelque chose d'important à te dire. À ta place, je me dépêcherais d'aller enfiler une tenue décente.

Luna baissa les yeux sur sa nuisette et s'empourpra. La coupe courte et le tissu léger ne cachaient en effet pas grand-chose de son anatomie. Sans attendre, elle bondit en direction de sa chambre et actionna le levier de la porte. Avant de franchir le seuil, elle pivota.

— Tu sais ce que Léathor veut me dire ?

— Oui et non. Il a juste mentionné un nom. La *Sanglante.*

Comme les yeux de Luna s'écarquillaient de peur, il ajouta pour la rassurer :

— Vu son excitation, il s'agissait sûrement d'une bonne nouvelle. Alors, hâte-toi !

Luna sentit son cœur se gonfler de joie. C'était comme s'il battait soudain plus intensément. Elle adressa un regard entendu à Elbion et lui sourit. Le loup avait raison. L'espoir était la clé de tout.

Lorsque, dix minutes plus tard, elle réapparut dans le salon avec ses cheveux nattés, elle était tout à fait présentable. La mode océanide lui seyait à merveille. Elle portait une brassière à fines bretelles et une jupe-short que lui avait offertes Sylmarils. Confectionnés en fibres d'algues tressées, les vêtements océanides étaient d'une souplesse, d'une douceur et d'une légèreté incomparables. Ils étaient parfaitement adaptés à leur mode de vie amphibie. Ils résistaient à l'eau, au sel et aux courants, et ils séchaient très rapidement une fois à l'air libre. Toutefois, le plus stupéfiant était leur beauté. Pour rendre chaque pièce unique, les tisserandes usaient de tout leur talent pour y intégrer des écailles scintillantes, des coquillages nacrés ou multicolores, ainsi que des rubans d'algues variant du vert pâle à l'écarlate en passant par le turquoise et l'orangé. Enfin, des motifs réalisés à partir de perles sauvages, de coraux ou de grains de quartz aux reflets magiques faisaient de chaque vêtement une véritable œuvre d'art.

— Tu es très belle, ne put s'empêcher d'affirmer Kendhal, séduit.

Luna rougit. Elle aurait aimé lui répondre qu'il était également très beau dans son ensemble vermillon, mais elle n'osa pas. Pour ne pas laisser paraître son trouble, elle fila sans attendre vers l'escalier. Le jeune homme lui emboîta le pas avec empressement.

Le palais de Fulgurus était immense, aussi grand qu'une ville, en fait. Les couloirs, pensés comme des sas avec leur système de portes communicantes, partaient dans toutes les directions et reliaient les différentes pièces telles que les salons, les chambres ou les salles à manger. Si les invités avaient été regroupés dans une même partie du palais, les autres résidants se mélangeaient sans aucune distinction de rang ou de catégorie sociale. Contrairement à ce que Léathor avait laissé entendre à Luna pour l'impressionner lors de leur première rencontre, les origines sociales ne comptaient pas. Par exemple, Sylmarils avait pour voisin de chambrée un des cuisiniers et Léathor était installé près d'une boulangère. Certes, elle était fort jolie, mais tout de même… À Océanys tout le monde semblait être sur un pied d'égalité. La noblesse ne jouissait d'aucun privilège apparent.

Lorsque Luna avait parcouru le palais pour la toute première fois, elle s'était étonnée de sa taille gigantesque et de son organisation impeccable. Aux étages inférieurs se trouvaient les quartiers taillés dans la roche qui abritaient les cuisines, les réserves et quelques ateliers. Bruyants et vivants, ces endroits étaient constamment en ébullition. On y travaillait, échangeait, stockait, coupait, tranchait, grillait dans la joie et la bonne humeur. Là encore, pas de différences entre les gens. Gabor, le neveu de Fulgurus, passait le plus clair de son temps à fabriquer des tonneaux en compagnie du fils du forgeron, pour conserver l'eau potable et le vin de goémon.

À l'étage supérieur, il y avait les chambres des invités, les salles de banquet et de fête, ainsi que plusieurs piscines d'eau désalinisée qui servaient également de bains publics. Encore plus haut, on trouvait d'autres chambres, des salons, des salles de jeux et de loisirs. Le dernier étage, enfin, était réservé essentiellement aux immenses serres remplies de plantes tropicales qui donnaient des fruits étonnants et savoureux. De cet endroit, à environ deux mètres sous la surface, on apercevait bien les parois abruptes du cratère volcanique qui servait d'écrin protecteur à la tentaculaire cité des océanides. Véritable muraille naturelle, l'ancien volcan isolait Océanys du reste de l'océan et seules quelques entrées secrètes permettaient d'accéder au gigantesque lagon intérieur.

Luna ne se lassait pas d'admirer les paysages sous-marins avec lesquels elle s'était familiarisée. Elle aimait suivre du regard les bancs de sardines au dos argenté qui virevoltaient comme une seule et même entité. Elle s'étonnait des facéties des dauphins avec lesquels les océanides sortaient souvent jouer. Elle aurait adoré en faire autant. Peut-être que si elle restait là encore un moment elle demanderait la permission à Fulgurus de sortir nager un peu en leur compagnie.

Au détour d'un couloir, Luna désigna une étrange créature molle et visqueuse qui rampait sur le récif corallien.

— Oh, regarde, Kendhal ! C'est Octopie !

Devant le regard perplexe de son ami, elle ajouta :

— C'est la pieuvre domestique de Sylmarils. Elle est un peu caractérielle et fort jalouse, mais elle possède une intelligence remarquable et beaucoup d'humour.

— Ne me dis pas que Sylmarils arrive à communiquer avec ce... truc tout gluant !

— Si, par télépathie, je crois.

— Eh bien, on aura tout vu ! conclut le garçon en levant les yeux au ciel.

Comme ils arrivaient devant le salon où les attendait Léathor, Kendhal enclencha le levier. La porte dans leur dos se referma pendant que s'ouvrait celle du salon.

— Ah, Sylnodel, enfin ! s'écria Sylmarils en se précipitant vers elle. Viens vite, assieds-toi.

— Tu as retrouvé la *Sanglante* ? Hein, c'est ça, Léathor ? s'enquit l'adolescente qui trépignait d'impatience.

Mais l'air grave du garçon eut raison de son enthousiasme.

— Je viens en effet d'avoir des nouvelles de la goélette, mais, comme mon histoire est assez longue, j'aimerais que vous m'écoutiez jusqu'au bout, sans m'interrompre. Compris, Sylnodel ?

— Eh ! Pourquoi ne demandes-tu pas ça à Kendhal ? répliqua-t-elle, un brin vexée.

— Parce que les garçons savent écouter, à la différence des filles.

Sylmarils haussa les épaules, Luna se renfrogna, mais aucune ne pipa mot. Elles prirent place sur le grand canapé circulaire, les bras croisés, et attendirent.

— Nous t'écoutons, Léathor, assura Kendhal en s'asseyant à côté de Luna.

— Tout d'abord, vous devez savoir que, si la majorité des océanides vivent ici, nous envoyons régulièrement des patrouilles au-delà de nos frontières pour s'assurer que nos fermes marines n'ont pas été attaquées ou pour détecter la présence de navires. C'est ainsi que nous avions remarqué vos embarcations bien avant que vous fassiez naufrage. Bref, lorsque mon père a compris que vous aviez des amis sur la goélette, il a missionné quelques hommes de confiance pour retrouver sa trace. Il y a à peine une heure, mon cousin Kern qui dirigeait cette escouade est rentré à Océanys. J'étais là lorsqu'il a fait son rapport à mon père. Normalement, ce genre d'information doit rester confidentielle, mais là il se trouve que vous êtes directement concernés. Je prends donc le risque de vous divulguer ce que j'ai entendu.

Sylmarils ouvrit de grands yeux contrariés comme si son frère s'apprêtait à commettre un sacrilège, mais Léathor la dévisagea avec une lueur de défi dans les yeux.

— Je sais à quel point vous vous inquiétez tous les deux pour vos amis disparus, reprit-il comme pour se justifier auprès de sa sœur. Il me semble normal que vous soyez les premiers à avoir des nouvelles de la *Sanglante*.

« Ils sont vivants ? ! » faillit s'écrier Luna avant de se rappeler sa promesse de se taire.

— En réalité, j'ai appris une bonne et une mauvaise nouvelle, précisa le jeune homme. La bonne, c'est que la goélette n'a pas fait naufrage. Curieusement, elle ne semble pas non plus avoir été attaquée par les abysséens, car elle file actuellement en direction du nord-est, bien au-delà du territoire de nos ennemis. La mauvaise nouvelle, c'est qu'aucun elfe n'a été aperçu sur le pont. Par ailleurs, le tirant d'eau du navire semble avoir curieusement diminué.

Voyant que ses amis terriens ne comprenaient pas, Sylmarils crut bon d'ajouter :

— Cela signifie que la goélette est plus légère, qu'elle a perdu une bonne partie de sa cargaison.

Un silence lourd et glacial suivit cette précision. Kendhal et Luna cherchaient une explication rassurante ou logique, mais toutes les idées qui leur venaient n'étaient guère réjouissantes.

— D'après mon père, il y a deux cas de figure possibles, poursuivit Léathor. Le premier est assez pessimiste. Le minotaure a troqué vos amis contre un droit de passage. Ce qui, je ne vous le cache pas, réduit très sensiblement leurs chances d'être restés en vie. Le deuxième est plus optimiste. Comme vos amis étaient à la recherche d'une terre d'accueil, il n'est pas impossible que Gorgonath ait fait un détour vers l'île de Tank'Ylan pour les y déposer.

Ce nom fit sursauter Sylmarils, qui bondit du canapé.

— Léathor ! s'indigna-t-elle en foudroyant son frère des yeux.

— Je sais parfaitement qu'ils ne sont pas initiés à nos mystères, mais peu importe. L'heure est trop grave pour les laisser dans l'ignorance. Si nos places étaient inversées, je leur serais reconnaissant de briser quelques tabous religieux pour sauver des vies.

Luna se leva à son tour, pensive.

— Tank'Ylan… Ce nom me dit quelque chose. Je suis certaine de l'avoir déjà entendu. Mais où ?

— Impossible ! la coupa Léathor. Tank'Ylan est une île secrète. Même son nom est tabou chez nous. Personne ne sait exactement…

— Ça y est, je sais ! s'exclama Luna en cognant son poing dans sa paume en signe de victoire. C'est l'île des fées !

Le frère et la sœur restèrent pétrifiés, bouche bée. L'adolescente leur aurait donné le nombre exact de grains de sable du lagon qu'ils n'en auraient pas été plus surpris.

Fière de son effet, Luna poursuivit son explication :

— Lors de mon voyage à Outretombe, j'ai rencontré Lya, l'esprit protecteur des fées de Tank'Ylan. Elle était adorable, toute petite et si gracieuse ! Lorsqu'elle volait, ses ailes produisaient une sorte de poudre argentée qui scintillait. C'était magnifique !

Soudain Luna prit conscience que Léathor et Sylmarils étaient livides. Ils la regardaient, abasourdis, paralysés par la peur ou l'incrédulité.

— Eh ! que vous arrive-t-il, les amis ? s'inquiéta l'adolescente, pendant que Kendhal agitait sa main devant les yeux de l'océanide pour la faire réagir.

Ce fut Léathor qui sortit le premier de cette inquiétante léthargie.

— C'est incroyable…

— Des fées ? répéta sa sœur, abasourdie.

— En fait, reprit Léathor, nous connaissons parfaitement l'existence de la poudre dont tu parles. Ici nous lui donnons le nom d'aléli. Nous l'utilisons entre autres lors des cérémonies religieuses en l'honneur d'Acuarius. Mais, jusque-là, nous en ignorions l'origine.

— Oui, murmura Sylmarils, presque horrifiée. Jamais nous n'aurions pensé que cette substance provenait d'êtres vivants. J'ai toujours cru qu'il s'agissait d'une sorte de pollen.

— Et moi d'un minerai broyé si finement qu'il en devenait aussi léger que de la farine, ajouta Léathor en se crispant.

Luna qui ne comprenait pas leur air effrayé demanda :

— Mais quelle différence cela fait-il ? Cette poudre restera sacrée pour vous, peu importe sa provenance.

Le frère et la sœur échangèrent un regard bouleversé.

— Ce que tu ignores, c'est que ce sont les abysséens qui nous fournissent cette poudre si précieuse à nos yeux. Il est vrai que nous ne nous sommes jamais posé de questions sur leurs secrets de fabrication ou de récolte, ni non plus sur leurs procédés d'extraction. Ils nous en livrent deux fois par an et nous les payons, un point c'est tout. Nos échanges se limitent à ça.

— Jamais nous n'aurions imaginé que de nous fournir en aléli pouvait nuire à des êtres intelligents.

— Pourquoi, nuire ? s'enquit Luna en plissant le front.

— Les abysséens sont des prédateurs sans pitié. Depuis que nous avons conclu le fameux pacte frontalier et défini cet accord commercial, ils nous laissent en paix, mais leur nature profonde n'a pas changé. Ils sont toujours aussi cruels et sadiques.

— J'ai honte quand je pense aux sévices qu'ils doivent infliger aux innocentes petites fées. Tout ça pour nous fournir l'aléli.

— Il faut que nous prévenions père ! décréta Léathor.

— Et, pour nos amis, que fait-on ? demanda Luna, déroutée.

L'océanide hésita, puis, tout en abaissant le levier, il dit :

— Je n'en sais rien. Peut-être que Fulgurus saura, lui.

— Suivez-nous ! leur enjoignit Sylmarils en s'élançant à la suite de son frère dans les dédales d'Océanys.

14

Un courant d'air glacé hérissa la peau de Darkhan. Il frissonna et chercha machinalement à remonter l'épaisse couverture sur ses épaules. Il tâtonna, mais ne la trouva pas. Sa main partit alors en exploration autour de lui. Lorsqu'elle entra en contact avec un sol dur et froid, un signal d'alerte se déclencha dans sa tête.

Il ouvrit les yeux et chercha à se relever, mais une douleur lancinante au plus profond de son crâne le plaqua à terre. Il grimaça et referma les yeux.

Il resta ainsi prostré durant plusieurs minutes à attendre que la souffrance s'atténue, tout en se concentrant sur ses autres sens. Le premier changement qui l'interpella, ce fut l'absence de mouvement. Finies la tempête et les vagues qui les avaient tellement secoués !

La goélette ne bougeait plus. Plus du tout. Darkhan comprit immédiatement que cette immobilité totale n'était pas normale, pas plus que le silence oppressant qui anesthésiait ses oreilles. On n'entendait plus ni le rugissement des vagues, ni les grincements de la coque, ni les pattes des souris qui couraient habituellement sur le plancher, ni les ordres du capitaine en bruit de fond.

Sans bouger, Darkhan ouvrit d'abord un œil, puis deux. Il put alors constater ce qu'il n'avait qu'eu le temps de deviner précédemment, à savoir qu'il se trouvait dans le noir total. Même si pour lui l'obscurité n'était pas un problème, il se souvenait parfaitement que les cales de la *Sanglante* laissaient passer le jour grâce à des claires-voies dans le plafond. De jour comme de nuit, les rais de lumière naturelle ou ceux des lampes à huile filtraient à travers les lattes disjointes.

Darkhan en eut alors la certitude, il n'était plus sur la goélette.

Un sentiment de panique le transperça tel un éclair fulgurant. Il se redressa et regarda autour de lui. Ce qu'il vit le terrassa. À ses pieds, sur le sol caillouteux d'une grotte, étaient étendus ses compagnons de voyage. Ses yeux furetèrent à gauche et à droite, allant d'un corps endormi à un autre, à la recherche des êtres aimés. Mais sa femme et son fils n'étaient nulle part.

— Khan ! Assy ! hurla-t-il en sentant une vague glacée l'envahir. Où êtes-vous ? Répondez-moi, je vous en supplie !

Dévoré par l'inquiétude, Darkhan se mit à courir en tout sens dans l'espoir de retrouver ceux qu'il aimait, trébuchant maladroitement sur les corps de ses amis qui grognèrent dans leur sommeil. Fou d'angoisse, le guerrier traversa la caverne sans cesser d'appeler Assyléa et Khan, jusqu'à ce que d'énormes barreaux métalliques l'empêchent d'aller plus loin. Ils étaient prisonniers.

Son cœur fit une embardée. De rage, il empoigna les solides barres de fer rouillées et hurla à travers la grille les noms de sa femme et de son fils. Mais seul l'écho de sa voix, froid et lugubre, lui répondit. Darkhan tomba à genoux, terrassé par le chagrin.

Il pleura longtemps avant qu'une main amicale se pose sur son épaule. La voix de Thyl n'était qu'un murmure, mais elle se glissa jusqu'à l'esprit de Darkhan, douce et porteuse d'espoir, comme un filet d'eau fraîche.

— On va les retrouver, mon ami. Je te jure qu'on va les retrouver.

Darkhan écrasa ses larmes du revers de la main et leva des yeux pleins de détresse vers l'avariel qui s'assit à ses côtés.

— Ce maudit minotaure nous a bien eus, on dirait. Nous avions raison de nous méfier de lui. Pourtant, malgré nos soupçons, nous n'avons pas été assez vigilants. J'ignore où nous sommes, mais…

— Où sont Assy et Khan ? le coupa Darkhan, bouleversé.

— Les femmes et les enfants ne sont pas ici. Gorgonath a dû les enfermer ailleurs.

— Mais pourquoi ? s'affola le guerrier qui souffrait le martyre à l'idée qu'il puisse arriver quoi que ce soit à sa famille. Où sont-ils ? Qu'est-ce qu'il compte leur faire ?

Il s'était redressé, prêt à hurler à nouveau son désespoir, quand une idée épouvantable le fit suffoquer.

— Et si… et si le minotaure les a gardés à bord de la *Sanglante* pour aller les vendre comme esclaves ! Oh, par Eilistraée, non ! Tout, mais pas ça, je vous en supplie, tout, mais pas ça !

Il chancela et s'écroula à nouveau en gémissant de douleur. C'était comme si son âme se fissurait de toutes parts, se noyait dans un abîme de souffrance extrême, charcutée par des images affreuses, torturée par des lames chauffées à blanc. Soudain, il se sentit soulevé par plusieurs bras costauds. Il hurla de plus belle en se débattant, ivre de douleur.

Mais un violent direct qui le percuta au menton le ramena brutalement à la réalité. Sonné, le guerrier regarda Thyl sans comprendre.

— Ça suffit, Darkhan ! gronda l'avariel en frottant son poing endolori. Ce n'est pas en te lamentant sur ton sort que tu vas pouvoir aider Assyléa et Khan ! Tu dois réagir !

Il marqua une pause et désigna ses camarades autour de lui.

— Tu n'es pas le seul ici à t'inquiéter pour sa famille. Chacun d'entre nous se demande où se trouve sa mère, sa femme, sa fille ou sa sœur. Sache qu'Haydel aussi a disparu. Leur absence nous torture tous autant que toi, mais de nous morfondre ne changera rien à leur sort. Où qu'elles soient, nous les retrouverons. Mais, d'abord, nous devons trouver le moyen de sortir d'ici. En unissant nos différents pouvoirs, nous devrions…

— À votre place, j'éviterais de faire ça ! le coupa une voix caverneuse qui fit sursauter tous les elfes.

Les captifs se retournèrent d'un même mouvement pour tenter d'apercevoir leur geôlier. Mais à peine eurent-ils posé leurs yeux sur la créature qui se tenait à plusieurs mètres derrière les barreaux qu'ils se pétrifièrent d'effroi. Jamais ils n'avaient vu une telle monstruosité !

Son corps grotesque ressemblait à celui d'un humain difforme dont la peau écailleuse luisait faiblement dans les ténèbres. Les jambes, longues et musculeuses, contrastaient avec le torse rachitique, presque atrophié. Quant aux bras, bien plus longs et puissants que la moyenne, ils semblaient capables d'étouffer un ours. Pourtant le pire était sans conteste la tête repoussante, sans yeux ni narines, où s'ouvrait une bouche couleur rouge sang, beaucoup trop large pour être inoffensive.

Horrifiés et effrayés, les elfes n'osèrent pas émettre le moindre son. Ils se demandaient qui était ce monstre, de quoi il était capable et ce qu'il leur voulait. Ils auraient voulu lui demander où ils se trouvaient, où étaient leurs femmes et leurs enfants, et même ce qu'était devenu Gorgonath. Mais aucun son ne sortit de leur bouche.

— Je vois que vous êtes tous réveillés, reprit l'affreuse voix rocailleuse de la créature. Tant mieux ! Vous allez pouvoir vous mettre au travail.

Darkhan fronça les sourcils en se demandant comment cette chose pouvait voir quoi que ce soit.

Soudain, le monstre leva ses bras et les tendit dans la direction de l'avariel. Tous découvrirent avec stupéfaction la membrane épaisse qui reliait les membres supérieurs aux membres inférieurs, comme une sorte d'aile, ou plus exactement de nageoire à voir comment elle dégoulinait d'eau. Les elfes comprirent qu'ils avaient affaire à une créature aquatique. Mais ils n'étaient pas au bout de leurs surprises.

Les mains de la chose s'ouvrirent en grand, dévoilant chacune un œil immonde serti au milieu de la paume. Les yeux globuleux se mirent à les scruter avec avidité, pendant que les longs doigts griffus s'agitaient frénétiquement.

Les prisonniers reculèrent d'un pas, épouvantés par ce regard inhumain. L'iris jaunâtre injecté de sang suintait la malveillance et la perversion. Darkhan tressaillit en songeant que même les drows les plus maléfiques de Rhasgarrok avaient un regard plus amène.

Au bord de la nausée, il se redressa et s'accrocha à son tour aux barreaux. Il fixa les yeux de cauchemar et interpella vivement la créature.

— Où sont nos femmes et nos enfants ?!

Aussitôt, une des deux horribles mains se tourna vers lui. L'œil l'examina avec attention pendant que la bouche trop grande s'ouvrait sur un sourire carnassier.

— En sécurité, ricana le monstre. Enfin, tant que vous serez dociles…

— Qui êtes-vous et qu'attendez-vous de nous ? gronda Thyl.

— Les abysséens n'ont pas de nom, grinça l'être aquatique en produisant un son désagréable. Quant à ce que j'attends de vous, vous le saurez bien assez tôt.

Sur ces paroles énigmatiques, la créature remit les bras le long de son corps et leur tourna le dos pour se diriger vers la sortie.

Un regard entendu suffit aux elfes pour se mettre d'accord. L'un d'eux s'apprêtait à lui jeter un sort paralysant quand l'abysséen braqua ses paumes sur eux. Les deux gros yeux les dévisagèrent avec une haine farouche.

— Si vous tenez à vos femelles, réfléchissez avant d'agir ! rugit l'atroce voix. Nous sommes des milliers, vous une trentaine. Si vous tentez quoi que ce soit contre l'un d'entre nous, si vous discutez un ordre ou si vous n'effectuez pas correctement le travail que nous vous assignerons, ce seront elles qui paieront. Sachez que nous autres, abysséens, raffolons de ce genre de proies.

Les captifs se figèrent.

— Pour en avoir déjà goûté, je sais que la chair des enfants elfes est tendre et savoureuse. J'avoue que, chaque fois que je regarde vos rejetons, j'en salive d'avance. Je dois me retenir pour ne pas me jeter sur eux. Ne me tentez pas trop, car ma patience a des limites que je franchirai avec joie.

L'abysséen émit une sorte de gargouillis qui devait être un rire. Tout en gardant les paumes braquées dans leur direction, il s'éloigna et disparut à l'angle de la galerie creusée dans la roche.

Les captifs sentirent leur cœur se déchirer. Certains craquèrent et s'effondrèrent en larmes, d'autres serrèrent les barreaux à s'en faire blanchir les jointures, d'autres encore restèrent immobiles, paralysés par la douleur et la peur.

Mais, pour la première fois depuis leur départ, ils regrettaient unanimement de ne pas avoir affronté les guerrières de Sylnor. Au moins, ils auraient eu la possibilité de mourir dignement.

15

Le palais d'Océanys ne possédait pas de salle du trône. Fulgurus recevait ses concitoyens dans un salon circulaire identique aux autres, où le mobilier n'était pas plus luxueux ni plus précieux qu'ailleurs. On y retrouvait les mêmes banquettes aux couleurs pastel, quelques poufs moelleux et des tables basses, rondes et blanches, où des plateaux débordants dc fruits avaient été déposés.

Luna se fit la réflexion que, la seule chose qui différenciait le roi des autres océanides, c'était la couronne qui dépassait de sa chevelure hirsute, la fameuse couronne d'Acuarius, dont lui avait parlé Léathor.

— Ah, mes enfants, quel bon vent vous amène? tonna le roi en se levant pour les accueillir à bras ouverts. J'attendais justement

Ambrethil et Edryss pour leur annoncer une bonne nouvelle. Mes plongeurs ont enfin retrouvé le coffre qui contenait vos précieux talismans !

Le visage de Kendhal s'éclaira.

— Ah, ça, c'est une bonne nouvelle, en effet.

Mais Léathor qui n'avait que faire de ces fétiches demanda sans ambages :

— Père, quand doit avoir lieu la prochaine livraison d'aléli ?

Fulgurus s'immobilisa, les bras tendus, comme paralysé par un sortilège. Sa bouche se tordit, ses yeux s'arrondirent et son front se rida.

— Léathor, rugit-il soudain, qu'est-ce qui te prends de…

— Il suffit, père ! le coupa Léathor sans se laisser impressionner par l'orage paternel qui menaçait d'éclater. L'heure est grave. De nombreuses vies sont en jeu. Réponds-moi ! Quand aura lieu la prochaine livraison ?

Fulgurus dévisagea sa fille, puis ses invités. Restée sur le seuil de la salle, Luna retenait son souffle, certaine que la fureur du roi allait les atteindre, comme la tornade balaie tout sur son passage. Mais, contre toute attente, le roi parvint à se maîtriser.

— Elle devait avoir lieu le mois dernier, mais un émissaire abysséen est venu demander un délai. Il reviendra dans une lune avec la nouvelle cargaison.

— Pourquoi réclamait-il un sursis ?

— Les abysséens ont apparemment rencontré quelques difficultés. La production n'était pas aussi satisfaisante que d'habitude.

— Foutaises ! s'écria Léathor, soudain hors de lui. Sylnodel nous a tout révélé sur les origines de l'aléli et on peut dire que ces maudits abysséens se sont bien moqués de nous !

Fulgurus regarda son fils avec stupéfaction. Il tourna la tête vers Luna en fronçant les sourcils.

— Voyons, Léathor, comment veux-tu qu'une étrangère connaisse quoi que ce soit à l'aléli et à nos coutumes ? C'est la chose la plus ahurissante que j'aie jamais entendue.

Luna fit un pas en avant.

— C'est pourtant la vérité, Majesté. Lors de mon séjour à Outretombe, j'ai…

— Tu es allée à Outretombe ? s'écria Fulgurus, incrédule.

— Oui, mais c'est une longue histoire. Je vous la raconterai un autre jour, si vous voulez. Je disais donc qu'au royaume des morts j'ai fait la connaissance d'une fée prénommée Lya. Elle vivait sur l'île de Tank'Ylan avec son clan avant de mourir. Désormais elle est leur esprit protecteur.

— Des fées ? Sur Tank'Ylan ? répéta le roi, estomaqué.

— En effet et, lorsqu'elles agitent leurs ailes pour voler, les fées produisent une sorte de poudre argentée très légère qui scintille dans leur sillage.

Le souverain fronça les sourcils.

— Ce que Sylnodel est en train de nous dire, père, c'est que l'aléli n'est ni une plante ni un minerai comme nous l'avons toujours cru, mais une substance produite par des êtres doués d'intelligence.

À ces mots, Fulgurus blêmit, mais Sylmarils enchaîna :

— Nous connaissons suffisamment les abysséens pour savoir qu'ils n'obtiennent certainement pas l'aléli par la douceur : « Excuse-moi, petite fée, pourrais-tu me donner un peu de ta poudre magique, s'il te plaît ? » Je n'ose même pas imaginer quelles souffrances et quelles tortures ils infligent à ces créatures innocentes pour récupérer l'aléli.

— Et tout ça à cause de nous ! conclut Léathor.

Fulgurus était à présent livide. Les conséquences des révélations de la jeune elfe étaient absolument catastrophiques. Les océanides constituaient une race pacifique et respectueuse de l'environnement sous-marin et de toutes formes de vie. Ils pêchaient juste ce dont ils avaient besoin, ne gaspillaient jamais et ne manquaient pas d'adresser une prière à Acuarius pour chaque prise capturée dans leurs filets. Jamais ils n'auraient fait de mal à quelque créature que ce fût. Être responsable, même indirectement, de maltraitance, de tortures ou de massacres épouvantait le roi.

— Par Acuarius, murmura-t-il. Qu'avons-nous fait ? Seigneur, qu'avons-nous fait ?

— La question n'est pas qu'avons-nous fait, père, mais plutôt qu'allons-nous faire ? le corrigea Léathor, plus déterminé que jamais. Si ça se trouve, les abysséens t'ont demandé un délai parce qu'il ne reste plus assez de fées sur Tank'Ylan pour produire suffisamment d'aléli. Il est de notre devoir d'aller secourir les survivantes !

— Hein ? dit le colosse en sursautant. Aller sur Tank'Ylan ? Vous n'y comptez tout de même pas ! Jamais je ne vous laisserai faire une telle folie !

— Que tu le veuilles ou non, nous nous rendrons sur l'île afin de protéger ces êtres à qui nous avons nui, insista Sylmarils.

— Certainement pas ! tonna à nouveau le roi. Il est hors de question que vous violiez le territoire des abysséens. D'abord parce que vous ne survivrez pas plus de dix minutes avant que leurs hordes affamées vous mettent en pièces, ensuite parce que votre intrusion équivaudrait à rompre le traité de paix chèrement acquis. En agissant ainsi, vous ne feriez que déclencher une nouvelle guerre meurtrière entre nos peuples.

Léathor serra les poings, rageur, mais ne trouva aucun argument pour contredire son père. Fulgurus avait raison. De franchir la frontière signerait l'arrêt de mort de milliers d'océanides. Le jeu en valait-il la chandelle ?

Luna décida d'intervenir.

— Moi, j'ai peut-être une solution.

Tous les regards convergèrent dans sa direction. Fulgurus plissa le front, sceptique.

— Nous avons une dette envers vous et je suis certaine que nos amis avariels ne refuseront pas de nous aider. Eux peuvent nous emmener jusqu'à Tank'Ylan... par les airs. Ainsi, nous ne violerons pas le territoire des abysséens et nous éviterons la guerre.

Cette proposition laissa les trois océanides pantois.

— Mais ce n'est pas à vous de racheter nos fautes ! bégaya Sylmarils, confuse.

— Disons que j'ai une dette envers Lya, précisa Luna d'un air malicieux, et que cela me permettrait de faire d'une pierre deux coups.

« Et disons que Darkhan et les autres se trouvent peut-être sur cette île et que nous remuerons la terre, le ciel et même la mer s'il le faut pour les retrouver. N'est-ce pas, Luna ? » fit Kendhal par télépathie pour éviter de compromettre Léathor.

L'adolescente lui sourit, complice.

— Je vous accompagne, décréta le prince océanide.

— Moi aussi, fit sa sœur.

Fulgurus les regarda l'un après l'autre en caressant sa longue barbe. Il avait l'air soucieux, indécis.

— Je devrais peut-être en parler au conseil des élus d'Océanys. Nous pourrions…

— Non, père, pas cette fois, le coupa à nouveau Léathor. Dès que les avariels seront prêts, nous nous envolerons pour Tank'Ylan !

Soudain une des portes du salon s'ouvrit. Une jolie océanide à la crinière rousse se présenta en souriant.

— Fulgurus, Ambrethil et Edryss sont arrivées. Puis-je leur dire d'entrer ?

Le roi pivota, embarrassé.

— Heu, oui, bien sûr, bougonna-t-il.

Les quatre jeunes gens en profitèrent pour s'éclipser. De toute façon, tout avait été dit. Leur décision était prise et rien ne les ferait changer d'avis.

16

Après leur entretien avec Fulgurus, Luna et Kendhal passèrent le restant de la matinée en compagnie de Léathor et de Sylmarils à réfléchir à la meilleure façon de procéder pour se rendre à Tank'Ylan. En fait, il leur fallait l'aide de quatre avariels suffisamment robustes pour les porter sur une distance assez longue. Une fois sur l'île, de taille très modeste, aux dires de Fulgurus, ils se diviseraient en équipes pour accomplir leurs deux missions. La première, officielle, serait d'entrer en contact avec les fées pour leur proposer de l'aide afin de mettre un terme aux violences commises par les abysséens et, pourquoi pas, de conclure avec elles un accord commercial concernant l'aléli. La seconde, officieuse, serait de rechercher des traces des passagers de la *Sanglante*. Soit les elfes avaient été déposés sur l'île et ce serait facile de les retrouver, soit ils avaient été livrés aux abysséens et il faudrait réfléchir à un plan pour les libérer, en supposant qu'ils soient encore en vie. Cependant, il n'était pas question pour Luna d'abandonner, du moins pas tant qu'il subsisterait une possibilité, même infime, de retrouver Darkhan, Assyléa, Khan, Haydel, Thyl et les autres.

Tout était bien clair dans leur tête lorsque les quatre amis se dirigèrent vers la grande salle à manger où était servi le repas du midi. Comme d'habitude, ils mangèrent en compagnie d'Ambrethil et d'Edryss que les épreuves avaient encore rapprochées, de Platzeck et de Cyrielle, cette dernière se remettant peu à peu de sa blessure, du fidèle Syrus qui mettait à profit son séjour à Océanys pour parfaire ses connaissances sur la faune et la flore sous-marines, sans oublier Fulgurus et quelques amis océanides.

Mais, à la différence des autres jours, l'ambiance était plus silencieuse, plus recueillie.

Même si Ambrethil et Edryss s'étaient réjouies d'avoir retrouvé leur artefact sacré intact malgré la catastrophe, elles avaient également appris le nombre exact de rescapés. Sur les trois cent quatre-vingt-dix passagers présents sur les trois frégates, cinquante-six elfes avaient péri noyés, faute de temps et de moyen pour les sauver. Ce chiffre était énorme et, pour leurs proches, ces pertes étaient dramatiques, irremplaçables.

À la fin du repas, visiblement affecté par le chagrin de ses invités, Fulgurus proposa d'organiser une cérémonie funéraire en mémoire des disparus. Les invités acceptèrent, touchés par la sollicitude de leur hôte. Puis, chacun regagna ses quartiers pour vaquer à ses occupations. Luna en profita pour s'isoler avec Ambrethil. Pendant ce temps, Kendhal parlerait à Edryss et Platzeck. En effet, les deux adolescents ne pouvaient pas partir en mission sans avertir leurs proches.

Ambrethil s'effraya de voir sa fille se lancer dans une nouvelle aventure périlleuse, mais elle dut avouer que l'idée était bonne. Si Darkhan et les autres se trouvaient sur cette île, en plein territoire abysséen, il fallait tout mettre en œuvre pour les récupérer au plus vite. Elle aurait aimé que, pour une fois, Luna cède sa place à quelqu'un d'autre, mais, elle le savait, le jour où sa fille resterait bien sagement assise sur un trône n'était pas près d'arriver.

De leur côté, les deux elfes noirs approuvèrent le plan proposé par Kendhal, à un détail près. Platzeck tenait absolument à faire partie de l'équipée. Sa vélocité exceptionnelle et ses talents de sorcier pourraient s'avérer utiles une fois sur place. Il faudrait donc trouver cinq avariels volontaires.

Dans le courant de l'après-midi, Luna, Kendhal et Platzeck rendirent visite à leurs amis ailés. Même si la communauté avarielle était peu considérable, ils espéraient ne pas avoir trop de difficulté à trouver des volontaires. Ils furent surpris de l'enthousiasme des elfes ailés. Les quarante-sept présents étaient prêts à risquer leur vie, même les plus jeunes. Mais c'était prévisible, après tout. Treize des leurs étaient sur la *Sanglante*, dont leur empereur et sa petite sœur.

Devant leur engouement, il fut décidé que tous les adultes en pleine forme pourraient venir. Seuls les anciens, les blessés et les enfants resteraient à Océanys. Cyrielle, qui souffrait toujours de l'épaule et ne pouvait voler, enrageait de ne pas pouvoir accompagner Platzeck. Mais lui se réjouissait intérieurement que sa bien-aimée reste en sécurité à Océanys.

Comme les conditions météorologiques étaient favorables, le départ aurait lieu le soir même, deux heures avant le crépuscule, afin que le survol du territoire des abysséens ait lieu de nuit. Les avariels auraient ainsi plus de chance de passer inaperçus.

À l'heure dite, les dix-sept volontaires avariels attendaient comme convenu dans une des serres situées au nord d'Océanys. Luna, Kendhal et Platzeck ne tardèrent pas à les rejoindre. L'adolescente se réjouit de la présence d'Allanéa, une cousine de Cyrielle avec qui elle s'était liée d'amitié, et de son fiancé, un grand avariel aux ailes d'un bleu intense du nom d'Hoël. Ils discutèrent ensemble des derniers détails. Cette mission comportait beaucoup de risques, beaucoup d'inconnues aussi, mais les elfes étaient confiants. Tous ensemble, ils réussiraient.

Alors qu'ils décidaient qui porterait qui, Léathor et Sylmarils arrivèrent suivis de deux autres océanides, les bras chargés d'étranges équipements.

— Bonsoir à tous! s'écria joyeusement Léathor. Je vous présente mes cousins, Kern et Gabor. Je vous ai déjà parlé d'eux, je crois.

— Salut! fit celui qui avait des cheveux vert clair. Mon frère et moi souhaitons vous accompagner. Vous pourriez avoir besoin de renfort en cas d'attaque.

— Oui, on ne sait jamais, ajouta son frère qui lui ressemblait à s'y méprendre. Il pourrait y avoir des patrouilles d'abysséens embusquées sur l'île.

— Est-ce que notre présence vous pose un problème ? reprit le premier.

— Aucun ! les rassura Kendhal en désignant les avariels, plus nombreux que prévu. Nos amis se relaieront pour nous porter.

— Tiens, à propos de porter, fit Sylmarils en désignant le fatras qu'ils avaient posé à terre, c'est pour vous.

— C'est quoi, tout ça ? demanda Luna en plissant le nez.

— Des armures et des armes enchantées. Elles ont été confectionnées à partir d'un minerai qui provient de nos mines sous-marines. Le spirulium est ultraléger, mais aussi solide que l'acier. Nous y ajoutons un vernis à base d'aléli. Il confère à nos cottes une résistance étonnante. Même les dents de requin ne peuvent les transpercer. Quant à nos armes, grâce à la poudre des fées, elles sont d'une maniabilité exceptionnelle sous la mer. Les flèches enduites d'aléli sont capables de perforer l'eau aussi vite que des éclairs. J'ai également prévu des bottes en écailles de mérou. Où que vous marchiez, vos pieds seront en sécurité.

— Excellente initiative, Sylmarils ! s'écria Kendhal en commençant la distribution.

— Tu crois qu'il y en aura assez pour tout le monde ? s'inquiéta Luna. Nous sommes bien plus nombreux que prévu.

— Ne t'inquiète pas, j'avais vu large, au cas où les tailles ne conviendraient pas. Mais, s'il en manque, ce n'est pas un problème, je retournerai à la réserve.

Moins d'une heure plus tard, tout le monde était équipé d'une cuirasse, de bottes, d'une dague et d'un arc. Léathor guida la petite armée dans les dédales de la cité-palais jusque devant un imposant portail blindé. Le jeune océanide y posa sa paume et le battant métallique s'ouvrit aussitôt, dévoilant un petit escalier qu'ils empruntèrent sans tarder. En haut des marches, Léathor déverrouilla une seconde porte et ils débouchèrent à l'air libre sur le versant nord du cratère. Là, à fleur d'eau, avait été aménagée une terrasse. On ne pouvait pas imaginer mieux pour faciliter l'envol des avariels.

Luna admira un moment l'endroit. L'ancien volcan était vraiment immense, mais, de là, rien ne laissait soupçonner l'existence d'une cité sous-marine. Pourtant, lorsqu'Allanéa la souleva dans les airs, elle écarquilla les yeux de stupeur. L'eau du lagon était tellement limpide qu'on apercevait parfaitement les jardins exotiques, les bulles blanches que formaient les chambres et autres pièces, ainsi que les dauphins qui jouaient dans la lumière du soir. Océanys était tellement vaste que Luna ne savait plus où regarder. Elle aurait aimé en voir davantage, mais les avariels s'éloignèrent rapidement du volcan afin d'entamer leur longue route vers le nord.

La nuit tomba bientôt et les enveloppa d'un linceul de velours noir qui, ils l'espéraient, suffirait à les rendre invisibles. Si les abysséens patrouillaient jour et nuit le long de leurs frontières, jamais ils ne s'attendraient à ce qu'on survole leur territoire. D'ailleurs, légalement, il ne s'agissait pas d'une violation du traité de paix, puisque les clauses ne stipulaient qu'une invasion sous-marine ou par bateau. Après tout, le ciel était à tout le monde.

Durant presque cinq heures, les dix-sept avariels se relayèrent pour porter leurs amis. Les plus costauds se chargeaient des garçons, Kendhal, Platzeck, Léathor, Kern et Gabor. Les femmes, en revanche, n'éprouvèrent guère de difficultés à porter Luna et Sylmarils, légères toutes les deux.

Lorsqu'ils arrivèrent en vue de la mythique île de Tank'Ylan, les elfes ailés se réjouirent intérieurement. Ils n'étaient pas mécontents d'arriver. Ils évitèrent pourtant la plage. Le risque que les abysséens aient posté des sentinelles pour surveiller la côte n'était pas à exclure. Mieux valait atterrir dans une clairière, au milieu de la dense végétation qui recouvrait la petite île. Les avariels fournirent donc un dernier effort et se posèrent en douceur, au cœur de Tank'Ylan.

Pendant qu'ils récupéraient un peu, les elfes terrestres et marins observèrent attentivement les environs, mais ils ne distinguèrent rien de suspect. Tout semblait paisible. La brise faisait bruisser doucement les feuilles des palmiers. Cachées dans les mares avoisinantes, des grenouilles chantaient de leur voix rauque, mais ces bruits nocturnes étaient plutôt rassurants.

Au bout d'une dizaine de minutes, Kendhal proposa qu'ils se divisent en six groupes de quatre. Comme ils étaient vingt-quatre, le compte était bon. Les avariels se répartirent équitablement dans chaque équipe, puis les groupes partirent en reconnaissance dans des directions opposées afin de fouiller toute l'île, après avoir convenu de se retrouver à l'aube dans la clairière de départ pour faire le point. Ils avaient donc un peu plus de cinq heures pour accomplir leur mission.

Luna, Kendhal, Allanéa et Hoël choisirent de faire équipe et optèrent pour l'ouest. Pendant que leurs compagnons s'éloignaient de leur côté, ils s'enfoncèrent sans un bruit dans la jungle de Tank'Ylan. Ils se tenaient sur leurs gardes, serraient dans leur main la dague que leur avaient offerte leurs amis océanides et guettaient le moindre mouvement ou bruit anormal.

Leur progression fut toutefois plus difficile que prévu. Dense et exubérante, la végétation de l'île n'offrait aucun sentier tout tracé. Ce fut aux elfes de se frayer un chemin parmi ces enchevêtrements de lianes et de feuilles. En outre, le terrain fort accidenté leur compliqua la tâche. Les quatre amis devaient sans arrêt dévier de leur route pour éviter les ronciers gigantesques et les ravins à pic. Heureusement, Allanéa et Hoël proposèrent plus d'une fois de les porter pour franchir une rivière, pour survoler un marais peu engageant ou même pour descendre sans mal une pente trop abrupte.

Près de deux heures s'écoulèrent sans qu'ils découvrent la moindre trace des fées ou de leurs amis. Luna commençait à désespérer quand tout à coup son regard fut attiré par un point lumineux sur sa droite. Elle tourna la tête, mais la lueur, fugace, avait disparu.

— Par là ! chuchota-t-elle en tendant le doigt. J'ai vu quelque chose. Une sorte de lumière.

Ses trois compagnons regardèrent dans la direction indiquée, noyée dans les ténèbres.

— Tu crois que c'était une fée ? l'interrogea Allanéa à voix basse.

— Possible. Mais, si elle nous a vus, elle a dû prendre peur et s'enfuir.

Soudain la petite lumière réapparut sous leurs yeux ébahis et virevolta au-dessus d'un buisson en fleurs comme si elle cherchait où se poser. Une autre lumière se mit à scintiller, aussitôt suivie d'une troisième. C'était à présent trois lucioles argentées qui dansaient joyeusement ensemble.

Sans se concerter, les elfes entreprirent de se rapprocher, le regard rivé sur ces sources lumineuses qui s'activaient gaiement et qui tourbillonnaient maintenant près des branches d'un arbre massif. Luna et ses compagnons avançaient sans bruit, mais, plus ils se rapprochaient, plus les lumières semblaient reculer. Ils forcèrent un peu l'allure, bien décidés à découvrir s'il s'agissait ou non de fées. Si tel était bien le cas, il faudrait rapidement leur faire comprendre que leurs intentions étaient pacifiques et qu'ils ne leur voulaient aucun mal. De mentionner le nom de Lya pourrait être utile pour rassurer les petites créatures.

Hoël, qui marchait en tête, ouvrit soudain ses ailes et bondit, tel un éclair, en direction de la première luciole. Rapide et silencieux, il s'en empara avec une adresse incomparable, mais poussa aussitôt un cri de douleur qui tétanisa ses amis.

— Ça brûle ! hurla-t-il en se débattant comme un forcené contre un ennemi invisible.

— Lâche-la ! lui cria Kendhal en brandissant sa dague, prêt à frapper.

— Impossible, il y a une espèce de liane qui m'enserre le poignet !

Alors que Luna cherchait un moyen de libérer son ami, elle s'aperçut que les deux autres lumières avaient disparu. Elle fronça les sourcils, inquiète.

— Sers-toi de ton arme ! s'écria alors Allanéa.

Un bruit sec claqua dans l'air et Hoël, enfin libre, recula prestement. Lorsqu'il rejoint ses amis, il était blême.

— Ne touchez surtout pas à ces lucioles, les prévint-il en les cherchant du regard. Elles sont reliées à une sorte de liane gluante et extrêmement urticante. Leur seul contact m'a brûlé le poignet et une partie de l'avant-bras, regardez !

Les trois elfes ouvrirent des yeux horrifiés. La peau de leur ami était violacée, couverte de plaies suintantes à certains endroits, comme rongée par un puissant acide.

— Tu souffres ? s'alarma Allanéa.

Hoël allait lui répondre quand il se figea, les yeux agrandis par la peur.

— Ne bougez pas! souffla-t-il. Ne bougez surtout pas!

Des centaines de lucioles argentées venaient d'apparaître autour d'eux. Comme autant d'yeux brillants de convoitise, elles semblaient à l'affût du moindre mouvement pour fondre sur leurs proies.

17

Luna n'osait plus respirer. Ses compagnons s'étaient également figés d'effroi. À moins de deux mètres d'eux, les centaines de créatures lumineuses les fixaient, immobiles et silencieuses. On aurait dit que ces étranges lucioles argentées savouraient ce moment de grâce, ces quelques secondes d'accalmie qui précèdent la curée. Luna retenait son souffle, terrifiée à l'idée de voir ces choses s'enrouler autour d'elle pour l'étreindre dans un mortel baiser. Comme aucun de ses amis n'osait se servir de sa dague – à quoi bon en tuer dix si quatre-vingt-dix vous attaquaient? –, elle se demanda si son pouvoir pourrait venir à bout de ces lianes infernales. En tout cas, elle ne mourrait pas sans avoir essayé. Elle ferma les yeux et puisa la force mentale nécessaire au fond de son esprit pour foudroyer son ennemi, mais, au moment où elle allait libérer son énergie, un bruit métallique siffla violemment à ses oreilles. Tel un serpent apeuré, son énergie reflua en elle. Elle rouvrit les yeux, affolée. Ce qu'elle vit la subjugua.

Comme surgis de nulle part, Darkhan et Thyl coupaient, tranchaient, déchiquetaient les plantes urticantes, éteignant par dizaines les lucioles qui retombaient dans l'herbe, ternes et inertes. Luna sentit son cœur bondir de joie et, imitant ses camarades, elle brandit à son tour son arme pour achever les dernières têtes lumineuses. Il ne fallut que quelques secondes aux six amis pour venir à bout de ce piège végétal.

Une fois le danger écarté, Luna se précipita vers son cousin pour l'étreindre avec force.

— Darkhan ! Tu es vivant ! Cornedrouille, que je suis heureuse !

— Oh, pas tant que moi, Luna, murmura-t-il en caressant les cheveux argentés de l'adolescente comme s'il ne parvenait pas à croire qu'elle était bien sous ses yeux.

De la même façon, Thyl avait ouvert ses bras pour accueillir Allanéa et Hoël. Lui aussi semblait stupéfait de les voir là.

Kendhal, qui regardait avec dégoût les débris sur le sol, s'empressa de les remercier pour leur aide précieuse.

— Merci, les gars ! Sans vous, on était fichus. Mais c'était quoi, ces trucs, exactement ?

— Une hydre de feu, expliqua Darkhan en s'approchant du jeune homme. Cette liane est un parasite végétal qui attire ses proies grâce à ses têtes lumineuses. Elle est extrêmement dangereuse, car, outre les brûlures qu'elle provoque, elle possède une force capable d'étrangler un homme.

Comme Hoël montrait l'état de son poignet, Thyl grimaça et ramassa un bout de liane.

— Ta blessure est vilaine, mais ne bouge pas, je vais te soulager, expliqua-t-il en pressant le moignon végétal sur la plaie. Une fois morte, cette plante devient l'antidote de son propre venin. Dans quelques heures, ta peau sera comme neuve.

— Nous avons cru que c'était des fées, expliqua Luna. Nous ne nous sommes pas méfiés et nous nous sommes jetés tête baissée dans la gueule du loup.

— Vous cherchiez des fées ? s'étonna Darkhan.

— Oui et non, intervint Kendhal. Ce sont surtout nos amis océanides qui les cherchent. Nous, c'est vous qu'on cherchait.

Darkhan et Thyl écarquillèrent les yeux.

— Nous ?

— Vos amis océanides ?

— Oh, c'est une longue histoire, fit Kendhal en souriant. Après le naufrage de nos trois frégates, nous…

— Vos trois bateaux ont fait naufrage? le coupa Darkhan, soudain livide.

— Ben oui, cornedrouille! C'était pendant la terrible tempête. Vous étiez loin devant nous, mais je croyais que tu savais que nous avions coulé!

Darkhan et Thyl secouèrent la tête, bouleversés.

— Par Eilistraée, par quel miracle êtes-vous encore en vie? Êtes-vous les seuls rescapés?

— Non, loin de là! le rassura aussitôt Luna. Grâce à nos amis océanides, très peu des nôtres ont péri noyés. Ambrethil, Edryss, Platzeck, Cyrielle et même le vieux Syrus sont sains et saufs.

— Qui sont donc les océanides dont vous ne cessez de parler? s'enquit Thyl.

Cette fois, ce fut Allanéa qui prit la parole:

— Des elfes marins qui vivent sur une île volcanique, au sud d'ici, dans une immense cité sous-marine appelée Océanys. Ils nous ont secourus, hébergés, soignés et accueillis comme de vrais amis. Ce sont des gens merveilleux.

— Et tu te rends compte? Ils ont même sauvé Elbion et sa famille, ajouta Luna en souriant. Mais, à ce que je vois, vous aussi avez trouvé un coin sympa. Si on fait abstraction de ces lianes étrangleuses, évidemment !

— Finalement, Gorgonath n'était pas si mauvais bougre que ça, pour vous avoir déposés ici ! compléta Hoël.

Comme Darkhan et Thyl se dévisageaient, consternés, Kendhal ajouta :

— Allez, ne nous faites pas languir davantage, conduisez-nous jusqu'à votre campement. Nous sommes pressés de revoir tout le monde !

Comme aucun des deux guerriers ne souriait, Luna comprit qu'il y avait un problème.

— Vous... vous êtes les... les deux seuls survivants ? balbutia-t-elle, au bord du malaise.

Darkhan serra les mâchoires, incapable de proférer une parole. Thyl répondit à sa place d'une voix lugubre que Luna ne lui connaissait pas.

— Non, mais, par moments, je me dis qu'on aurait mieux fait de mourir.

Devant les mines consternées de leurs quatre amis, Darkhan soupira.

— Le minotaure ne nous a pas déposés ici, mais vendus comme esclaves aux abysséens.

Luna plaqua une main sur sa bouche pour étouffer un cri.

— Les abysséens ?

— Je vois que ce nom ne t'est pas inconnu, reprit Darkhan. Sans doute les océanides t'ont-ils parlé de leurs voisins ! Quoi qu'ils aient pu t'en dire, sache que ces redoutables créatures sont à peu près aussi cruelles que ta sœur et ses guerrières réunies.

— Comme Gorgonath nous avait drogués, expliqua Thyl, les abysséens nous ont enfermés dans des geôles sans que nous ayons pu opposer la moindre résistance. À notre réveil, les femmes et les enfants avaient disparu.

— Où sont-ils ? s'écrièrent en chœur Luna et Allanéa.

— Ailleurs. Et, si nous n'obéissons pas à nos geôliers, si nous tentons de fuir ou de les attaquer, ils se vengeront sur eux.

— Que vous ont-ils demandé de faire ? s'inquiéta Kendhal.

— De capturer des fées pour récupérer leur précieuse poudre argentée.

Comme il ouvrait une besace pour en sortir une bouteille pleine de paillettes argentées, Luna frémit. Un lourd silence plana sur les quatre compagnons. Tous comprenaient l'horreur de la situation. Pétris de bonnes intentions, ils étaient venus pour apporter leur aide aux fées, mais jamais ils n'auraient imaginé qu'en faisant cela ils mettraient en danger la vie de leurs amis et de leurs enfants. Luna songea à Assyléa, à Khan et à Haydel, isolés dans une cellule. Son cœur se serra douloureusement.

— Es-tu sûr que les abysséens mettraient leur menace à exécution? demanda-t-elle. Ils bluffent peut-être.

Darkhan secoua tristement la tête.

— Malheureusement non. Avant-hier, un elfe noir qui avait récupéré très peu de poudre a tenu tête à son geôlier. Il lui a expliqué que les fées se cachaient et qu'elles étaient de plus en plus difficiles à trouver. Mais le monstre n'a rien voulu entendre. Ce matin, notre ami a trouvé la tête de sa femme à côté de sa paillasse. L'abysséen a ajouté qu'il n'avait pas pris un aussi bon petit-déjeuner depuis longtemps.

— Mais c'est horrible! s'écria Allanéa, blême.

— C'est pour cette raison qu'aucun d'entre nous n'ose agir. Si nous réunissions nos pouvoirs, nous pourrions venir à bout de nos oppresseurs, mais nous refusons de faire courir le moindre risque à nos familles.

— Mais, comme les fées se cachent, poursuivit Darkhan, nous n'aurons bientôt plus de poudre et le pire sera à craindre.

Luna et Kendhal se dévisagèrent avec un air anxieux. La situation était grave, très grave, mais pas encore désespérée. Une lueur d'espoir illumina soudain l'esprit de l'adolescente.

— J'ai peut-être une idée !

Tous les regards se tournèrent vers elle.

— Tout d'abord, il faut que vous sachiez deux choses, reprit Luna en s'adressant à Darkhan et à Thyl. La première, c'est que, si les abysséens vous envoient chercher cette fameuse poudre, c'est pour la vendre aux océanides. Même si ces deux peuples se détestent, ils sont liés par un accord commercial garant du traité de paix qu'ils ont signé.

— Mais qu'en font-ils ? s'étonna Thyl.

— L'aléli, comme ils l'appellent, est une poudre sacrée. Elle leur sert entre autres à enchanter les armures et les armes que nous portons.

— Et la deuxième chose que nous devons savoir ? s'enquit Darkhan.

— Jusqu'à notre arrivée, les océanides ignoraient complètement l'origine de cette poudre. C'est moi qui leur ai révélé que l'aléli provenait d'êtres vivants. Cette vérité les a bouleversés. Souhaitant faire amende honorable, ils sont venus ici pour entrer en contact avec les fées et leur proposer un accord sans passer par les abysséens.

Darkhan sembla surpris.

— Les océanides sont ici ?

— Oui, Léathor et Sylmarils, qui sont les enfants du roi, et leurs cousins, les jumeaux Kern et Gabor. Ce sont les avariels qui se sont relayés pour nous porter jusqu'ici. Nous avons fait plusieurs équipes afin de fouiller toute l'île.

— Mais, si vos amis trouvent les fées et parviennent à un accord, qu'adviendra-t-il de nos femmes et de nos enfants ? se rembrunit Thyl.

— Justement, insista Luna, voici mon plan. Vous allez repartir de votre côté comme si de rien n'était et, nous quatre, nous allons attendre l'aube pour rejoindre les autres équipes. Peut-être seront-elles entrées en contact avec les fées. Quoi qu'il en soit, je resterai sur Tank'Ylan avec deux ou trois compagnons afin de parlementer avec les fées. Je vais leur expliquer la situation et, comme je connais Lya, leur esprit protecteur, nul doute qu'elles m'écouteront et qu'elles accepteront de nous aider. Pendant ce temps, les avariels retourneront à Océanys prévenir Ambrethil et Fulgurus. Nos souverains vont se concerter pour trouver le moyen de vous libérer.

— C'est bien trop risqué ! protesta Darkhan. Je te rappelle que les abysséens détiennent Assy et Khan. Je préférerais mourir cent fois plutôt qu'il leur arrive quoi que ce soit.

Cette fois, ce fut Kendhal qui intervint.

— Personnellement, je trouve l'idée de Luna plutôt bonne. Si cela peut te rassurer, Darkhan, je te garantis que nous ne tenterons absolument rien sans votre accord. D'autre part, nous n'agirons pas tant que le plan ne sera pas tout à fait sûr. Et je fais confiance à Luna pour mettre les fées de notre côté.

Hoël approuva en hochant la tête.

— Je suis tout à fait d'accord. De toute façon, vous n'allez pas passer le restant de votre vie prisonniers de ces affreuses créatures. Qui sait quelles atrocités elles peuvent encore commettre ? Et qui vous garantit qu'elles ne feront pas de mal à ceux que vous aimez même si vous leur obéissez ?

Les deux guerriers restèrent silencieux un moment. Immobiles, les bras croisés, ils semblaient réfléchir aux conséquences de ce plan.

— D'accord, murmura Darkhan, comme à contrecœur. Thyl et moi allons rentrer et prévenir les autres. Je propose que nous nous retrouvions ici demain soir pour faire le point.

— Entendu ! fit Luna.

— Tu sais, si tu veux trouver des fées, essaie au nord, au pied du volcan. C'est là que nous avons trouvé celles qui nous ont fourni notre récolte de cette nuit. Mais sois sur tes gardes, ces petites demoiselles sont assez farouches et elles vous considèreront comme des ennemis.

— Merci du conseil, cousin, fit-elle en lui faisant un clin d'œil.

Après s'être à nouveau étreints, les six amis se séparèrent, le cœur lourd. Mais un soupçon d'espoir éclairait leur esprit.

Darkhan et Thyl firent demi-tour, alors que Luna, Kendhal, Allanéa et Hoël rebroussèrent chemin en prenant soin d'éviter les hydres de feu dont ils voyaient de temps en temps briller au loin les têtes lumineuses. C'était leur mimétisme avec les fées, fruit d'une lente évolution, qui leur permettait d'attirer leurs imprudentes proies dans leurs enchevêtrements de lianes mortelles. Luna réprima un frisson de dégoût et força le pas.

Lorsque l'aube poudra le ciel de mauve et d'orangé, les six équipes se rejoignirent dans la clairière d'où elles étaient parties quelques heures plus tôt. Au grand soulagement de Luna, personne ne manquait à l'appel. Plusieurs avariels avaient également rencontré des amis prisonniers des abysséens et tous étaient maintenant au courant de la tragédie qui avait frappé les passagers de la *Sanglante.* Hélas, pas un seul membre de l'expédition n'avait aperçu l'ombre d'une aile de fée.

— Luna et moi-même allons rester ici

pour dénicher ces petites cachottières, déclara Kendhal. Pendant ce temps-là, tous les avariels vont rentrer à Océanys afin d'avertir Ambrethil et Fulgurus. Nous avons besoin de renforts pour libérer nos amis.

— Moi, je reste avec Sylnodel, enfin… avec Luna, déclara aussitôt Sylmarils.

— Moi aussi, fit Allanéa, plus déterminée que jamais.

Hoël fit la moue, mais Kendhal hocha la tête.

— Très bien ! Léathor, je compte sur toi pour convaincre ton père d'agir. Platzeck, tu te chargeras d'Edryss. Quant à vous deux, Kern et Gabor, tâchez d'enrôler le plus d'océanides possible. Plus nous serons nombreux, plus nous aurons de chances de réussir.

Tout le monde acquiesça sans émettre la moindre protestation.

Les premières lueurs du soleil automnal pointaient à l'est lorsque les avariels s'envolèrent en direction du sud. Comme cette fois ils ne bénéficiaient pas des ténèbres de la nuit, ils choisirent de voler très haut dans le ciel afin de ne pas être repérés par les abysséens. Luna les regarda s'éloigner jusqu'à ce qu'ils ne soient plus que des points sombres perdus dans la profondeur de l'azur, puis elle se tourna vers ses compagnons.

— En route, mes amis !

Comme le lui avait conseillé Darkhan, elle prit la direction du nord.

L'impression que lui fit Tank'Ylan de jour était totalement différente de celle qu'elle avait ressenti durant la nuit. Tous ses sens se mirent en éveil. Les couleurs chatoyantes de la jungle émerveillèrent ses yeux. Les fleurs qui se réveillaient, ouvraient leurs pétales et exhalaient des parfums inédits qui embaumèrent ses narines. Les chants des oiseaux qui rivalisaient de talent dans de joyeux concerts de trilles réjouirent ses oreilles. La nature était en fête. Luna savait qu'elle ne tarderait pas à apercevoir quelque fée vaquant à ses occupations, car, comme les persécutions des abysséens et de leurs esclaves avaient essentiellement lieu la nuit, les fées se méfieraient moins et sortiraient probablement de leurs cachettes. Enfin, c'était à espérer.

Luna et Kendhal marchaient en têtc, suivis de Sylmarils et d'Allanéa. Dans un silence feutré, ils avançaient lentement, les yeux plissés, en observant la nature autour d'eux. Là, la végétation était moins dense et le relief moins escarpé qu'à l'ouest, ce qui facilitait leur progression.

Pourtant, alors qu'ils arrivaient enfin au pied du volcan, quatre fléchettes empoisonnées s'enfoncèrent tout à coup dans leur nuque.

Luna et ses amis se raidirent avant de succomber aux effets narcotiques du poison qui se répandit dans leurs veines. Ils s'effondrèrent brutalement dans l'herbe humide sans même avoir pris conscience de ce qui leur arrivait.

18

Les seize avariels partis pour l'île de Tank'Ylan avaient déployé toute l'énergie de leurs ailes pour voler vite et haut. Ils s'étaient relayés régulièrement pour porter leurs quatre passagers afin de gagner un temps précieux. Lorsqu'ils arrivèrent en vue d'Océanys, le soleil de midi dardait pourtant déjà ses doux rayons automnaux au-dessus de la cité sous-marine. Les elfes ailés se dirigèrent sans hésiter vers la terrasse d'où ils étaient partis et atterrirent en douceur.

Pendant que ses nouveaux amis reposaient leurs ailes tétanisées, Léathor s'élança vers le portail blindé, y posa sa paume et s'engouffra dans les dédales de la ville-palais, Platzeck sur ses talons. Leur idée, c'était de rejoindre au plus vite la salle à manger afin d'avertir Ambrethil, Edryss et Fulgurus de la situation dans laquelle se trouvaient leurs amis. Pendant ce temps, Kern et Gabor couraient ameuter leurs camarades pour recruter des volontaires.

Lorsque Léathor fit brusquement irruption dans la salle où se déroulait le repas de midi, tous les convives sursautèrent, étonnés de le voir revenir aussi tôt de l'île des fées. En découvrant Platzeck derrière lui, sans Kendhal ni Luna, Ambrethil s'affola. Blanche comme un linge, elle apostropha l'elfe noir en se levant de table.

— Platzeck, où est Luna ?

— En sécurité, ne t'inquiète pas. Elle est restée sur Tank'Ylan avec Kendhal, Sylmarils et Allanéa. Ils sont toujours à la recherche des fées.

Fulgurus se leva à son tour, les sourcils froncés.

— Dans ce cas, pourquoi n'êtes-vous pas avec eux ?

Mais son fils, loin de se laisser impressionner, se planta devant lui, le regard dur.

— Parce que l'heure est grave, père. Nous avons retrouvé les passagers de la *Sanglante*. Enfin, seulement les hommes, car les femmes et les enfants sont prisonniers des abysséens.

Ambrethil, Edryss et Cyrielle étouffèrent ensemble un cri de stupeur. Platzeck prit alors la parole.

— Le minotaure a vendu nos compagnons comme esclaves aux abysséens. Les elfes pourraient les combattre grâce à leur magie et à leurs talents de guerriers, mais les abysséens les soumettent à un odieux chantage.

— En effet, enchaîna Léathor, si les hommes ne leur obéissent pas au doigt et à l'œil en récoltant l'aléli à leur place, les abysséens menacent de se venger sur les femmes et les enfants. Tu sais comme moi, père, qu'ils sont capables de leur faire subir les pires outrages. Ils l'ont même déjà prouvé en dévorant la femme d'un elfe noir qui n'avait pas trouvé suffisamment de poudre. Cette situation est inacceptable !

Les invités tournèrent leur regard anxieux vers Fulgurus. Les traits du roi étaient fermés et nul n'aurait pu dire à quoi il pensait. Les bras croisés, il toisait son fils, immobile et impassible.

— Nous ne pouvons pas rester là à ne rien tenter, insista Léathor, excédé par le silence paternel. Nous devons les aider !

Sans que personne s'y attende, le roi des océanides abattit ses poings serrés sur la table en bois massif qui trembla sous l'impact.

— Suffit, Léathor ! s'écria-t-il, écarlate. Ici, c'est moi qui commande et qui donne les ordres !

L'assistance médusée le dévisagea avec incrédulité. Fulgurus s'en aperçut et réalisa un peu tard que sa réaction n'était pas celle qu'on avait attendue. Il se racla la gorge, comme pour cacher son trouble, et décida de s'expliquer.

— Les abysséens ne sont pas des créatures comme les autres. Vils, sans pitié, cruels et sadiques, ces êtres sont d'une malfaisance extrême. Même les orques et les requins évitent de frayer dans leurs eaux. Ils savent qu'on ne pénètre pas impunément dans le territoire de ces monstres.

— Mais nous n'aurons pas à violer leur territoire, rétorqua Platzeck. Les avariels peuvent nous transporter sur l'île. Cela prendra du temps, car il faudra plusieurs allers-retours, mais, en quelques jours, nous pourrons constituer une petite armée. Et, avec un plan soigneusement pensé, nous irons délivrer nos amis.

L'elfe noir allait poursuivre, mais le rire tonitruant du roi stoppa son élan.

— Mais quel oursin vous a piqué, mon cher Platzeck? s'esclaffa-t-il. On voit que jamais de votre vie vous n'avez vu les abysséens à l'œuvre. Toutes les armées du monde ne suffiraient pas à lutter contre eux. Ils sont des milliers et des milliers. Même si votre plan est infaillible, le nombre des ennemis aura raison de vos plus brillantes stratégies. Tuez un abysséen, dix autres arrivent en renfort. Ces monstres se ressemblent tous et ne portent même pas de nom pour les différencier. Chez eux, l'individu ne compte pas, seule compte la survie de l'espèce.

Comme si cette diatribe l'avait épuisé, Fulgurus se laissa lourdement retomber sur sa chaise en soupirant.

— Je suis sincèrement désolé, mes amis, murmura-t-il sans oser affronter les regards. Je comprends votre chagrin et votre souffrance, mais je ne peux rien faire pour vous. Pas cette fois.

Ambrethil, qui refusait d'abandonner Darkhan et les autres, allait protester quand Léathor s'indigna :

— Enfin, père, nos amis ont déjà perdu beaucoup des leurs lors du naufrage. Comprends qu'ils veuillent sauver ceux qui ont survécu.

Mais Fulgurus ne voulait rien entendre.

— Ils ont survécu, mais ils sont aux mains des abysséens, Léathor ! Tu sais ce que cela signifie ? Je te rappelle que le dernier affrontement entre les océanides et les abysséens date du temps de mon grand-père. Il s'en est fallu de peu que notre peuple soit complètement rayé de cet océan. C'est mon père qui a mis un terme au conflit après des années de raids sanglants, en élaborant le traité de paix basé sur le commerce de l'aléli. C'est mon père qui a rassemblé les survivants et bâti Océanys. Je ne laisserai pas détruire ce pour quoi il s'est battu.

Plus en colère que jamais, Léathor serra les poings.

— Acuarius m'est témoin que si grand-père était encore de ce monde il n'aurait pas hésité, lui, à voler au secours de nos nouveaux amis !

Au grand étonnement des convives, le roi encaissa l'affront sans broncher. Il se contenta de hausser les épaules.

— De toute façon, nul ne sait où se trouve l'emplacement exact de leur colonie, dit-il, comme accablé par la fatalité.

— Si ! Nous, nous savons ! s'écrièrent victorieusement Kern et Gabor qui venaient à l'instant de pénétrer dans la salle à manger.

À ces mots, Fulgurus manqua de s'étrangler. Il pivota sur son siège et aperçut derrière ses neveux une quarantaine de jeunes gens, garçons et filles, dont les yeux brillaient d'un éclat rebelle. Escortés par les avariels qui les avaient rejoints, tous semblaient fermement décidés à s'opposer à sa volonté.

— Lorsque nous étions sur Tank'Ylan, reprit Kern, mon équipe a rencontré un jeune elfe doré qui nous a raconté ce qui était arrivé aux passagers de la *Sanglante*. À notre demande, il nous a guidés jusqu'à l'entrée d'une grotte cachée dans les rochers, à la pointe sud de l'île. Elle mène directement aux prisons abysséennes. Nous ne sommes pas intervenus, car l'endroit était gardé par une dizaine de monstres et nous ne voulions pas nous faire remarquer. Mais nous pourrions y retourner sans problème.

— Ce qu'il faut, ajouta Gabor, c'est être nombreux, bien préparés, bien armés et motivés.

Platzeck ne laissa pas à Fulgurus le temps d'intervenir.

— Nous autres, elfes terriens, possédons des pouvoirs magiques extrêmement puissants. Paralysie, éclairs foudroyants, boules de feu, orbe d'énergie, nuages de glace, persuasion mentale, et j'en passe. Ce qu'il nous faut, c'est un plan d'attaque. Dès qu'il sera au point, nous commencerons le transfert des volontaires vers Tank'Ylan.

Ambrethil croisa le regard d'Edryss, plein d'espoir, mais, quand Fulgurus se leva à nouveau, elle se mit à craindre le pire. Pourtant, la réponse du souverain ne fut pas celle qu'elle redoutait.

— Soit, concéda-t-il en se plantant devant son fils. Nous allons unir nos forces pour aller délivrer ces elfes. Mais je pense qu'un jour ou l'autre nous payerons très cher cette décision.

* * *

Luna rêvait qu'elle nageait dans les eaux limpides du lagon. Tout autour d'elle dansaient les poissons aux écailles scintillantes, qui l'invitaient dans leurs ballets tourbillonnants. Elle savait qu'il s'agissait d'un rêve, car elle pouvait respirer, rire et même entendre chanter les anémones. Mais qu'importait, cela avait l'air tellement réel qu'elle voulait en profiter encore un peu avant de retourner dans la réalité. Ses longs cheveux ondulaient au gré des courants marins et sa robe d'algues suivait chacun de ses gracieux mouvements. Soudain, un jeune dauphin l'appela. Il connaissait son nom et la regardait avec intensité. Curieusement, il avait le même regard doré qu'Elbion. « Luna, Luna, Luna ! » répétait-il avec insistance. Ravie de s'être fait un nouvel ami, l'adolescente décida de nager à sa rencontre. Quelques brasses encore et elle pourrait refermer ses bras autour du cou de l'animal pour se laisser emporter et griser par sa vitesse. Pourtant, plus Luna avançait, plus le dauphin reculait et plus ses appels se muaient en cris stridents. On aurait dit qu'il avait peur, qu'il criait à présent pour la prévenir, pour l'avertir d'un danger imminent. Effrayée, elle voulut regarder derrière elle, mais elle n'en eut pas le temps. Une mâchoire aiguisée se referma violemment sur sa nuque et lui arracha un cri muet. Les crocs acérés pénétrèrent profondément dans sa chair et broyèrent ses os dans un horrible craquement. Elle eut le temps de voir un nuage carmin rougir les eaux translucides. Au loin, le dauphin s'enfuyait. Elle voulut l'appeler au secours, mais la douleur fut trop intense. Elle ferma les yeux.

Lorsqu'elle les rouvrit, elle n'était plus sous l'eau, mais la douleur à la nuque était bien réelle. Elle remontait jusque dans son crâne, sournoise et implacable, comme un réseau de tentacules qui comprimaient sa boîte crânienne et cherchaient à la faire exploser. Luna secoua la tête, mais cela n'y changea rien. Elle voulut toucher sa nuque, mais, curieusement, ses mains refusèrent d'obéir. Elle fut transpercée par une bouffée de panique. Ses poignets étaient entravés. Elle était prisonnière.

Tout lui revint alors comme un flash. Elle se rappela son expédition au petit jour avec Kendhal, Allanéa et Sylmarils. Ils étaient partis en direction du volcan chercher les fées et voilà qu'elle se retrouvait prise au piège dans une… Une sorte de grotte? Comment cela avait-il pu se produire ? Avait-elle était capturée à son tour par les abysséens ?

Assise contre la paroi rocheuse froide et humide, Luna regarda autour d'elle. Étroite et tortueuse, la minuscule caverne ressemblait davantage à un boyau, à une faille naturelle qui creusait le granit. À cinq mètres d'elle environ, une ouverture solidement grillagée laissait apercevoir le feuillage de quelques arbustes. Les yeux de Luna s'adaptèrent aux ténèbres qui l'environnaient et découvrirent peu à peu deux corps affalés contre la roche. Son cœur bondit dans sa poitrine.

— Kendhal ! Sylmarils ! Réveillez-vous ! Vite !

Bientôt, ses appels eurent raison de la drogue qui avait plongé ses amis très loin dans les dédales incertains de l'inconscient. Kendhal fut le premier à reprendre connaissance.

— Ah, ma tête ! gémit-il. Oh, mais… mais nous sommes prisonniers !

Il banda ses muscles pour tenter de se libérer. Ses efforts ne donnèrent aucun résultat.

— Les liens qui nous retiennent sont très solides, confirma Luna. Moi aussi, j'ai essayé de tirer dessus, mais rien n'y fait.

— Ce n'est pas du métal ; on dirait plutôt du cuir ou quelque chose comme ça.

— Mais qu'est-ce qui s'est passé ? grommela Sylmarils en tordant désespérément ses poignets. Et puis, où est Allanéa ? Vous l'avez vue ?

Kendhal et Luna ouvrirent de grands yeux effrayés. Trop accaparés par leurs entraves, ils n'avaient pas encore pris conscience de l'absence de leur amie avarielle.

— Par Acuarius, murmura Sylmarils soudain livide. Les abysséens ont dû la dévorer et nous sommes les prochains sur la liste…

La belle océanide était sur le point de craquer quand Luna intervint.

— Du calme, Sylmarils, regarde plutôt par là. Derrière les grilles, on aperçoit la végétation. Nous sommes encore sur l'île. Si les abysséens nous avaient capturés, nous serions sans doute sous l'eau, non ?

— J'espère que tu as raison, fit-elle en tressaillant.

— Mais si tu as raison, ajouta Kendhal d'une voix grave, une question demeure. Qui nous a drogués et enfermés ici ?

Un long silence suivit la remarque du jeune homme. Les trois amis avaient bien des réponses en tête, mais nul n'avait envie de les énoncer à voix haute, car aucune n'était rassurante. Ils restèrent assis ainsi, les mains dans le dos, à attendre un signe, un mouvement dans les feuilles ou même des voix. Mais rien ne se produisit.

Si sa douleur à la nuque s'atténuait, Luna souffrait de ne pas savoir où était Allanéa. Par ailleurs, elle se demandait quelle heure il pouvait être et si les avariels avaient déjà rejoint Océanys. Fulgurus accepterait-il de les aider? Comment réagiraient Ambrethil et Edryss, dans le cas contraire?

Elle s'apprêtait à partager ses craintes avec Kendhal quand des chuchotements diffus lui firent tourner la tête vers la grille. À sa grande surprise, une dizaine de fées se glissèrent à travers les épais barreaux et se plantèrent à trois mètres devant eux. Toutes plus jolies et menues les unes que les autres, elles voletaient sur place en diffusant de la poudre scintillante dans l'air confiné de la grotte. Elles semblaient inoffensives, mais quatre d'entre elles tenaient tout de même une longue sarbacane.

— Bonjour, les salua Luna en s'efforçant de sourire. Je suis une elfe de lune et je m'appelle…

— Peu importe ton nom, la coupa la fée aux cheveux orange. Tu n'es pas la première de ton espèce que nous voyons. Et tu n'es pas la bienvenue ici!

— Mais je ne vous veux aucun mal…

— Menteuse! cracha une autre en brandissant sa sarbacane. Voici plusieurs jours que vous arpentez notre île pour nous capturer et dérober notre poussière d'étoile. Eh bien, nous en avons assez !

— Mais ce n'est pas nous ! se défendit Sylmarils. Nous sommes justement venus pour discuter avec vous et...

— Nous ne voulons pas discuter ! s'écria une fée à la voix fluette.

— Qu'avez-vous fait d'Allanéa, notre amie qui a des ailes ? demanda Luna sur la défensive.

Les fées se regardèrent, étonnées.

— La grande fée est votre amie ? fit la rouquine.

— Oui ! Et nous voulons savoir où elle est, ajouta Sylmarils.

— En sécurité dans notre clan. Mais elle dort encore.

— Pourquoi nous avoir drogués ? demanda sèchement Kendhal.

Dès qu'elles entendirent sa voix, les fées reculèrent instinctivement, comme effrayées. Deux de celles qui étaient armées portèrent leur sarbacane à leur bouche, prêtes à tirer.

— Nous voulions vous neutraliser avant que vous ne nous attrapiez ! cracha une fée aux boucles mauves. Nous commençons à vous connaître !

— C'est n'importe quoi ! rétorqua Kendhal d'un ton agressif. Ce sont les abysséens qui...

Ce fut le mot de trop. La fléchette fendit l'air

dans un sifflement aigu et se ficha dans la joue du garçon qui grimaça de douleur avant de tomber sur le sol, inanimé.

— Mais vous êtes folles, ou quoi? s'écria Luna, hors d'elle. Il était en train de vous expliquer pourquoi nous sommes venus et vous, vous l'attaquez lâchement. N'avez-vous donc aucun honneur?

— Parce que vous croyez que c'est honorable de venir toutes les nuits nous voler notre poussière? se fâcha une fée à la chevelure violette. Vous aussi, vous êtes des lâches, des voleurs, des malfrats, de vils détrousseurs de fées sans défense!

— Eh! mais nous sommes des filles, nous! souligna Sylmarils. Vous n'avez pas remarqué que seuls des hommes vous attaquaient?

Interloquées, les fées échangèrent des coups d'œil surpris, comme si ce détail leur avait en effet échappé. Une petite blonde fronça soudain les sourcils.

— Et alors, qu'est-ce que ça change?

— Tout, justement! rétorqua Luna. Je ne nie pas que des hommes comme lui vous agressent la nuit, c'est vrai. Mais vous devez savoir qu'ils n'ont pas le choix. Ce sont les abysséens les vrais responsables. Ces monstres ont capturé les femmes et les enfants de ces hommes et menacent de les dévorer s'ils n'obéissent pas.

À cause de cet horrible chantage, les elfes sont contraints de récupérer votre poussière d'étoile pour la livrer à leurs oppresseurs. Nous tenions à vous expliquer clairement la situation.

Muettes de stupeur, les fées toisèrent leur interlocutrice.

— Pourquoi ne pas l'avoir dit plus tôt? demanda la petite à la voix fluette.

— Ah, ça, c'est fort! rétorqua Sylmarils. Vous ne nous avez pas laissé le temps d'en placer une.

— Bon, eh bien, cela change tout, fit la rouquine en faisant demi-tour.

Aussitôt, les autres fées battirent des ailes pour la suivre vers la sortie.

— Eh, où allez-vous? s'écria Sylmarils, dépitée. Vous ne nous libérez pas?

— Nous? Oh non, certainement pas! Seule notre guérisseuse supérieure peut prendre ce genre de décision.

— Et notre ami? s'insurgea Luna.

— Lui? Il se réveillera dans cinq ou six heures! gloussa la fée aux cheveux mauves.

Après quoi, les fées se glissèrent toutes à travers les barreaux de leur prison et disparurent dans la végétation, laissant Luna et Sylmarils encore plus déconcertées qu'à leur arrivée.

19

Après le départ des fées, Luna et Sylmarils tentèrent de se contorsionner dans le but d'étirer leurs liens, mais rien n'y fit. Plus elles tiraient dessus, plus la corde épaisse qui les retenait prisonnières se resserrait, frottant et brûlant leur peau. Elles finirent par renoncer en grimaçant de douleur. Il ne leur restait plus qu'à s'armer de patience et à attendre le bon vouloir de la guérisseuse supérieure, qui était apparemment la chef des fées. Quant à Kendhal, toujours inconscient, il planait dans des limbes imaginaires à cent lieues de là.

Plus de deux heures s'écoulèrent. Sylmarils somnolait à présent dans la touffeur de l'étroite caverne. Luna l'aurait bien imitée, mais elle était trop angoissée pour se laisser glisser dans le sommeil. Et elle avait trop soif. Elle avait beau s'efforcer de penser à autre chose, son cerveau revenait sans cesse à l'assaut, réclamant un grand verre d'eau fraîche pour apaiser le supplice qu'elle endurait depuis trop longtemps. Elle s'imaginait plongeant dans le lac de Lalharils, la bouche grande ouverte comme pour l'absorber tout entier, quand cinq fées se faufilèrent à nouveau entre les barreaux. La rousse qu'elle connaissait déjà se planta devant elle.

— Tu es sacrément chanceuse. Ma'Olyn accepte de te rencontrer.

— Mets tes mains devant toi ! lui ordonna une autre. Allez, vite !

Luna allait répliquer que c'était impossible, que ses mains étaient attachées dans son dos, quand elle se rendit compte que les liens s'étaient miraculeusement dénoués tout seuls. Elle ouvrit de grands yeux et frotta ses poignets abîmés, mais la fée ne plaisantait pas.

— Mets tes mains devant toi que je t'entrave à nouveau. Et pas d'entourloupe, sinon ma camarade t'enverra une fléchette sédative comme au mâle.

— Il s'appelle Kendhal ! rétorqua Luna, exaspérée par le comportement sexiste des fées.

— Je m'en fiche. Nous, on ne donne pas de nom aux mâles. Ils ne le méritent pas.

Luna tiqua. Elle allait lui demander s'il existait des fées mâles, mais un mouvement dans son dos attira son attention. Ce qu'elle prit pour une vipère venait de surgir de derrière elle et serpentait vers sa cuisse.

— Un serpent ! s'écria-t-elle en faisant brusquement un bond sur le côté.

La fée effrayée souffla dans sa sarbacane, mais d'un geste efficace la rouquine dévia le tir. La fléchette sédative se ficha avec un bruit mat dans l'épaule de Sylmarils, endormie à côté de Luna. Consternée, l'adolescente ne savait plus qui regarder du serpent ou de son amie agressée, mais la voix de la fée la rappela à l'ordre.

— Ne recommence jamais ça ou la prochaine sera pour toi ! gronda-t-elle en fronçant les sourcils d'un air sévère.

— Mais enfin, cette… chose…

— Cette chose n'est qu'une liane, pauvre idiote ! cracha-t-elle en haussant les épaules. Laisse-toi faire et tout ira bien.

— Mais… et Sylmarils ? Vous…

— Elle dormira juste un peu plus longtemps que prévu, c'est tout. On ne va pas en faire un drame, quand même ! Maintenant, obéis ou ce sera ton tour.

Luna lui renvoya un regard glacial. Elle aurait bien utilisé son pouvoir contre cette pimbêche qui se croyait tout permis, mais cela aurait sûrement réduit ses chances de convaincre les fées de sa bonne volonté. Elle y renonça donc à contrecœur et tendit ses mains, résignée.

Sous ses yeux éberlués, la liane se dressa comme un cobra, s'enroula autour de ses poignets et fit avec son corps végétal d'étranges nœuds, d'une résistance et d'une solidité à toute épreuve. Pas étonnant que les deux elfes ne soient pas parvenues à défaire leurs liens !

— Maintenant, lève-toi et suis-nous !

Luna obéit et fit quelques pas dans l'étroit boyau jusqu'à la porte. Elle s'apprêtait à demander ce qu'il allait advenir de ses amis lorsque les barreaux qui grillageaient l'entrée se mirent à onduler, puis à s'écarter pour lui laisser la voie libre. Elle devait vraiment avoir l'air ahuri, car la fée aux boucles rousses ne put s'empêcher de glousser :

— Cette espèce de liane se domestique très facilement. Résistante, solide et très docile, elle nous rend de précieux services. Bon, maintenant, ferme les yeux. Une de ces lianes va enserrer ta tête de façon à te les bander. Il n'est pas question que tu saches où nous te conduisons, mais ne t'inquiète pas, elle ne serrera pas autant qu'aux poignets !

Luna se laissa faire, mais ne put retenir un tressaillement au contact de la liane. Elle avait beau savoir que cette chose était végétale, la sensation reptilienne sur son visage était détestable.

— Allez, en route, miss froussarde ! fit la rouquine en tirant sur le lien de sa captive.

— Je ne suis pas froussarde du tout ! protesta Luna avec véhémence. Si vous saviez toutes les épreuves que j'ai…

Son pied heurta brusquement un rocher. L'adolescente trébucha et il s'en fallut de peu qu'elle s'étale de tout son long.

— Tais-toi et contente-toi d'avancer, rouspéta la fée, revêche. Garde ta salive pour convaincre notre guérisseuse supérieure. Cela risque de ne pas être facile. Elle est d'une humeur massacrante, aujourd'hui !

Luna obtempéra de mauvaise grâce. Ces petites créatures lui tapaient sur les nerfs. Bavardes, moqueuses, impolies, susceptibles, elles étaient insupportables. Sans parler de cette haine farouche qu'elle ressentait pour les hommes ! De convaincre cette Ma'Olyn d'aider leurs compagnons ne serait pas une tâche de tout repos. Pourtant Luna n'avait guère le choix et elle refusait de s'avouer vaincue. Elle avait foi en sa botte secrète. L'esprit de Lya veillait sur elle, elle le sentait.

Le sentier caillouteux devenait de plus en plus escarpé. Peut-être grimpait-il le long des flancs du volcan. Plusieurs fois Luna trébucha et faillit perdre l'équilibre, mais elle se rattrapa de justesse et évita chaque fois la chute. Résignée et concentrée, elle serrait les dents et refusait d'émettre la moindre plainte. Elle n'offrirait pas ce plaisir à la rouquine.

La montée ne fut toutefois pas très longue. Bientôt on ordonna à Luna de s'arrêter, tandis qu'une liane s'enroulait autour de sa taille. Elle frissonna, mais se laissa faire sans montrer son appréhension. Pourtant lorsqu'elle se sentit soulevée dans les airs, elle ne put réprimer un petit cri d'étonnement. Les fées la hissaient probablement jusqu'à leur repaire. L'ascension dans le vide dura plusieurs minutes, après quoi les pieds de Luna se posèrent à nouveau sur le rocher. Elle se demanda si elle se trouvait tout en haut du volcan, ou sur une corniche intermédiaire.

— Avance d'une douzaine de pas et assieds-toi ! lui ordonna la fée, autoritaire.

Luna obéit, compta mentalement les douze pas et s'assit en tailleur, droite et fière, mais le cœur battant. À son grand soulagement, les lianes qui entravaient sa taille et ses yeux se dénouèrent et s'éloignèrent d'elle. Ses mains, par contre, restèrent attachées. Pourtant, ce détail lui sembla insignifiant tant elle fut subjuguée par le spectacle qui s'offrait à elle.

Des dizaines et des dizaines de grosses fleurs tapissaient la paroi rocheuse dans une explosion de couleurs vives et de senteurs délicates. Au cœur de cette exubérante profusion florale se dressait un étrange champignon à la tige massive et au chapeau large, recouvert d'un velours bordeaux ourlé de mauve, sur lequel était installée une fée au visage sévère, apparemment bien plus âgée que ses congénères. Ses ailes sombres contrastaient avec sa chevelure blanche. Elle portait une très longue robe carmin et une sorte de sceptre en forme de trèfle. Ce devait être la fameuse Ma'Olyn. Luna nota que la rouquine se tenait à sa droite et qu'une trentaine de fées au moins assistaient à ce qui ressemblait fort à un procès. Cette idée la fit frémir, mais elle s'efforça de rester impassible.

— Malibel m'a raconté ton histoire, commença la guérisseuse supérieure en désignant la rouquine du menton. Si j'ai bien compris, tes amis ont été vendus comme esclaves aux abysséens qui les utilisent pour nous voler notre poussière d'étoile. S'ils n'obéissent pas, les viles créatures sous-marines tueront sans pitié les femmes et les enfants de ton peuple. C'est ça ?

Ravie de voir que la rouquine avait bien relaté les choses à sa supérieure, Luna hocha la tête en souriant. Finalement, la chef de clan n'était pas de si mauvaise humeur que ça.

— Tu te fiches de moi, ou quoi? hurla-t-elle soudain, faisant sursauter l'adolescente. Jamais les abysséens n'ont eu d'esclaves! Ils ne sous-traitent pas! Ils pillent, détruisent, tuent, dévorent, massacrent tout eux-mêmes avec joie, sadisme et cruauté. Ils n'ont besoin de personne pour le faire à leur place.

— Mais... je vous jure que...

— Comme si nous n'avions pas eu assez des abysséens! fulmina la vieille fée, frémissante de colère. Les mâles de ton espèce ne sont que des parasites supplémentaires qui cherchent à dérober ce qui est à nous. Inutile de chercher à les excuser ou d'inventer je ne sais quel subterfuge censé nous attendrir. Cela ne fonctionne pas. Notre peuple a trop longtemps souffert pour s'apitoyer sur le sort des autres. Toutes ces souffrances, toutes ces pertes nous ont endurcies. C'en est fini de notre légendaire gentillesse, nous sommes des guerrières, à présent, et nous allons lutter contre nos ennemis. Contre tous nos ennemis!

Comme Luna écarquillait les yeux, consternée par ces paroles haineuses, Ma'Olyn poursuivit sa diatribe.

— Pour donner l'exemple et dissuader les autres, nous allons sacrifier le mâle qui vous accompagne.

Effrayée à l'idée que ces furies s'en prennent

à son compagnon, Luna décida qu'il était temps de sortir le grand jeu. Elle secoua la tête en toisant son interlocutrice avec détermination.

— Non, Ma'Olyn, vous n'en ferez rien !

— Et qui va m'en empêcher ? Toi, peut-être ? se moqua-t-elle en faisant signe à ses guerrières de se tenir prêtes, tandis que des lianes menaçantes glissaient à nouveau vers l'elfe.

— Moi, non, mais l'esprit de Lya, certainement.

Ce simple nom provoqua un raz-de-marée dans la communauté des fées. Une clameur diffuse assura Luna de l'effet escompté. Toutes avaient cessé de respirer et retenaient leur souffle, les yeux arrondis, la bouche ouverte. Elles semblaient abasourdies qu'une étrangère connaisse le nom de leur divinité. C'était impossible ! Et pourtant…

Ma'Olyn hoqueta de stupeur. D'une voix blanche, elle éructa :

— Comment connais-tu le nom de la fée sacrée ?

— Nous sommes amies, fit Luna en haussant les épaules, comme si c'était une évidence.

— Tu mens ! Tu mens, encore ! dit Ma'Olyn d'une voix cinglante en se redressant, rouge de rage. Lya est morte depuis longtemps. Tu n'as pas pu la rencontrer. Vilaine menteuse !

— Je ne mens pas, rétorqua calmement Luna. Je sais que Lya est morte, c'est à Outre-tombe que je l'ai rencontrée. Si vous ne me faites pas confiance, je peux vous la décrire. Lya possède quatre ailes translucides, elle est extrêmement belle, gracieuse et légère. Elle est gaie, vive, généreuse et aussi très drôle. Son rire cristallin est une cascade de fraîcheur. Pourtant, une expression d'infinie tristesse ternit parfois ses yeux émeraude lorsqu'elle repense au jour où les abysséens ont débarqué sur l'île. Ces monstres l'ont tuée, elle et toutes ses compagnes. Comme elle était la guérisseuse supérieure de son clan, elle a refusé de devenir un ange pour continuer à veiller sur les fées des autres clans. Et il ne fait aucun doute qu'elle nous observe en ce moment même.

Ma'Olyn blêmit. Statufiée, elle n'osait plus faire le moindre geste ni dire quoi que ce soit.

— Dit-elle vrai ? lui glissa Malibel à l'oreille.

L'autre se contenta de hocher la tête. Dans ses yeux brillait une lueur de crainte mêlée d'admiration et de respect.

— Lya était mon amie, murmura-t-elle, émue. Nos deux clans étaient voisins. Nous avons grandi ensemble. Une nuit, des créatures mystérieuses sont sorties de la mer. Naïves et pacifiques, nous ne nous sommes pas méfiées et encore moins cachées. Ces monstres ont semé la mort et la désolation, ils ont massacré le clan de Lya. Cela remonte à longtemps, mais le souvenir de ce carnage restera à jamais gravé dans ma mémoire.

Un long silence suivit cette confidence. Personne n'osait troubler la solennité de ce moment d'émotion. Luna connaissait l'histoire, mais elle ne put s'empêcher de se demander quel âge avait la vénérable fée. Après plusieurs minutes, elle finit par briser le recueillement des fées.

— Je vous en prie, Ma'Olyn, au nom de Lya, nous devons trouver un terrain d'entente. Nous sommes nombreux, vous savez. Si nous unissons nos forces, tous ensemble nous pourrons libérer nos amis prisonniers. En retour, nous vous aiderons à vous débarrasser définitivement des abysséens. Vous avez ma parole. Et, je vous en conjure, ne sacrifiez pas Kendhal. Je… je suis très attachée à lui.

La vieille matriarche ne prononça pas une parole, mais elle lui adressa un sourire, le premier qu'elle s'autorisait depuis bien longtemps.

* * *

La discussion qui suivit entre Luna et Ma'Olyn fut riche d'enseignements. D'abord,

Luna lui parla des drows, de la guerre ancestrale qui opposait leurs deux peuples, de la destruction de Laltharils, de leur fuite en mer, de leur naufrage et de leur sauvetage par les océanides. La guérisseuse supérieure des fées la questionna ensuite longuement sur les avariels qui l'intriguaient au plus haut point, car elle avait d'abord cru en voyant les ailes d'Allanéa qu'il s'agissait d'une grande fée.

Puis, Luna raconta la réaction horrifiée des elfes marins lorsqu'ils avaient découvert que la poudre argentée qu'ils achetaient aux abysséens, en échange de moult coraux et coquillages, provenait d'êtres vivants. Jamais les océanides n'auraient cru qu'à cause d'eux de petites fées innocentes souffraient, persécutées par ces horribles créatures. Luna expliqua que sa compagne, Sylmarils, voulait faire amende honorable et s'excuser pour les souffrances que les fées avaient endurées. En unissant leurs forces, les elfes de toute nature pourraient lutter à leurs côtés contre leurs tortionnaires et éventuellement trouver un accord commercial concernant l'aléli, puisque c'était ainsi que les océanides appelaient la poudre des fées.

Ce fut ensuite au tour de Ma'Olyn de raconter son histoire. Depuis le massacre du clan de Lya, les abysséens n'avaient eu de cesse de revenir sur Tank'Ylan pour terroriser son peuple. S'ils ne tuaient plus systématiquement leurs proies de peur de voir leurs réserves s'amenuiser, ils s'en prenaient régulièrement à elles pour leur voler leur poussière d'étoile. Dans les premiers temps, les fées, d'un naturel débonnaire, ne s'étaient pas rebellées ni défendues. Elles avaient juste essayé de se protéger des mains avides en se dissimulant. Mais, lorsque les disparitions de leurs sœurs étaient devenues vraiment inquiétantes pour leur survie, elles avaient pris la décision de migrer vers les falaises, en imposant l'interdiction formelle de sortir la nuit. Depuis, elles vivaient dans une tranquillité relative. Pourtant, un matin, Ma'Olyn avait découvert le cadavre décapité de l'une de ses filles préférées, l'adorable Phyllis.

— Mon sang n'a fait qu'un tour. Nous devions lutter contre cette vermine. J'ai donc créé un puissant sédatif à base de plantes de l'île et prévenu les guérisseuses supérieures des autres clans. Notre but, c'était d'endormir les abysséens et de leur crever les yeux. Ainsi ils ne pourraient plus jamais nous retrouver !

— Pourquoi ne pas plutôt les tuer ? s'étonna Luna.

— Tuer d'autres êtres vivants va à l'encontre de tous nos principes, fit la vieille fée, fataliste. Jamais nous ne tuerons personne ; cela signerait aussitôt notre arrêt de mort.

Cette mystérieuse révélation laissa Luna perplexe, mais une autre question lui vint à l'esprit.

— Dans ce cas, pourquoi avoir parlé de sacrifier Kendhal ?

— Je parlais de sacrifier sa vue, pas sa vie ! gloussa Ma'Olyn. Mais c'est tout aussi efficace, crois-moi ! Lorsque les abysséens se réveillent sans yeux, ils sont comme fous. Ils se cognent partout en hurlant comme des bêtes affolées. Nombreux ont été nos ennemis à perdre la vue. Peu à peu ils ont fini par délaisser l'île, pour notre plus grand soulagement. Nous étions parvenues à nous débarrasser des abysséens sans verser de sang. Nous avons donc repris nos collectes nocturnes de nectar, jusqu'à ce que, récemment, d'autres envahisseurs surgis de nulle part nous attaquent.

Luna baissa les yeux, honteuse.

— Certes, ces êtres ne ressemblent en rien aux abysséens, ils ne nous tuent pas et leurs méthodes sont plus douces. Mais ce sont tout de même des envahisseurs et nous ne voulons pas d'eux sur notre île. Nous voulions donc leur faire subir le même sort qu'aux abysséens.

Comme sa jeune interlocutrice fronçait les sourcils, Ma'Olyn s'empressa d'ajouter :

— Mais leur identité m'intriguait. J'ai donc demandé à Malibel d'endormir plusieurs spécimens et de les enfermer afin d'avoir une petite discussion avec eux. J'ai fait isoler celle qui avait des ailes, car je voulais l'interroger en premier, mais elle n'en finit pas de dormir. Enfin, voilà comment toi et tes amis vous êtes retrouvés ligotés et enfermés dans notre caverne au pied du volcan. J'en suis sincèrement désolée.

— Sans rancune! fit Luna en lui adressant un sourire. Je comprends mieux votre réaction, maintenant, et aussi l'animosité que vous ressentez à l'égard des mâles qui passent leur temps à vous persécuter. Mais nos amis n'ont pas le choix. Pour sauver ceux qu'ils aiment, ils sont contraints de voler votre précieuse poussière.

— Précieuse? s'écria la matriarche en ouvrant de grands yeux. Mais la poussière d'étoile n'est absolument pas précieuse. Elle s'échappe de nos ailes lorsque nous volons, c'est tout. Comme de la salive quand on postillonne. Ce n'est qu'une déjection corporelle comme une autre, rien de plus.

— Alors pourquoi…

— Mais c'est à nous! Personne n'a le droit de s'en emparer sans notre permission et encore moins par la force. Non, mais…

Luna éclata de rire. Le précieux aléli auquel les océanides attribuaient des vertus extraordinaires au point de débourser une fortune pour s'en approvisionner n'était autre qu'une déjection corporelle d'une nature particulière.

Finalement, le plan que Luna s'apprêtait à exposer à Ma'Olyn serait plus facile à faire passer qu'elle ne l'avait cru. Peut-être même que toutes les fées de l'île l'accepteraient.

Un peu plus tard, à la demande de leur supérieure, les fées libérèrent Allanéa, Kendhal et Sylmarils qui avaient fini par sortir de leur sommeil forcé. Après quoi, comme pour s'excuser de leur conduite, leurs petites hôtesses leur servirent un repas fait de mille douceurs à base de fleurs, de fruits et de miel, arrosé d'eau de source et de liqueurs tantôt sucrées, tantôt acidulées, qui picotaient agréablement la langue. Les convives se délectèrent de tous ces mets délicats en attendant le crépuscule.

Lorsque le jour déclina et que le ciel fut tapissé d'étoiles scintillantes, Luna et ses amis redescendirent de leur perchoir grâce aux lianes domestiquées et guidèrent les fées jusqu'à la clairière où ils avaient donné rendez-vous à Thyl et à Darkhan.

Les deux elfes ne tardèrent pas à arriver, en tête du cortège des elfes prisonniers. D'abord intimidés par la présence des fées qu'ils avaient un peu malmenées ces derniers jours, ils finirent par accepter leur aide et le plan que leur soumit Luna.

Cette nuit-là, toutes les fées de Tank'Ylan, averties entre-temps par leurs consœurs, se joignirent au clan de Ma'Olyn et coopérèrent de leur plein gré. Tour à tour, elles vinrent agiter leurs petites ailes avec frénésie au-dessus des bocaux des esclaves pour leur faciliter la tâche.

Alors que la distribution d'aléli touchait à sa fin, le premier convoi d'avariels atterrit enfin sur l'île. Cette fois, même les adolescents avaient été réquisitionnés pour porter des charges plus légères telles que les armes et les boucliers. Platzeck, Léathor, Kern et Gabor étaient de retour, accompagnés de compagnons d'armes prêts à en découdre avec l'ennemi. Sylmarils, qui avait craint que son père refuse de les aider, s'en trouva fort soulagée. Encore deux ou trois allers-retours et l'armée des elfes serait suffisamment considérable pour affronter les abysséens.

Luna était ravie ; tout se passait comme prévu. Elle espérait que la deuxième phase de son plan se déroulerait également sans problème.

Un peu avant l'aube, les esclaves chargés de leur précieux butin regagnèrent la grotte de la plage. Les gardes abysséens, ravis de voir leurs bocaux pleins à ras bord, grognèrent de contentement. Comme à leur habitude, ils déverrouillèrent la porte métallique cachée au fond de la caverne en posant leur œil immonde à l'endroit prévu à cet effet. Ils poussèrent sans ménagement leurs esclaves dans les couloirs étroits de leur forteresse sous-marine, jusqu'aux geôles. Là, ils verrouillèrent les solides grilles derrière eux en utilisant à nouveau leur globe oculaire. Ils s'en allèrent en laissant leurs prisonniers exténués, avachis sur le sol.

Dès que les abysséens eurent disparu, les elfes bondirent sur leurs pieds. Ce n'était plus la peine de simuler la fatigue. Alors, les fées s'extirpèrent prestement de leurs poches. Armées de leurs sarbacanes et d'une bonne provision de fléchettes empoisonnées, elles se glissèrent entre les barreaux métalliques, bien déterminées à trouver où les abysséens enfermaient les femmes et les enfants de leurs alliés. Darkhan et Thyl les regardèrent s'éloigner avec un pincement au cœur. Ces minuscules créatures étaient leur dernier espoir.

Bientôt, il ne resta des fées qu'un faible scintillement argenté qui s'évapora dans les ténèbres épaisses de la forteresse abysséenne.

20

Les fées progressaient lentement dans les méandres obscurs du repaire des abysséens. Elles n'y voyaient pas grand-chose, mais la lumière diffusée par leur poussière d'étoile suffisait à guider leur vol. Les tunnels étroits serpentaient au cœur de la roche, entrecoupés de temps en temps de grilles métalliques verrouillées. Comme leur petite taille leur permettait de passer au travers, elles poursuivaient leur progression, imperturbables. Fort heureusement, elles ne rencontrèrent aucune porte pleine qui leur aurait irrémédiablement bloqué la route.

À un virage, une lueur attira soudain leur attention. Presque au même moment, des rires rauques qui ressemblaient davantage à des cris d'animaux qu'à des voix retentirent, amplifiés par l'écho d'une caverne. Les fées ralentirent, se posèrent sur une corniche et cessèrent de battre des ailes pour espionner les monstres sans attirer leur attention. Quelques pas le long de la paroi rocheuse leur permirent de distinguer les habitants des lieux, baignés dans la lumière blafarde de champignons phosphorescents.

Près d'une soixantaine d'abysséens étaient là, assis ou allongés à même le sol, près d'un lac souterrain qui devait relier la grotte à la mer. Ils semblaient désœuvrés, comme s'ils attendaient on ne savait quel ordre pour s'activer. Si certains se chamaillaient en grognant bruyamment ou jouaient avec des cailloux de formes et de couleurs différentes, la plupart se prélassaient nonchalamment, collés les uns aux autres. Pourtant, ils ne dormaient pas, car régulièrement une main se levait pour observer les alentours de son œil unique et malveillant. Comme tout était calme, le bras écailleux se repliait bientôt, dissimulant la main sous l'amas de corps enchevêtrés.

Les fées reculèrent sans bruit pour se concerter. Malibel, qui dirigeait la petite escouade, expliqua qu'elle avait aperçu un second tunnel, de l'autre côté de la grotte. Si cet endroit cauchemardesque abritait les prisons abysséennes, les geôles des femmes et des enfants se trouvaient peut-être au bout de l'autre galerie.

Le problème était de s'y rendre sans se faire remarquer, c'est-à-dire sans voler. Or, le sol était jonché d'abysséens aux crocs acérés.

— On pourrait peut-être essayer de se faufiler parmi eux. Nous sommes si petites, après tout, proposa l'une d'elles.

— Ou bien nous ébrouer ici pour diminuer notre production de poussière le temps de survoler la salle ? fit une autre.

— Et si on tentait plutôt d'atteindre l'autre côté de la caverne en escaladant la paroi ? suggéra une troisième.

Malibel plissa la bouche, dubitative. Ses sœurs avaient de bonnes idées ; restait à déterminer quelle était la meilleure. La fée était en pleine réflexion quand un bruit de remous aquatiques lui fit lever la tête.

Sans échanger une seule parole, elles retournèrent à leur poste d'observation et virent que les abysséens s'étaient tous relevés. Certains plongeaient dans l'eau noire du lac, pendant que les autres, regroupés dans un coin de la caverne, attendaient qu'on leur remette un bocal de paillettes scintillantes. Une fois leur précieux butin serré contre eux, ils disparaissaient à leur tour dans le lac. Peu à peu, tous disparurent, à l'exception d'une dizaine de créatures qui demeurèrent au centre de la salle.

— C'est toujours les mêmes qui se font avoir ! ronchonna l'un des abysséens.

— Ouais, renchérit un autre. C'est tout le temps pareil ! Les vieux ont tous les avantages : apporter la poudre au maître, récolter les honneurs, chasser les meilleures proies et s'en mettre plein la panse.

— Et nous, pendant ce temps, on se tape le sale boulot, rajouta le premier.

— Une petite partie de qwich, ça vous tente ? proposa un troisième en montrant les pierres restées sur le sol un peu plus loin.

Ses compagnons marquèrent leur assentiment en grognant. Ils s'assirent en rond et se mirent à jouer, plus pour passer le temps que par envie.

Les fées jugèrent le moment opportun pour poursuivre leur exploration. Elles optèrent pour la première solution, c'est-à-dire se faufiler à pied en longeant la paroi pour rester dans l'ombre, invisibles. Rassemblant leur courage, elles se placèrent en file indienne et, sans un bruit, pénétrèrent dans la caverne à l'insu des abysséens, accaparés par leur jeu. Pas un seul ne remarqua l'intrusion des fées.

Les petites créatures atteignirent assez rapidement l'autre côté de la caverne. Une fois dans le tunnel, à l'abri des regards, elles se remirent à voler. Cet endroit ressemblait fort à la galerie précédente. Même obscurité, même odeur de moisissure, mêmes grilles épaisses et solides. Puis, brusquement, elles les découvrirent. Les femmes elfes !

Comme les hommes, elles étaient entassées dans une ridicule cellule. Leurs fantomatiques silhouettes se découpaient en ombres chinoises sur la paroi phosphorescente. Adossées aux parois, certaines somnolaient, d'autres sanglotaient sur une épaule amie, d'autres encore fredonnaient une mélopée lancinante. Un élan de pitié s'empara des fées. Elles comprirent immédiatement que Ma'Olyn avait pris la bonne décision.

En s'approchant timidement, elles s'aperçurent que certaines prisonnières étaient accrochées aux barreaux, le visage tourné vers une deuxième cellule encore plus petite, juxtaposée à la première, où dormaient une quinzaine d'enfants. L'une de ces femmes attira immédiatement l'attention de Malibel. D'une grande beauté malgré ses traits tirés par la fatigue et les privations, l'elfe noire avait passé ses bras à travers la grille et serrait contre elle un nourrisson qui dormait à poings fermés. Les yeux clos, elle souriait malgré tout, sans doute bercée par d'anciens souvenirs heureux.

Malibel fit signe à ses sœurs de rester en arrière et s'approcha de cette mère qui l'émouvait.

Mais c'était sans compter la vivacité d'une fillette aux boucles rousses qui l'attrapa au vol.

— Hé! J'ai attrapé un truc! s'exclama Haydel en examinant sa proie avec perplexité. Oh, on dirait moi, mais en beaucoup plus petit!

— Ne tirez pas! cria Malibel à ses sœurs qui s'apprêtaient déjà à souffler dans leur sarbacane. Ce n'est qu'une enfant!

Alertée, Assyléa ouvrit les yeux et découvrit avec stupeur la minuscule créature qu'Haydel retenait prisonnière.

— Tu sais parler? s'étonna la petite avarielle, émerveillée.

— Mais évidemment que je parle! Et, si tu ne me libères pas tout de suite, je prononcerai une formule qui te transformera en limace!

— Ça n'existe même pas! rétorqua l'enfant en riant.

— Haydel, lâche cette demoiselle immédiatement! se fâcha Assyléa.

La fillette hésita, soupira et finit par obéir, plus pour ne pas faire enrager Assyléa que par peur de se voir transformée en gastéropode.

— Qui êtes-vous et que faites-vous ici? demanda l'elfe noire en dardant ses iris roses dans ceux de la fée.

Malibel révéla qui elle était et la raison de sa présence en ces lieux. Elle expliqua à quelle tâche ingrate les abysséens contraignaient les hommes toutes les nuits. Cependant, elle les rassura quant à leur état de santé.

— C'est une jeune fille du nom de Luna qui a imaginé ce plan !

L'évocation de la princesse provoqua une clameur de soulagement parmi les femmes qui s'étaient toutes approchées pour voir les petites fées. Une vague d'espoir inonda leur cœur asséché par l'angoisse, la peur et la faim.

— Eilistraée a fini par entendre mes prières, soupira Assyléa, rassurée de savoir Darkhan et ses compagnons en vie. Vous voyez, je vous l'avais bien dit, que Luna ne nous laisserait pas tomber ! Elle est vraiment exceptionnelle !

Sans perdre une minute, Malibel expliqua aux elfes le plan d'évasion, en précisant bien qu'elle n'aurait lieu que dans quelques jours, le temps de faire venir sur l'île davantage de guerriers.

— Surtout, ne tentez rien avant le signal ! insista Malibel. Et ne changez rien à vos habitudes. Les abysséens pourraient se douter de quelque chose, devenir méfiants et renforcer leurs effectifs.

— C'est promis, lui certifia Assyléa qui tenait toujours son fils endormi dans un bras et caressait les boucles rousses d'Haydel de l'autre main. Nous attendrons, mais ne tardez pas. Les abysséens ne nous donnent presque rien à manger. Nos maigres rations suffisent à peine aux enfants et certaines d'entre nous, notamment les plus âgées, sont très affaiblies. Mais je vous promets que nous serons prêtes lorsque les renforts arriveront. Merci, merci mille fois pour les risques que vous avez pris pour venir nous prévenir.

À ses remerciements chaleureux s'unirent ceux de toutes les prisonnières, dont les yeux embués de larmes brillaient dans la pénombre.

— À bientôt, jolie petite fée ! dit Haydel dans un gracieux sourire. Si tu vois Thyl, embrasse-le de ma part.

— Je n'y manquerai pas ! répondit la fée en réalisant seulement après coup qu'il s'agissait d'un mâle et que pour rien au monde elle ne poserait ses lèvres sur sa joue.

Soudain le beau sourire d'Assyléa se crispa. Ses yeux terrifiés s'écarquillèrent. Malibel comprit aussitôt que quelque chose clochait. Elle se retourna d'un coup et resta pétrifiée d'effroi devant les trois abysséens qui se tenaient devant elle. Personne ne les avait entendus arriver. Et pourtant ils étaient bien là, tels des spectres horrifiques, et chacun tenait dans sa poigne d'acier une petite fée.

— Au moindre geste, nous les broyons ! fit

l'un d'entre eux en découvrant sa triple rangée de dents.

Mais à peine eut-il prononcé ces paroles que trois fléchettes sédatives se plantèrent au même moment dans les faces grotesques des créatures. Les abysséens se raidirent et s'effondrèrent sur le sol, inanimés. Les trois fées s'extirpèrent des doigts crochus, tremblantes comme des feuilles, et se réfugièrent derrière Malibel.

Un silence de plomb tomba sur la caverne. Personne n'osait parler. Tous les regards étaient vrillés sur les corps inertes des monstres. C'était une catastrophe ! Une véritable catastrophe qui risquait de compromettre le plan de Luna et de ruiner tous les efforts de leurs compagnons pour les libérer.

Ne voyant pas revenir leurs congénères, les abysséens restés au bord du lac ne manqueraient pas de venir voir ce qui se passait par là. Ils découvriraient alors les corps avachis de leurs compagnons et se vengeraient sur les captives ou, pire encore, sur leurs enfants.

Assyléa, au bord des larmes, resserra son étreinte autour de Khan et d'Haydel pour leur offrir une protection bien dérisoire.

— J'ai une idée ! s'écria Malibel sans toutefois pouvoir détacher ses yeux clairs des repoussantes créatures qui gisaient sur le sol.

Elle se tourna vers ses amies et ordonna :

— Vous allez retourner dans la salle principale et endormir les autres monstres tant qu'ils ne se doutent de rien. Ils ne sont plus que sept. Si vous vous organisez bien, aucun ne devrait vous échapper. Mais attention ! N'en laissez pas un seul s'enfuir par le lac. Il préviendrait aussitôt les siens et nous serions toutes perdues. Compris ?

Les fées hochèrent la tête en affichant une mine contrite. Cette mission ne leur plaisait guère, mais leur chef avait raison. Elles n'avaient pas d'autre choix que de neutraliser tous les abysséens présents avant le retour des autres. Sans un mot, elles s'éloignèrent dans les ténèbres du couloir en laissant derrière elles un scintillement argenté.

— Je ne comprends pas, balbutia Assyléa.

— Changement de programme ! s'écria Malibel en crevant brusquement l'œil d'un des abysséens endormis à l'aide de sa sarbacane. L'évasion, c'est maintenant !

— Mais ce n'est pas ce qui était prévu ! dit Assyléa, affolée. N'étions-nous pas censées attendre des renforts ? Nous ne sommes pas prêtes, ni assez nombreuses pour lutter contre ces monstres.

— Ce qui est fait est fait ! rétorqua froidement la fée en transperçant l'autre œil.

Maintenant, nous devons fuir au plus vite avant que le gros de la troupe rapplique. Seule une poignée d'abysséens garde les prisons, les autres sont partis livrer notre poussière d'étoile. C'est le moment idéal !

Assyléa soupira. La fée avait raison. Pourtant il y avait un détail auquel elle n'avait pas pensé.

— Soit, concéda l'elfe noire, mais comment comptes-tu nous faire sortir d'ici ? Malgré nos pouvoirs, aucune de nous n'est parvenue à forcer ces barreaux ni à crocheter la serrure.

Sans lever les yeux vers son interlocutrice, Malibel se mit à observer le sol avec attention, comme si les inquiétudes de l'elfe ne l'intéressaient pas. D'un rapide mouvement d'ailes, elle fila en direction de ce qu'elle cherchait, un long caillou à l'arête effilée. Elle retourna aussitôt avec cette pierre auprès du dernier abysséen et, d'un geste sûr, elle l'utilisa comme une scie et commença à trancher le poignet. Indifférente au jet de sang noirâtre qui sourdait de la plaie, la fée poursuivait son macabre ouvrage, cisaillant la peau, déchirant la chair et découpant les tendons. L'os fut plus difficile à détacher, mais un coup sec au bon endroit finit par le faire céder dans un bruit mat. Puis ce fut à nouveau les tendons, la chair, la peau et Malibel brandit victorieusement l'ignoble moignon sanguinolent.

Assyléa avait depuis longtemps cessé de regarder, le cœur au bord des lèvres. Mais Haydel, horrifiée autant que fascinée, n'en perdait pas une miette. Pourtant lorsqu'elle vit la fée penchée sur la paume ouverte tirer sur la membrane qui servait de paupière pour la sectionner brusquement et ainsi exposer l'œil vitreux, elle ferma les siens, dégoûtée.

Ce fut à ce moment-là que les autres fées revinrent.

— Mission accomplie ! s'écrièrent-elles fièrement. Pas un seul monstre n'a échappé à nos sarbacanes. Pas un seul ne verra de sa misérable vie !

— Aucun signe des autres ? s'enquit Malibel en jetant le bout de peau déchiré qui recouvrait autrefois l'œil de sa victime.

— Aucun. La voie est libre.

— Parfait ! Aidez-moi à soulever cette main jusqu'à la serrure. Nous allons l'appliquer dans l'empreinte, juste là.

Les elfes, sidérées, virent le moignon s'ajuster parfaitement à la serrure. Un cliquetis sonore résonna dans la pièce. Les femmes, qui avaient retenu leur souffle pendant toute l'opération, s'autorisèrent à respirer. Elles étaient libres, enfin !

La première à sortir s'empara de l'horrible main et l'appliqua sur la serrure de la cellule des enfants. Malgré leur état de faiblesse, chacune des femmes se chargea d'un petit en le tenant qui dans ses bras, qui par la main, et ensemble elles se glissèrent derrière les fées dans le boyau tortueux qui menait à la grande salle. Comme les trois abysséens avaient laissé les grilles ouvertes sur leur passage, leur progression fut relativement rapide. Assyléa fermait la marche ; elle serrait Khan contre elle et tenait Haydel par la main.

Une fois dans la caverne, les captives ne ralentirent pas. Elles s'engouffrèrent dans l'autre tunnel sans même jeter un coup d'œil aux abysséens sauvagement rendus aveugles. Pourtant une vieille elfe dorée quitta le groupe pour se diriger vers le lac. Immobile, elle en scruta la surface opaque en plissant les yeux. Assyléa l'aperçut et s'approcha d'elle, le cœur battant.

— Tu as vu quelque chose d'inquiétant ?

— Rien pour le moment, mais ces créatures de l'enfer ne sont pas loin. Je sens leur présence maléfique.

— Alors, viens ! Ne perdons pas de temps à rester ici. N'attendons pas que la mort nous emporte !

— La mort est déjà en moi depuis longtemps, murmura la vieille femme. Mais, toi et ton fils, vous devez vivre. Vous devez toutes vivre ! Je vais rester ici et protéger vos arrières.

— Mais comment? s'emporta Assyléa. Que pourras-tu faire lorsque des centaines d'abysséens jailliront de ces eaux? Ils ne feront qu'une bouchée de toi!

Une lueur de malice passa dans le regard de l'aïeule.

— Pas si je les en empêche, ajouta-t-elle avec un sourire complice. Bientôt, grâce à mon souffle de givre, une épaisse couche de glace recouvrira entièrement ce lac. Elle sera tellement solide que les abysséens ne pourront la détruire. Maintenant, va, ma belle, va retrouver ton mari.

Assyléa hésita, se demandant si le sacrifice de cette femme suffirait à les sauver, mais l'évocation de Darkhan balaya ses inquiétudes et ses remords. Elle déposa un baiser de remerciement sur la joue ridée de l'aïeule et s'élança dans la galerie où avaient disparu ses amies quelques minutes auparavant. Les portes grillagées, toutes ouvertes, ne ralentirent pas sa course. Elle retrouva rapidement ses compagnes et les fées regroupées devant la dernière grille qui ne tarda pas à s'ouvrir grâce au sanglant sésame. Les femmes, ivres de bonheur, se ruèrent sur les barreaux de la cellule de leurs hommes, éberlués de les découvrir là. Ce n'était pas le plan de Luna. Ce n'était pas ce qui était prévu et ils ne s'attendaient pas à une telle irruption.

Paralysés par la surprise, ils n'osaient pas bouger, comme de peur de rompre le charme et de voir leurs épouses, leurs mères, leurs sœurs ou leurs filles disparaître.

— Allez, dépêchez-vous de sortir de là ! s'écria Malibel en tirant sur la lourde grille du cachot.

Heureusement, une jeune avarielle l'aida à ouvrir la porte en grand.

Bouleversés et incrédules, les hommes ne cherchèrent même pas à savoir par quel miracle les fées avaient réussi à faire évader leurs femmes. Dans un joyeux brouhaha, tous se ruèrent sur les êtres aimés pour lesquels ils s'étaient tant inquiétés réciproquement. Haydel sauta dans les bras de Thyl qui l'étreignit avec force. Darkhan, quant à lui, serra sa femme et son fils contre lui en libérant les larmes d'angoisse qu'il avait accumulées au fil des jours.

— Vous vous embrasserez plus tard ! s'impatienta la fée rousse, agacée, en agitant nerveusement ses ailes. Tant que nous n'aurons pas quitté cet endroit de malheur, nous ne serons pas en sécurité. Il faut sortir de là au plus vite.

Quelques elfes moins émotifs que les autres réagirent en premier et entraînèrent les leurs dans le souterrain qui menait à la surface et qu'ils connaissaient parfaitement pour l'avoir emprunté toutes les nuits. La galerie grimpait dans les ténèbres, étroite et tortueuse. Les marches humides étaient glissantes, mais qu'importait. Bientôt, les quatre-vingt-sept passagers de la *Sanglante* s'agglutinèrent devant le large portail de pierre. Les fées appliquèrent une dernière fois l'œil immonde sur l'empreinte prévue à cet effet. L'imposante porte pivota sur son axe. Un flot de soleil éblouit leurs yeux habitués à l'ombre, mais réchauffa leur âme comme jamais auparavant. Ils firent quelques pas dans la caverne qui s'ouvrait sur la plage. Ils étaient libres ! Enfin !

Avant de s'enfuir, ils prirent soin de refermer la porte derrière eux et d'unir leurs forces mentales pour la verrouiller efficacement au moyen d'un puissant sortilège. Puis, sans perdre de temps, ils s'élancèrent sur la plage et disparurent dans la forêt.

21

Dans la salle souterraine, la vieille elfe de soleil n'avait pas perdu de temps. Les yeux fermés, elle était entrée en transe pour libérer son aura magique. De sa bouche jaillit un nuage de givre qui se répandit lentement sur la surface du lac, comme une langue scintillante et glaciale. À son contact, les eaux noires se cristallisèrent en gémissant comme si elles souffraient de se voir ainsi transformées. Bientôt une fine couche de glace d'un blanc immaculé recouvrit entièrement le lac marin.

L'aïeule, exténuée, ouvrit les yeux pour contempler son ouvrage. La blancheur du lac l'éblouit, mais elle ne s'en réjouit pas. La glace n'était pas encore assez épaisse pour retenir les monstres marins. Il fallait qu'elle se concentre à nouveau. Hélas, les privations, son grand âge et sa maladie ne lui facilitaient guère les choses. Pourtant, elle avait donné sa parole et ne faillirait pas. La sorcière abaissa à nouveau ses paupières ridées et se concentra pour puiser dans ses dernières forces.

Son esprit n'eut pas le temps de produire un nouveau nuage de givre.

Les abysséens qui rôdaient non loin du lac avaient perçu les gémissements de douleur des eaux en surface. Ils avaient aussitôt alerté les leurs en produisant des ultrasons si puissants qu'ils s'entendirent jusqu'aux confins de leur territoire, pourtant vaste. Tous les abysséens qui se trouvaient à proximité répondirent à l'appel. En quelques secondes, ils s'agglutinèrent sous la surface gelée du lac, bloqués par la glace. Leurs mains avides aux yeux curieux tâtèrent cette couche blanche et solide sans comprendre. Après l'étonnement et la consternation, un sentiment d'inquiétude les gagna. Quelque chose d'anormal s'était produit et il fallait découvrir quoi, surtout que leurs précieux esclaves, aussi efficaces que dociles, se trouvaient là-haut. Ils devaient briser cet écran au plus vite !

Amassés les uns contre les autres dans un banc compact, ils activèrent leurs nageoires. Ils reculèrent pour prendre leur élan, puis, d'un même mouvement, ils unirent leurs forces pour remonter en flèche. La surface lisse craqua sous l'impact et éclata en un millier de fragments de glace qui se mirent à surnager sur les eaux noires.

Ce fut alors qu'ils la virent, la vieille elfe, malingre et décrépite, toute frêle au bord du lac. L'inacceptable vérité leur apparut alors clairement. Leurs prisonniers s'étaient libérés ! Un flot de rage les submergea. Jamais leur peuple n'avait connu pareil affront.

Fous furieux, ils se jetèrent sur la vieillarde. Les rangées de crocs effilés ne lui laissèrent pas la moindre chance. La curée ne dura que quelques secondes. Lorsqu'ils abandonnèrent son corps en charpie, ils aperçurent leurs congénères endormis, les yeux crevés. Ils devinèrent aussitôt que c'était l'œuvre des fées. Ces maudites pestes étaient venues en aide aux esclaves.

Les abysséens poussèrent des cris de rage en se dispersant dans la caverne, les uns vers les geôles, les autres vers la sortie. En découvrant les cellules vides et la porte hermétiquement scellée, ils comprirent qu'ils s'étaient fait avoir. Un hurlement strident déchira l'air, faisant trembler les murs de la grotte.

* * *

Darkhan s'arrêta brusquement de courir, certain d'avoir entendu quelque chose, une sorte de hurlement sauvage et terrifiant, un cri inhumain. Un filet de sueur glacée glissa dans son dos. Son regard croisa celui de son épouse. Sans échanger une seule parole, ils se comprirent. Il fallait faire vite. Ils accélérèrent la cadence en encourageant leurs compagnons à faire de même, en incitant même les avariels à utiliser leurs ailes pour porter les enfants et les mettre en sécurité au plus vite. Thyl lâcha la main d'Haydel pour s'emparer au vol de deux adolescents. Sa petite sœur se chargea d'une fillette que peinait à porter sa mère.

Guidés par les fées, ils atteignirent rapidement la terrasse aménagée sur la paroi du volcan, là où attendaient Luna, Kendhal, Platzeck, ainsi que leurs amis avariels et océanides. La surprise, l'effarement, puis la joie se succédèrent sur leur visage. Mais le bonheur fugace se mua vite en angoisse.

— Les fées nous ont libérés ! s'écria Thyl en déposant les deux jeunes qu'il portait. Les autres arrivent, mais les abysséens sont à nos trousses. Et ils sont furieux.

— Vite, mes amis ! s'écria Allanéa en se tournant vers ses compagnons avariels. Allons les aider !

Les dix-sept elfes ailés, remis de leur fatigue, n'hésitèrent pas une seconde. Ils ouvrirent leurs ailes et s'élancèrent depuis la falaise pour porter secours aux leurs.

Luna était désemparée. Elle qui avait si bien planifié les choses, elle se trouvait dépassée par la tournure que prenaient les événements. Les fées aussi voletaient en tout sens, désorganisées, se demandant que faire et comment aider leurs alliés, car la terrasse serait bientôt trop petite pour accueillir ce flot de réfugiés. Ce fut Kendhal qui réagit le premier, en utilisant le pouvoir de sa voix de stentor pour s'exprimer haut et fort.

— Tous ceux qui ont des armes ou qui pratiquent la magie de guerre, avec moi ! Nous allons nous poster sur les promontoires qui se trouvent ici et là, fit-il en désignant du doigt deux autres terrasses naturelles, en contrebas, mais suffisamment hautes pour que les abysséens ne les atteignent pas. Cela laissera de la place à ceux qui ne peuvent se battre et, dès que nos ennemis seront en vue, nous leur tirerons dessus sans pitié.

Il se tourna vers Ma'Olyn.

— Dites à vos filles d'arrêter de voler dans tous les sens ! Prenez vos sarbacanes et toutes les fléchettes que vous possédez. Endormez le plus possible d'abysséens, vous nous serez ainsi d'une aide précieuse. Quant à toi, Luna, tu vas attendre que tous les enfants soient ici pour organiser leur départ vers Océanys. Tu les accompagneras.

En entendant son prénom, l'adolescente sortit de son hébétude.

— Certainement pas ! s'insurgea-t-elle. Mon pouvoir est extrêmement puissant. Ne pas l'utiliser serait ridicule. Ma place est ici : je veux combattre à tes côtés !

— Ne t'inquiète pas, Kendhal ! s'écria Allanéa en atterrissant pour déposer un autre jeune garçon sur le surplomb rocheux. Je les accompagnerai.

— Moi aussi, intervint Sylmarils en rejoignant l'avarielle. De toute façon, je suis la seule à pouvoir ouvrir le portail d'Océanys et il faut que je prévienne mon père que les choses ne se sont pas déroulées comme prévu. Une invasion abysséenne est peut-être à craindre. Si cela ne dérange personne, j'aimerais donc être du voyage.

Comme tout le monde était d'accord, la princesse rassembla tous ceux qui feraient partie du premier convoi, pendant que les guerriers rejoignaient leur poste de tir grâce à l'aide surprenante, mais efficace des lianes domestiques.

Quelques minutes plus tard, les trente avariels s'envolaient dans le ciel, emportant avec eux les enfants, quelques vieillards et Assyléa qui n'avait pas voulu quitter Khan et que Thyl portait, tandis qu'Haydel se chargeait du bébé. S'il advenait qu'elle se sente trop fatiguée en cours de route, les trois autres enfants avariels qui ne portaient personne se relaieraient pour se charger du petit Khan.

Luna les regarda disparaître dans le gris du ciel, le cœur lourd. Elle ferma les yeux et s'adressa mentalement à Abzagal, lui demandant qu'il donne à son peuple la force de porter leurs amis jusqu'à Océanys. Un cri de guerre l'arracha soudain à sa prière.

— Tous à vos postes, hurla Kendhal. Les voilà !

Les abysséens jaillirent brusquement entre les arbres, au pied du volcan. Retardés par la porte scellée, ils avaient été contraints de rebrousser chemin dans les méandres de leurs cavernes sous-marines, mais c'était par centaines qu ils avaient débarqué sur les plages et qu'ils avaient encerclé l'île dans un étau monstrueux.

Horrifiée par l'apparence particulièrement hideuse de leurs ennemis, Luna eut un temps de stupeur. Ce fut encore pire lorsqu'elle vit toutes leurs mains se lever. Les paumes serties d'un œil globuleux pivotaient en tout sens, à la recherche de leurs proies. « Comment une telle monstruosité peut-elle exister ? songea l'adolescente, écœurée autant que terrifiée. Même Lloth et ses arachnides semblent attirants par rapport à ces choses ! »

Bientôt une pluie de flèches et de projectiles magiques s'abattit sur les abysséens en contrebas. Les fléchettes sédatives des fées, les pointes aiguisées des archers, les boules incandescentes et les traits de glace des sorciers transpercèrent la peau écailleuse des créatures qui tombèrent par dizaines, décapitées, foudroyées, carbonisées, aveugles ou simplement endormies, mais hors de combat. Les autres, surpris qu'on les attaque ainsi, se mirent à refluer dans la panique et à chercher le couvert des arbres pour se protéger. Parmi les abysséens, ce fut bientôt l'affolement général. Jamais personne n'avait osé s'en prendre à eux de la sorte. Alors que sous l'eau ils étaient les plus redoutables prédateurs, sur terre ils se retrouvaient sans défense. L'expédition punitive tournait au massacre.

Soulagés de voir leurs ennemis s'enfuir, les elfes et les fées reprirent confiance en eux. Il leur suffirait de riposter dès que les abysséens tenteraient une nouvelle incursion. Ils en massacreraient tant et tant que les monstres finiraient par renoncer et par abandonner définitivement Tank'Ylan. Les elfes pourraient alors attendre le retour des avariels et regagner tranquillement Océanys.

Mais c'était sans compter le nombre de leurs ennemis. Ce qui faisait la force des abysséens, ce n'était ni leurs dents aiguisées comme des rasoirs, ni leurs écailles coupantes, ni leur vitesse impressionnante, ni leur cruauté sans limites, ni leur soif de sang, mais bien leur nombre. L'individu ne comptait pas pour eux, seule la colonie avait de l'importance. Et la colonie n'avait pas dit son dernier mot…

* * *

Toujours perchés sur leur promontoire rocheux, Luna et les guerriers restaient aux aguets. Les fées leur avaient confirmé la fuite des abysséens dans la mer, mais ils savaient que leurs ennemis n'abandonneraient pas aussi facilement. Ils resurgiraient au moment où on les attendrait le moins, peut-être durant la nuit. Les elfes profitaient donc des quelques heures de répit qui leur restaient avant le nouvel assaut.

En milieu de journée, aucun signe de l'ennemi n'avait été détecté. Luna et Kendhal, assis l'un à côté de l'autre, terminaient la frugale collation que leur avaient apportée les fées, tout en écoutant le récit de Malibel. La petite guerrière était tellement fière d'avoir réussi à libérer les elfes sans l'aide de personne qu'elle ne cessait de raconter son exploit à qui voulait bien l'entendre. Comme Luna la félicitait, qu'elle louait son courage et sa détermination, Malibel lui adressa un sourire radieux qui scella leur réconciliation. Luna en profita pour lui raconter les nombreux dangers qu'elle avait affrontés au fil de ses missions. Admirative, la fée enchaînait les questions, faisant montre d'une insatiable curiosité. Elles discutèrent ainsi une bonne partie de l'après-midi. Se souvenant de sa conversation avec Lya, Luna profita de sa nouvelle complicité avec Malibel pour lui demander s'il existait des fées mâles et, dans le cas contraire, comment elles faisaient pour se reproduire ; mais la fée évita systématiquement de répondre en changeant à chaque fois de sujet. Luna comprit qu'il valait mieux ne pas insister. Au mieux, il s'agissait d'un secret, au pire, d'un tabou.

Lorsque Malibel quitta la corniche pour rejoindre les siennes, Luna se rendit compte que l'attente commençait à jouer sur les nerfs de ses compagnons. Si certains scrutaient toujours la côte en se demandant avec angoisse ce que manigançaient les abysséens, d'autres cherchaient désespérément dans le ciel une trace des avariels. Kendhal avait beau plisser les yeux, il ne distinguait toujours rien. En soupirant de dépit, il se tourna vers Luna pour lui demander si elle partageait son inquiétude. Mais l'adolescente ne sembla pas l'entendre. Elle fixait l'horizon, impassible. Son profil parfait se découpait délicatement en ombre chinoise dans la lumière douce du crépuscule. Elle était plus ravissante que jamais. Les épreuves n'avaient en rien terni sa beauté, au contraire. Son visage s'était affiné et ses pommettes, rosies par le soleil et l'air marin, lui donnaient une bonne mine. Quant à son regard argenté, il avait gagné en profondeur et en maturité, tout en restant envoûtant. Kendhal sentit battre son cœur plus vite. Une irrésistible envie de l'embrasser l'envahit. Ce n'était ni le moment ni l'endroit, mais c'était plus fort que lui. Alors qu'il se penchait lentement vers la jeune fille, il dut retenir son geste en la voyant tout à coup agiter les mains et lever les doigts un à un comme si elle comptait.

— Quarante-quatre plus six, ça fait cinquante et cinquante moins vingt-six, ça fait vingt-quatre, donc…

— Qu'est-ce que tu calcules ? s'étonna Kendhal.

— Le nombre de voyages que les avariels devront effectuer pour nous ramener tous à Océanys. Et figure-toi que ça tombe plutôt bien. Il reste exactement quarante-quatre passagers de la *Sanglante* plus toi, Platzeck,

Léathor, Kern, Gabor et moi. Cela donne un total de cinquante personnes. Comme il y a vingt-six avariels capables de transporter un passager – j'ai exclu les quatre enfants –, deux voyages et nous aurons tous quitté Tank'Ylan.

Kendhal opina du chef. Pourtant, un pli soucieux barra son front. Il semblait ennuyé.

— Et les fées ? Tu y as pensé ? Qui nous dit qu'elles ne subiront pas les représailles des abysséens, après notre départ ?

— C'est vrai, ça, admit Luna, perplexe à son tour. Tu voudrais qu'on reste pour les débarrasser définitivement des abysséens ? Tu as entendu ce qu'a dit Fulgurus ; les monstres sont très nombreux. Nous ne pourrons jamais les éliminer tous.

— Néanmoins, nous avons promis aux fées de les aider.

Luna hocha la tête. Soudain, ses yeux se mirent à pétiller comme si elle avait la solution.

— Et si elles nous accompagnaient à Océanys ?

Kendhal haussa les épaules en affichant une moue dubitative.

— Tank'Ylan est leur terre natale. Je les vois mal la quitter pour venir vivre sous l'eau. Le monde des elfes marins est loin de leur offrir un milieu où elles pourront s'épanouir.

L'adolescente acquiesçait, songeuse, quand un cri de Malibel l'alerta.

— Ils reviennent ! Ils reviennent !

Tous les guerriers se levèrent dans un même mouvement en serrant fébrilement leurs arcs et en se préparant à utiliser leur magie. Mais la forêt semblait calme et aucun abysséen n'était encore visible sur la plage. Leurs regards se tournèrent alors instinctivement vers le ciel où quelques taches sombres se découpaient à présent avec netteté. Ils soupirèrent tous de soulagement. Malibel parlait des avariels, et non des abysséens.

Les vingt-six elfes ailés se posèrent, exténués par leur aller-retour qui avait exigé dix heures de vol. Pourtant, ils ne pouvaient pas se permettre de se reposer très longtemps. Ils burent et mangèrent un morceau pour récupérer quelques forces et organisèrent sans tarder un second convoi, composé cette fois de tous ceux qui ne maniaient pas l'arc et ne possédaient pas de réels pouvoirs offensifs.

La nuit enveloppait déjà Tank'Ylan lorsque les avariels et leurs passagers s'élevèrent dans le firmament pour emprunter la direction du sud. Dans un froissement de plumes, leurs amis disparurent, engloutis par les ténèbres, puis le silence retomba et l'attente reprit, longue, angoissante, aussi fatigante nerveusement que physiquement.

Les fées s'étaient réfugiées dans les fleurs agrippées à la falaise pour trouver un peu de repos. Seules Ma'Olyn et les autres guérisseuses supérieures veillaient encore, regroupées autour d'un bouquet de lucioles. Elles s'efforçaient de chuchoter, mais, de temps en temps, quelque désaccord semblait les agiter, faisant monter leurs voix dans les aigus. Luna, qui les observait à la dérobée, aurait donné cher pour savoir ce qu'elles se disaient, mais elle refusait de sonder leur esprit et ne pouvait pas non plus se rapprocher davantage, vu que Kendhal somnolait, la tête posée sur son épaule. Elle lui jeta un regard attendri. Elle était heureuse d'être à ses côtés, malgré le danger. Elle avait trop souffert d'être loin de lui durant son séjour à Outretombe.

Luna commençait à piquer du nez quand, tout à coup, dans la quiétude feutrée de la nuit, retentit un sinistre craquement. Un autre suivit aussitôt après, encore plus fort. C'était comme si on déchirait quelque chose d'énorme, quelque chose d'indéchirable.

Tout le monde se réveilla d'un coup, en alerte, le regard rivé sur la mer. Leurs yeux s'élargirent soudain et ils eurent le souffle coupé, pendant que leur cœur cessait de battre. Statufiés, ils découvrirent la vague monumentale d'abysséens qui déferlait sur la forêt, tel un raz de marée gigantesque qui détruisait tout sur son passage. Ils étaient des milliers, des dizaines de milliers qui piétinaient les arbustes, arrachaient les arbres qui pliaient et cédaient sous le nombre dans un cri d'agonie. Les abysséens étaient si nombreux qu'on aurait dit une seule et même créature féroce qui engloutissait la forêt dans sa gueule géante. Nul obstacle ne semblait capable d'arrêter ce monstre rampant impitoyable.

Personne n'osa bouger ni prononcer une parole. Fées et elfes restèrent figés, saisis d'horreur autant que d'effroi devant cette invasion massive qui se dirigeait vers eux. Leurs sarbacanes et même leurs arcs leur parurent soudain bien dérisoires. Même la magie la plus puissante ne pourrait venir à bout d'une telle armée.

Bientôt, la moitié de la végétation de l'île disparut, ravagée par les milliers de pieds qui avançaient vers le volcan. La plupart des fées pleuraient de désespoir en contemplant leur île, magnifique l'instant d'avant, ainsi dévastée. Mais les elfes, eux, craignaient plus pour leur vie et se demandaient par quel miracle ils en réchapperaient.

Lorsque le flot intarissable des abysséens

atteignit la clairière qui s'étalait au pied du volcan, les flèches se remirent à pleuvoir et les sorts à jaillir. Mais, cette fois, ni les éclairs, ni les boules enflammées, ni les flèches et fléchettes ne parvinrent à éclaircir les rangs ennemis. Lorsqu'un abysséen tombait, cent autres prenaient sa place. Bientôt, les archers et les fées se trouvèrent à court de munitions et les sorciers, vidés de leur énergie. Luna, qui s'était jusqu'alors contentée de viser quelques groupes restreints, décida de tenter le tout pour le tout en faisant appel à toutes ses réserves d'énergie. Elle banda son esprit de toutes ses forces en laissant remonter la rage et la tristesse infinies qu'elle ressentait devant cet énorme gâchis. Lorsqu'elle sentit qu'une violente décharge bouillonnait dans sa tête, elle la libéra en hurlant de douleur. Dans une déflagration impressionnante, l'orbe d'énergie pure jaillit de l'adolescente comme un ouragan et foudroya des centaines d'abysséens. Terrassée par son propre effort, Luna perdit connaissance, pendant qu'en contrebas les corps sans vie des victimes s'effondraient les uns sur les autres.

Les pertes de l'armée ennemie étaient innombrables. Pourtant, loin de s'avouer vaincue, la colonie riposta aussitôt. Des milliers d'abysséens plus enragés encore prirent le relais et marchèrent sur les cadavres de leurs congénères malchanceux pour s'approcher de la paroi abrupte du volcan comme une marée monstrueuse.

« Ils ne peuvent pas grimper, se répétait mentalement Kendhal comme pour s'en persuader, tout en portant Luna, inconsciente. Leurs yeux sont dans leurs mains ; ils ne peuvent donc pas s'en servir pour escalader la paroi. Ce serait prendre le risque de perdre la vue et… »

Et pourtant, l'impossible se produisit. Les premiers abysséens escaladèrent la falaise. Les suivants s'agrippèrent aux premiers pour grimper plus haut et ainsi de suite, pour former comme une pyramide infernale.

Les elfes reculèrent, effrayés. Dans quelques minutes, les abysséens atteindraient la corniche et les dévoreraient sans pitié. Pourtant, les guerriers refusaient de se laisser submerger. Ils puisèrent dans leurs dernières ressources mentales pour bombarder l'armée ennemie de projectiles magiques, mais leurs efforts désespérés furent ridiculement vains. On ne pouvait lutter contre le nombre. Lorsqu'ils comprirent qu'ils allaient tous mourir, certains tombèrent à genoux pour prier, d'autres cachèrent leurs yeux dans leurs mains pour ne pas assister au massacre, d'autres encore restèrent stoïques, préférant regarder la mort en face. Kendhal serra Luna contre lui et enfouit son visage dans son cou, espérant peut-être s'étourdir de son parfum et la rejoindre dans l'inconscience.

Sans qu'aucun elfe ne s'en rende vraiment compte, les lianes domestiques s'enroulèrent discrètement, mais solidement autour de leur corps docile et les soulevèrent pour les entraîner avec elles.

Ce fut à ce moment-là que la terre gronda et qu'un bruit venu du plus profond de ses entrailles se fit entendre.

Comme en réponse au saccage dont elle avait été victime, l'île hurla, secouée de violents spasmes convulsifs qui firent s'écrouler la pyramide d'abysséens. Les corps projetés dans le vide s'écrasèrent au sol, comme des pantins désarticulés. Les abysséens commencèrent à reculer, épouvantés. Le volcan se mit à cracher des nuées ardentes qui retombèrent en une pluie incandescente sur les monstres fous de douleur. Simultanément, un immense nuage de cendres se répandit dans l'air. La nuit devint plus noire, plus opaque. Les minuscules particules grises s'agglutinèrent en nuages tourbillonnants qui envahirent les voies respiratoires des abysséens pour les asphyxier. Puis ce fut l'apothéose. La gueule du volcan déchaîné se mit à vomir des tonnes de lave rougeoyante qui se déversèrent progressivement sur les flancs de la montagne en colère et submergèrent les corps dans un bouillonnement de magma en fusion. Les abysséens n'eurent pas le temps de fuir. La lave les absorba en dissolvant leur chair et leurs os dans un silence de mort. Elle s'étala sur toute l'île et recouvrit la végétation dévastée pour venir mourir dans les premières vagues de l'océan avec un crépitement assourdissant en libérant des fumerolles toxiques qui s'étendirent sur plusieurs kilomètres à la ronde.

En quelques minutes seulement, la paradisiaque île de Tank'Ylan devint un véritable enfer dans lequel périrent des centaines de milliers d'abysséens.

De l'île des fées, il ne restait plus rien. De la colonie non plus.

22

La supercherie mise en scène par Sylnor et Ylaïs avait fonctionné encore mieux qu'elles ne l'avaient espéré. Le Calvaire aux Loups, situé à mi-chemin entre Mayllac et Croix-Blanche, avait été rebaptisé le Calvaire à la Vierge noire et chacune de ses apparitions provoquait de véritables émeutes.

Yvain avait joué un rôle de premier plan dans l'entreprise de la matrone en servant d'intermédiaire entre la sainte et les autorités de la vallée d'Ylhoë. C'était lui qui était allé trouver le curé de Mayllac pour lui annoncer la bonne nouvelle. L'homme d'église, d'abord sceptique, avait fini par se laisser convaincre, séduit à l'idée qu'un miracle ait eu lieu dans sa paroisse, d'autant plus que la Vierge noire avait promis d'apparaître à nouveau le lendemain, au même endroit et à la même heure. Il n'était pas question d'ignorer une telle promesse. Il avait fait atteler une carriole dans l'heure et, avec Yvain, il s'était rendu à Croix-Blanche pour demander audience à l'évêque, puis au gouverneur. On les avait reçus sans tarder. Jamais le jouvenceau ne s'était senti aussi important de sa courte vie. Chaque fois qu'il reprenait son histoire, il l'embellissait davantage, ne manquant pas d'insister sur la confiance que la sainte lui portait et sur l'honneur que lui conférait cette mission divine.

Le jour suivant, la Vierge était réapparue comme promis devant monseigneur de la Bâtie accompagné de son aréopage de religieux, ainsi que devant messire de Lahaut escorté de ses gens. Tous étaient tombés à genoux, fascinés autant que bouleversés.

La Vierge noire leur avait parlé longtemps. Rayonnante de grâce, elle les avait remerciés pour leur dévotion sincère et pour leurs ferventes prières lors de la magnifique procession organisée en son honneur quelques jours auparavant. Elle leur avait confié à quel point ces témoignages d'amour lui allaient droit au cœur. Pour les remercier et les assurer de son amour infini, elle les avait invités à se présenter devant elle, un par un. En les appelant par leur prénom comme si elle connaissait chacun d'entre eux intimement, elle les avait bénis en leur imposant ses mains noires sur la tête et les avait envoyés quérir d'autres fidèles; chaque jour, avait-elle affirmé, elle réapparaîtrait, jusqu'à ce qu'ils fussent assez nombreux pour entendre ses divines paroles. Tous les humains, profondément convaincus d'avoir vécu une expérience mystique hors du commun, lui avaient obéi.

Le jour d'après, il y avait deux fois plus de monde, le troisième, cinq fois plus et, au bout du quatrième jour, l'autorité de l'évêque et de sa cohorte de prêtres ne suffisait plus à contenir la foule. Les gens rassemblés par milliers sur les berges de la rivière au Loup étaient venus de très loin, des villages côtiers et même de Richemont pour assister au miracle. On avait donc fait appel à l'armée du gouverneur, puissante et nombreuse, pour assurer la sécurité aux alentours de ce qui n'était autrefois qu'une modeste croix de granit.

Lorsque matrone Sylnor estima avoir rassemblé suffisamment de fidèles, elle s'autorisa enfin à leur parler des elfes. Elle les présenta comme une terrible menace, un fléau incontrôlable qui ravagerait bientôt leur belle vallée si on ne les en empêchait pas tout de suite. Grâce à la légilimancie, elle n'ignorait rien des humains, de leurs peurs ancestrales, de leurs superstitions et des tragiques événements qui avaient secoué la vallée un an et demi auparavant. C'était l'occasion ou jamais de les utiliser à son profit.

Dans sa bouche, les elfes devinrent des sorciers maléfiques qui pactisaient avec le diable en personne, qui s'adonnaient à des messes noires et à d'autres rites sanglants. Grâce à leurs pouvoirs sataniques, ces démons pouvaient changer d'apparence pour mieux les duper. Peut-être envoûteraient-ils bientôt les loups pour les lancer à nouveau contre eux.

Ces dernières paroles firent frémir les habitants des villages qui bordaient la forêt de Langres. Les attaques meurtrières des loups étaient encore dans toutes les mémoires et tous se souvenaient parfaitement de la jeune sorcière aux cheveux argentés et de son loup ivoire. L'exorcisme avait mal tourné et cette folle furieuse s'était enfuie, échappant de peu au bûcher. Matrone Sylnor avait parfaitement reconnu sa sœur et, même si elle ignorait les raisons pour lesquelles cette garce s'était trouvée là, elle avait au moins la certitude que Luna ne serait jamais la bienvenue chez les humains, qu'ils se feraient une joie de la dénoncer.

Maintenant que les humains savaient quelle inquiétante menace planait sur eux, ils devaient immédiatement se mettre en chasse et ouvrir l'œil. Matrone Sylnor les exhorta à venir la trouver dès qu'une de ces créatures se montrerait, surtout la sorcière aux cheveux d'argent. Elle promit de les aider à se débarrasser de cette engeance maudite avant qu'elle ne pervertisse leur merveilleuse région. Enfin, elle leur adressa un sourire bienveillant et disparut.

Un silence écrasant retomba sur la foule, bouleversée à la fois par la bonté de la sainte et par l'idée qu'un nouveau fléau les guettait dans l'ombre. Dire que, quelque part dans la vallée, des ennemis sans pitié attendaient leur heure pour répandre leur venin ! Dire que, sans la Vierge noire, ils n'en auraient jamais rien su !

Lorsque les humains sortirent de leur torpeur et qu'ils quittèrent enfin le calvaire et les rives de la rivière, une ferveur nouvelle brûlait dans leur cœur. Ils étaient déterminés à fouiller leur village, leurs champs, leur grange, leurs bosquets, leurs grottes et même leur côte. Pas un seul recoin d'Ylhoë n'échapperait à leur vigilance. Pas un seul elfe ne réchapperait à la colère de leur bienfaitrice.

Les jours suivants furent nettement plus calmes. Matrone Sylnor ne se montra plus, ou en de rares occasions seulement pour prévenir quelques retardataires qui n'avaient pas encore eu le privilège de la rencontrer ou pour recueillir quelques informations qu'elle espérait intéressantes.

Hélas ! les indications se révélaient souvent erronées, incomplètes ou tellement approximatives qu'elles ne débouchaient jamais sur une piste concrète. En fait, chaque fois qu'un humain affirmait avoir vu un elfe à tel ou tel endroit, les guerrières drows s'y rendaient discrètement pour vérifier leurs dires. Une fois sur place, elles déchantaient, car il n'y avait rien, absolument rien. Au mieux, elles surprirent une vieille rebouteuse à moitié folle, découvrirent une meute de loups décharnés aussi inoffensifs que des chiots et effrayèrent un bossu à moitié simplet. Mais des elfes, des vrais, jamais elles n'en virent un seul.

La matriarche se désolait de voir s'écouler les jours sans obtenir ni information fiable ni piste sérieuse. Ces humains étaient décidément aussi stupides qu'inefficaces. La grande prêtresse en venait à regretter cette mise en scène qui lui avait coûté beaucoup de temps et d'énergie. Son armée, quant à elle, commençait à donner des signes d'impatience. De tourner en rond dans la forêt et de sonder les nombreux tunnels de la forteresse ne les avait finalement conduits nulle part et tous se languissaient de leur cité souterraine. Maintenant que les terres du Nord leur appartenaient et que

Rhasgarrok avait été vidée des races inférieures qui la gangrenaient, ils n'aspiraient plus qu'à une chose, rentrer chez eux.

Matrone Sylnor songeait sérieusement à mettre un terme à cette mascarade quand une jeune femme s'approcha un jour du calvaire. Ses vêtements étaient ceux d'une paysanne, des guenilles sales et rapiécées, mais son port altier et sa beauté sauvage éveillèrent la curiosité de la matriarche. Elle ne ressemblait en rien aux abrutis qui défilaient devant elle depuis une semaine. Sa peau couleur miel et ses cheveux d'ébène lui donnaient un air mystérieux. Ses yeux sombres avaient la dureté et la froideur de l'obsidienne.

La drow fut prise d'une envie irrépressible d'apparaître, juste une dernière fois avant de rentrer définitivement à Lloth'Mur.

La jeune femme tomba à genoux devant la divine apparition. Marie-Jeanne ne s'était pas vraiment attendue à ce que la sainte daigne lui apparaître. Elle s'en croyait indigne, elle, la bâtarde, celle que les villageois avaient contrainte à vivre en dehors de la ville comme un paria, à cause de sa mère, l'étrangère à la peau noire qu'on disait folle. Seul l'amour du bel Orull l'avait empêchée de sombrer à son tour dans la folie. Chaque fois qu'il rentrait au port, le capitaine revenait la voir, plus amoureux que jamais. Il avait même rebaptisé sa frégate en son honneur. Ils s'aimaient plus que tout et tant pis si le curé avait refusé de bénir leur union et si les portes de l'église de Port-au-Loup lui étaient interdites. Cela ne l'avait jamais empêchée de croire en Dieu et de prier chaque soir avec ferveur.

— Sois la bienvenue, Marie-Jeanne, fit la Vierge noire.

— Vous... vous connaissez mon nom ?

— Je sais ton nom, ton amour et ta souffrance. Mais je sais aussi la pureté de ton âme.

Marie-Jeanne se sentit immédiatement soulagée. Elle avait craint que la Vierge refuse de lui parler. Or, non seulement elle lui adressait la parole, mais elle lui faisait en outre le plus joli compliment qu'elle ait jamais entendu de toute sa vie. Ses joues s'enflammèrent.

— Je sais des choses qui peuvent vous intéresser, répliqua-t-elle pour tenter de cacher son trouble.

— Je t'écoute.

La jeune femme toussota pour se donner une contenance et commença son récit.

— Il se trouve que mon... mon compagnon, Orull, est... enfin, était capitaine d'une frégate. Il y a trois semaines de cela, lorsqu'il est rentré de son voyage, je l'ai trouvé de fort bonne humeur. Je croyais qu'il était juste content de ses tractations commerciales, mais en vérité il y avait autre chose. Son frère, navigateur également, venait de lui proposer un contrat très juteux pour le compte de clients un peu particuliers. Il ne voulait pas que je le répète parce que ces gens lui faisaient un peu peur, mais c'était… des elfes.

La phrase se termina dans un murmure, mais le cœur de Sylnor fit une embardée.

— Quand sont-ils partis ? Combien étaient-ils ?

— Orull est parti le jour suivant, à l'aube. J'ignore le nombre exact de passagers qu'il transportait, mais je sais qu'ils étaient nombreux puisque, en plus de la frégate d'Orull, il y avait celles de ses deux frères et la goélette de Gorgonath.

— Quelle était leur destination ?

— Orull m'a dit qu'il mettait le cap à l'ouest, vers les îles occidentales. D'habitude, il ne s'aventurait jamais aussi loin. Il disait que, là-bas, la mer était pleine de dangers, qu'elle abritait des créatures monstrueuses. Mais moi je pensais qu'il disait ça juste pour m'impressionner. Hélas il n'est jamais rentré. Ses frères non plus.

— Comment ça ? sursauta la Vierge.

— Quand j'ai appris le retour de la *Sanglante* – c'est le nom de la goélette de

Gorgonath –, j'ai aussitôt eu un mauvais pressentiment. J'ai donc fait appel à mon courage et suis allée voir le minotaure. Il m'a appris qu'ils avaient essuyé une tempête effroyable. Les trois frégates qui le suivaient avaient coulé à pic, entraînant équipage et passagers dans les limbes de l'océan.

Marie-Jeanne marqua une pause, comme si ce qu'elle s'apprêtait à révéler lui coûtait.

— Orull ne rentrera plus jamais !

Sa voix se brisa sous l'émotion. Mais Sylnor, indifférente au chagrin de la jeune veuve, plissa les yeux, méfiante.

— Comment se fait-il que ce Gorgonath ait échappé à la tourmente ?

— Je ne le lui ai pas demandé, j'étais trop affligée. Et puis, le minotaure n'est pas du genre loquace ; je ne voulais pas l'ennuyer plus longtemps.

La Vierge noire resta silencieuse, le visage impassible. Pourtant, Sylnor bouillonnait intérieurement. Ainsi donc, les elfes n'étaient plus. Ses ennemis ancestraux avaient péri noyés, du moins, une bonne partie. Mais si les passagers des trois frégates étaient bel et bien morts, qu'en était-il des autres, de ceux de la goélette de Gorgonath ? Les avait-il conduits vers ces fameuses îles à l'ouest ? Et Luna et Ambrethil ? Se trouvaient-elles avec lui ? Pour en avoir le cœur net, il ne lui restait qu'une seule chose à faire, se rendre à Port-au-Loup et trouver ce minotaure.

— Cette histoire de naufrage est bien triste et je comprends ta peine, mais voyons le bon côté des choses. À présent, toute menace est écartée de la vallée. Les elfes sont morts et c'est une excellente nouvelle. Je te remercie de ta visite, Marie-Jeanne, et de tes confidences.

Un sourire triste anima le beau visage de la femme. Sylnor éprouva soudain un élan d'empathie pour cette humaine si belle et pourtant si malheureuse. Étrangement, elle eut envie de faire quelque chose pour elle.

— Approche, fit-elle en tendant les bras.

Après un moment d'hésitation, la jeune femme fit un pas en avant pour saisir les mains noires de la Vierge.

— Ton Orull n'est plus, certes, mais ta vie ne s'arrête pas là, Marie-Jeanne. Un grand destin t'attend. Je sais que ta mère était une sorte dc chamane, mais les hommes étaient trop stupides pour apprécier ses talents. Tu as hérité de sa force. Aussi vais-je t'offrir un don extrêmement utile.

— Oh ! Vous feriez ça ? Pour moi ?

— Mets-toi à genoux et ferme les yeux.

Sylnor imposa ses mains sur la chevelure sombre et fit passer une partie de son talent de légilimancie dans l'esprit de Marie-Jeanne, juste un peu, juste assez pour que l'humaine puisse découvrir les secrets de ses concitoyens et en tirer profit. Elle était vive et très intelligente. Sylnor ne doutait pas qu'elle saurait utiliser ce cadeau pour gravir les échelons de la société et prendre sa revanche sur la vie.

Lorsque la jeune femme ouvrit les yeux, la Vierge noire avait disparu. Marie-Jeanne savait au fond d'elle que c'était sa dernière apparition dans la vallée d'Ylhoë et cet honneur avait été pour elle, rien que pour elle. Elle se releva et, d'un pas alerte, se dirigea vers Croix-Blanche, le cœur plein de rêves et d'espoir.

Dès son retour à Lloth'Mur, matrone Sylnor informa Ylaïs de sa découverte et, sans plus tarder, elles quittèrent la forteresse à dos de griffon en direction du sud, escortées par une dizaine de guerrières et de sorciers.

La nuit était noire et profonde lorsque les créatures ailées se posèrent sur les lattes de bois des pontons qui craquèrent sous leur poids. Les cavaliers descendirent, sauf deux qui étaient chargés de ramener les montures en lisière de forêt où ils attendraient les ordres. Telles des ombres invisibles, à l'abri sous leur cape, les drows se dispersèrent sur les quais et s'engouffrèrent comme la bise glaciale et implacable dans les tavernes et auberges du port.

Sans se faire remarquer, ils sondèrent les esprits des derniers clients avinés qui jouaient aux dés, riaient de bon cœur et trinquaient joyeusement. Ils découvrirent sans mal que Gorgonath logeait à la *Tour dorée*, la meilleure auberge de la ville, qui ne fut pas difficile à trouver.

Cossu et à la façade ornée de moulures peintes en doré, l'établissement était déjà fermé, mais jamais les serrures humaines n'avaient empêché les drows d'entrer quelque part. Matrone Sylnor en tête, ils envahirent la grande salle vide et se précipitèrent dans l'escalier. Porte après porte, ils visitèrent les chambres jusqu'à trouver celle du minotaure.

Le monstre ronflait bruyamment, mais cela ne semblait nullement déranger la demoiselle qui sommeillait à ses côtés. Les drows ôtèrent leur cape, allumèrent les torches et réveillèrent brutalement les deux dormeurs.

Gorgonath commença par protester en beuglant force jurons, mais la vue de ces êtres à la peau noire le pétrifia. Quant à la fille, elle hurla de terreur. Le poignard d'Ylaïs la fit taire définitivement en se plantant profondément dans la gorge offerte. Un jet de sang carmin gicla sur le minotaure qui sursauta, effrayé par tant de violence. Ses yeux bovins se mirent à rouler dans leurs orbites. Pour les drows, il n'était plus question de prendre des pincettes, maintenant qu'ils étaient aussi près du but.

— Qu'as-tu fait de tes passagers, Gorgonath ? demanda la matriarche, autoritaire.

Le minotaure comprit immédiatement qu'il s'agissait des amis de ceux qu'il avait vendus aux abysséens. Un picotement désagréable envahit sa nuque. Il allait devoir jouer finement s'il ne voulait pas finir comme sa voisine.

— Je… je les ai conduits là où ils désiraient se rendre, dans les îles occidentales.

— Tu mens ! Je le sais, car je peux sonder ton esprit, espèce de gros bœuf puant !

L'insulte fit bondir Gorgonath. L'époque lointaine où on le traitait comme un moins que rien était bel et bien révolue. Il voulut se jeter sur l'impudente pour l'étrangler à mains nues, mais il se retrouva avec huit poignards pointés contre son large cou. Il s'immobilisa.

— Tu les as vendus, n'est-ce pas, comme esclaves, à des créatures aquatiques d'une laideur extrême. En échange, tu as obtenu du corail, c'est bien ça ? Et tu as mis le cap au nord pour aller négocier avec les nains. Ils t'ont offert de l'or et beaucoup de pierres précieuses en échange des coquillages… Tiens donc ! Voilà qui explique ta soudaine richesse !

Le minotaure tressaillit. Cette sorcière venait de violer son esprit. Il contracta ses muscles de colère.

— Ne te méprends pas, reprit Sylnor. Le sort de ces esclaves m'importe peu. Ce n'était pas mes amis, comme tu sembles le croire. En revanche, il y a une chose que je veux savoir. Est-ce que, parmi tes passagers, se trouvait une certaine Luna, ou bien sa mère, Ambrethil ?

— Non, non, protesta vivement Gorgonath. Ces noms ne me disent rien. Rien du tout !

La grande prêtresse ferma les yeux et s'immergea profondément dans la tête du minotaure. Ce qu'elle y découvrit la fit grimacer de dégoût. Ce type était vraiment une abjecte pourriture. Pourtant elle ne renonça pas à explorer les moindres recoins de son cerveau. Lorsqu'elle s'extirpa de cette fange immonde, elle se sentait sale, comme souillée, mais elle avait acquis une certitude. Ni Luna ni Ambrethil n'étaient sur la *Sanglante*, ce qui signifiait qu'elles avaient fait naufrage et qu'à présent elles étaient bel et bien mortes.

Matrone Sylnor se redressa, soulagée, mais aussi terriblement frustrée de n'avoir pu leur donner la mort elle-même. Elle avait tellement rêvé de leur ultime confrontation ! Combien de nuits avait-elle passées à imaginer les tortures qu'elle leur aurait infligées, à inventer de nouveaux supplices tous plus sadiques et pervers les uns que les autres ! Hélas ! jamais elle ne pourrait les mettre en œuvre. Sa vengeance resterait un fantasme inaccessible. Elle soupira longuement. De toute façon, on ne pouvait plus changer le passé. Ce qui était fait était fait. Elle devrait s'en contenter. Après tout, l'essentiel n'était-il pas d'être définitivement débarrassée de ces deux pestes ?

Son regard azur tomba soudain sur Gorgonath.

— Tuez-le ! ordonna-t-elle à ses guerrières.

Les lames s'enfoncèrent simultanément dans le cou épais du minotaure qui s'écroula sur les draps écarlates dans un râle de douleur.

— Et maintenant ? demanda Ylaïs en essuyant ses lames.

— On rentre à Rhasgarrok ! s'écria Sylnor en éclatant de rire.

ÉPILOGUE

Le lendemain, en milieu de journée, lorsque les avariels furent à nouveau de retour au-dessus de l'île des fées, ils crurent d'abord qu'ils s'étaient trompés d'endroit. L'affreux rocher recouvert d'énormes coulées de magma solidifié ne pouvait pas être la luxuriante Tank'Ylan. C'était impossible. Cependant, ils étaient certains de ne pas s'être fourvoyés. Leur sens de l'orientation était infaillible. La fatigue pouvait-elle leur jouer des tours à ce point ? Ils avaient pourtant pris le temps de se reposer quelques heures avant de repartir pour effectuer le troisième et dernier convoi.

Thyl scrutait l'horizon, déboussolé, quand Allanéa s'approcha de lui. Blême, les yeux exorbités, elle lui tapa sur l'épaule, incapable de prononcer le moindre mot. Thyl la dévisagea sans comprendre avant de suivre son regard. Ce qu'il découvrit le laissa également sans voix.

À mi-hauteur du volcan, debout sur un surplomb rocheux, quatre elfes leur faisaient de grands signes. Thyl sentit une décharge d'adrénaline l'inonder et piqua dans leur direction. Il ne s'était pas trompé de cap ! Ce bout de terre défiguré par une très récente éruption volcanique était bel et bien Tank'Ylan ! Mais comment une telle catastrophe avait-elle pu se produire en une nuit seulement ? Et par quel miracle ses amis avaient-ils survécu à la colère du volcan ?

Luna, Kendhal, Darkhan et Léathor reculèrent en même temps pour laisser de la place aux avariels qui atterrissaient les uns après les autres sur la mince bande de roche miraculeusement épargnée par la lave. Malgré sa fatigue, Luna ne put réprimer un sourire amusé en découvrant la mine déconfite de leurs amis.

— Mais… mais que s'est-il passé ici ? balbutia Thyl.

— Oh, tu veux parler de ça ? fit l'adolescente en montrant d'un air faussement désinvolte les coulées grisâtres qui fumaient encore. Eh bien, tu vois, les fées ne possèdent pas de pouvoirs magiques comme nous, mais elles mettent la nature de leur côté ; et elles ne font pas les choses à moitié.

— Hein ? sursauta Allanéa. Ce sont les fées qui ont provoqué ça ?

— Ça semble incroyable et c'est pourtant vrai, laissa tomber Luna.

— Juste après votre départ, les abysséens ont envahi l'île, expliqua Kendhal. Et quand je dis envahi, c'est vraiment envahi. Ils étaient des centaines de milliers ! L'île entière grouillait de monstres qui détruisaient tout sur leur passage. Ils allaient nous massacrer.

Darkhan enchaîna :

— Devant l'ampleur des dégâts et l'urgence de la situation, Ma'Olyn et les autres guérisseuses supérieures ont décidé d'en appeler au volcan. Elles savaient que leur merveilleuse île n'y survivrait pas, mais les abysséens non plus. Sacrifier Tank'Ylan était la seule façon de sauver leur vie… et la nôtre. Dès le début de l'éruption, les fées sont venues nous chercher pour nous conduire au cœur de la terre, dans une salle secrète où nous étions en sécurité.

— Cela ne fait que deux heures que nous sommes sortis à l'air libre pour vous guetter. On se doutait que vous auriez du mal à reconnaître l'île.

— Mais où vont vivre les fées, maintenant ? s'inquiéta Allanéa. Leur île est tout à fait inhabitable.

— Elles nous accompagnent à Océanys ! lui répondit joyeusement Luna. Léathor leur a proposé de venir s'installer dans les immenses serres sous-marines de sa cité et elles ont accepté.

Léathor, qui était jusque-là resté en retrait, fit un pas dans leur direction.

— En échange de l'hospitalité que nous leur offrirons, compléta-t-il, les fées nous fourniront gratuitement leur poussière d'étoile. C'est père qui va être content !

Luna éclata de rire en imaginant le majestueux Fulgurus brassant avec délectation des tonnes de déjections de fées. Les autres l'imitèrent, mais sans comprendre vraiment pourquoi ils riaient.

Quelques minutes plus tard, dans le ciel de nacre, les avariels prirent leur envol, chargés de leurs derniers passagers et escortés par des nuées multicolores de fées.

* * *

Tendrement enlacés, Luna et Kendhal savouraient la douceur de cette journée d'automne. Ils s'étaient isolés sur la terrasse aménagée à l'intérieur du cratère pour profiter un peu l'un de l'autre. En effet, depuis quinze jours qu'ils étaient rentrés, Océanys était devenue un tourbillon de vie, de rires, de musique, de danse qui ne s'apaisait généralement qu'à l'aube quand les esprits succombaient à la fatigue. Tous les soirs ou presque, des fêtes organisées ou improvisées rassemblaient les elfes qui s'étourdissaient, riaient, chantaient, dansaient, pour s'efforcer d'oublier les dures épreuves qu'ils avaient traversées.

Les deux adolescents en avaient bien profité, mais, la veille, Luna avait ressenti le besoin d'être un peu au calme. Kendhal et elle avaient décliné les invitations de leurs amis pour passer la soirée, puis la nuit, sur ce petit rocher isolé, à l'écart de l'agitation. Longtemps, ils avaient parlé en contemplant les étoiles, puis Luna s'était assoupie, lovée contre son compagnon. Il avait ramené la couverture sur elle en respirant sa soyeuse chevelure avant de fermer les yeux à son tour, rempli d'un bonheur immense.

Lorsque, au point du jour, Luna se réveilla enfin, elle trouva Kendhal en train de l'observer.

— Tu n'as pas eu froid cette nuit? lui demanda-t-il, prévenant.

— Non, au contraire, fit-elle en souriant. J'avais bien chaud, ainsi collée contre toi, presque autant que lorsque je dormais contre Elbion!

Kendhal leva les yeux au ciel en grimaçant.

— Merci pour la comparaison!

— Eh, ne te vexe pas! Pendant douze ans, j'ai dormi avec mon loup et je n'aurais laissé ma place pour rien au monde. Mais les choses ont changé. Il a une famille et moi je t'ai, toi. Pour rien au monde je ne laisserais une autre dormir dans tes bras !

Kendhal sentit son cœur chavirer. Il était assez rare que Luna se livre à de telles confidences. Dans le domaine de ses sentiments intimes, elle était plutôt timide et réservée. Il déposa un baiser sur les lèvres douces de l'adolescente.

— Ne t'inquiète pas, lui murmura-t-il au creux de l'oreille. Mes bras te sont offerts à tout jamais et mon cœur aussi. Personne d'autre que toi ne pourra le faire battre aussi fort.

Luna sentit ses joues s'échauffer et, gênée, elle détourna son regard vers le lagon qui reprenait ses couleurs dans l'aube naissante. L'endroit était magnifique, l'eau translucide brillait dans la lumière, bercée par la brise. Pourtant Luna sentit son cœur se comprimer douloureusement dans sa poitrine. Une vague de nostalgie lui donna soudain envie de pleurer. Elle soupira plus fort qu'elle ne l'aurait voulu.

— Que se passe-t-il ? s'inquiéta Kendhal. Ai-je dit quelque chose de mal ?

— Pas du tout ! Mais, plus les jours passent, plus Laltharils me manque, révéla-t-elle dans un souffle. Je n'arrive pas à oublier les trois années merveilleuses que j'ai passées là-bas.

— Qui t'a dit qu'il fallait les oublier? répondit doucement le garçon. Aman'Thyr et Laltharils resteront toujours gravées dans ma mémoire. Quand la nostalgie m'étreint avec trop d'insistance, je ferme les yeux et je songe aux moments merveilleux que j'ai passés là-bas, avec mes parents, avec mes amis, avec toi…

— Moi aussi, mais cela ne me suffit pas. J'ai envie d'y être à nouveau, j'ai envie de courir dans la forêt, de sentir le frottement de l'herbe humide sous mes pieds, la caresse de l'eau glacée du lac sur ma peau. J'ai envie de respirer les parfums des fleurs et de la sève, d'entendre les trilles joyeux des oiseaux. Et puis, surtout, j'ai envie de revoir mon Marécageux.

Kendhal soupira à son tour. Lui aussi songeait souvent au vieil elfe sylvestre.

— Il te manque beaucoup?

— Énormément. Tu sais, il ne se passe pas un jour sans que je prie pour qu'il soit en vie, pour qu'il me retrouve. Mais je sais que jamais il ne me trouvera tant que je resterai ici.

— Tu voudrais retourner à Naak'Mur?

Luna haussa les épaules dans un geste d'ignorance.

— Tu n'es pas bien, ici? fit à nouveau Kendhal.

L'adolescente planta ses yeux gris dans ceux

du garçon. Son visage était grave et son sourire avait disparu.

— Comprends-moi bien, je ne veux surtout pas paraître ingrate, mais, malgré l'hospitalité et la générosité de nos hôtes, je ne me sens pas chez moi à Océanys. Cette cité, aussi belle et accueillante soit-elle, n'est pas pour nous. Nous ne sommes pas faits pour vivre sous l'eau ! Nous sommes des chasseurs, des sorciers, des guerriers, des mages, des aventuriers, et aucun de nos talents ne peut s'exprimer ni s'épanouir dans cet endroit.

— Je suis d'accord avec toi, mais où veux-tu qu'on aille ?

Luna allait répondre qu'elle l'ignorait quand Thyl et Sylmarils firent irruption sur la terrasse. Ils se tenaient par la taille et semblaient très complices.

— On pensait venir ici pour être un peu seuls, mais visiblement c'est raté ! plaisanta l'avariel en déposant un baiser dans le cou de l'océanide qui gloussa de contentement.

— Pourquoi n'étiez-vous pas à la soirée de Gabor ? demanda-t-elle ensuite. C'était génial ; il y avait une de ces ambiances…

— Nous voulions un peu de calme, répondit sobrement Kendhal.

— Mais bien sûr ! s'esclaffa Thyl en lui faisant un clin d'œil peu discret.

— Bon, tu m'emmènes faire un tour? enchaîna Sylmarils en se pendant au cou du bel avariel.

Thyl referma ses bras autour d'elle et ouvrit ses ailes. Il s'élança dans les airs en serrant sa passagère contre lui.

— Eh bien, en voilà au moins un qui n'aura pas envie de partir d'ici! fit Kendhal, amusé, en les regardant s'éloigner dans le ciel nuageux.

— J'avais déjà remarqué son petit manège, approuva Luna. Apparemment Sylmarils a fini par craquer. Malgré leurs différences, ils vont bien ensemble, tu ne trouves pas?

Kendhal allait répondre quand une voix flûtée interpella l'adolescente.

— Luna! Enfin! Je t'ai cherchée toute la nuit!

Les deux adolescents pivotèrent, surpris de découvrir la rousse Malibel qui se tenait devant eux, les bras croisés et la mine renfrognée.

— Que se passe-t-il? s'enquit Luna, en plissant le front.

— Ma'Olyn veut te voir. Tout de suite!

Luna échangea un regard inquiet avec Kendhal. Sans plus attendre, elle repoussa la couverture et bondit sur ses pieds.

— On se voit plus tard? lui fit-elle en s'éloignant déjà.

Comme le jeune homme hochait la tête, Luna s'élança derrière la fée.

Après dix minutes de course dans les couloirs de la cité-palais, Luna et Malibel parvinrent enfin dans la serre où Ma'Olyn et ses filles s'étaient établies. Chaque clan avait en effet choisi l'endroit qui lui convenait le mieux pour reconstruire son village. Même si les plantes qui poussaient là n'étaient pas à l'air libre, la végétation était suffisamment exubérante, touffue et fleurie pour abriter de petits havres de paix, propices à la vie tranquille et insouciante que menaient les fées. Ma'Olyn avait opté pour un bosquet de bambou au cœur duquel se cachait une prairie où s'épanouissaient de splendides orchidées grenat. Ce fut au milieu des fleurs odorantes que la guérisseuse supérieure reçut Luna.

Allongée sur un lit de feuilles, Ma'Olyn, les yeux fermés, respirait avec difficulté. Malibel s'assit à côté d'elle et lui caressa la main. La vieille fée souleva une paupière, puis deux, au prix d'un effort immense.

— Ah, enfin, tu es là, petite elfe, murmura-t-elle d'une voix faible.

Luna s'agenouilla et se força à sourire pour masquer le choc que lui procurait la vue de la vieille femme. Elle n'avait pas eu l'occasion de la revoir depuis leur retour de Tank'Ylan et elle ne se rendait compte que maintenant à quel point les épreuves l'avaient affectée. Amaigrie, le teint blafard, les ailes pantelantes, Ma'Olyn paraissait extrêmement diminuée.

— Comme tu peux le constater, je suis en train de m'éteindre, reprit-elle.

Bouleversée par cette révélation, Luna cacha son visage dans ses mains en étouffant un sanglot.

— Oh non, il ne faut pas pleurer, mon enfant, mais se réjouir, au contraire. J'ai fait mon temps, j'ai eu une belle et longue vie, très longue comparée à celle de tes semblables. Comme une fleur, je suis née, je me suis épanouie, et maintenant je me fane. Bientôt, je me détacherai de la branche qui me nourrissait et je retournerai au néant. Alors, Malibel prendra ma place et veillera à son tour sur ses sœurs, comme je l'ai fait durant des années. Mais je ne voulais pas partir sans t'avoir parlé.

Luna attendit, la gorge nouée.

— Tu sais, je te dois beaucoup, petite elfe. Je voulais donc te remercier.

— Me remercier ? Mais de quoi ?

— De ta venue sur Tank'Ylan, dit la vieille fée en parvenant à sourire.

— Vous plaisantez ? Maintenant, à cause de moi, vous n'avez plus d'île. Vous avez dû vous exiler ici et tout reconstruire. Si je n'étais pas venue sur Tank'Ylan tout cela ne serait jamais arrivé et…

— Tu te trompes, la coupa la matriarche. Les abysséens nous auraient attaquées de la même façon un jour ou l'autre. C'est vrai que ton arrivée a un peu précipité les choses. Mais je savais que Tank'Ylan finirait engloutie sous des coulées de lave. C'était écrit. Mais ce que j'ignorais c'était l'endroit où nous irions quand le jour de l'exil viendrait. Et, la solution, c'est toi qui nous l'as apportée.

— Hum, c'est plutôt Léathor, non ? rectifia Luna, confuse.

— Non, tu en as eu l'idée la première. C'est ce qui m'a permis de convaincre les autres guérisseuses. Ensemble, nous sommes allées voir le volcan pour lui demander son aide.

— C'est amusant ! Vous en parlez comme de quelqu'un de vivant.

— Mais c'est le cas ! Tank'Ylan est son nom ; il signifie Colère de feu. Lorsque nous sommes descendues dans le cratère, l'esprit du volcan nous attendait. Il savait également que ce jour viendrait et il a accepté de cracher le magma qui coulait dans ses veines en échange de nos vies.

— De vos… vies ? Mais de quelles vies ?

— De celles des sept guérisseuses supérieures.

— Mais c'est horrible ! s'écria Luna, en serrant les poings. Vous vous êtes sacrifiées toutes les sept ?

— Sept vies pour en sauver sept cents, cela te semble cher payé ? rétorqua Ma'Olyn en souriant. Moi pas ! Quoi de plus merveilleux que de s'éteindre pour laisser vivre ceux qu'on aime !

Luna songea au Marécageux et ne put retenir ses larmes plus longtemps. Un flot brûlant inonda ses yeux pour glisser le long de ses joues.

— Ne sois pas triste, petite elfe. J'ai fait mon temps sur cette terre et figure-toi que j'ai hâte de retrouver Lya. Je lui dirai tout le bien que je pense de toi. Mais, avant de disparaître, je voulais encore te dire deux choses. Deux secrets, en vérité.

— Ah bon ? s'étonna Luna en reniflant.

— La première va assouvir ton insatiable curiosité. La deuxième, t'offrir un choix.

Intriguée, Luna sécha ses larmes du revers de la main et tendit l'oreille.

— Tu t'es toujours demandé comment nous faisions pour nous reproduire, n'est-ce pas ? Eh bien, la réponse est simple. Nous ne nous reproduisons pas.

Devant l'air ahuri de l'adolescente, Ma'Olyn et Malibel échangèrent un regard complice.

— Nous ignorons tout de notre naissance, mais le fait est que nous vivons sur Tank'Ylan depuis toujours. Comment sommes-nous arrivées là ? C'est un mystère. La seule chose que nous savons, c'est qu'un pacte ancestral nous lie à la nature ; si nous supprimons une forme de vie, nous mourrons. C'est aussi simple que cela. Si personne ne nous attaque, on peut nous considérer comme immortelles, sauf quand un volcan réclame notre énergie vitale pour vomir ses entrailles sur nos ennemis, bien sûr ! trouva-t-elle la force de plaisanter.

— Alors, satisfaite ? s'enquit Malibel en lui adressant un clin d'œil malicieux.

— Il n'existe donc pas de fées mâles ? résuma Luna, un brin déçue.

Malibel secoua la tête en riant.

— Exactement ! Pas de mâles, ni de bébés. Que nous, et seulement nous, pour l'éternité, tant qu'on nous laisse en paix.

— Bon, mon deuxième secret, maintenant, murmura Ma'Olyn, épuisée. Il va peut-être bouleverser tes projets, mais je ne peux pas mourir sans te le révéler. Ce ne serait pas correct vis-à-vis de toi.

Luna déglutit péniblement. Elle ne savait absolument pas à quoi s'attendre, mais elle appréhendait cette révélation.

— J'ignore si ton peuple compte s'installer ici définitivement. Je sais que mes filles y seront très bien. Océanys est l'endroit rêvé pour elles, mais, pour vous, j'en doute.

— Je partage votre point de vue, mais, à part les terres du Nord où nous attendent nos ennemis, je ne vois guère où nous pourrions aller.

— Moi, je sais…

— Dans les îles occidentales ?

Contre toute attente, Ma'Olyn pouffa.

— Les îles occidentales ne sont qu'un mythe, ma chérie ! Elles n'ont jamais existé que dans l'imagination fertile des marins. Non, ce n'est pas de ce côté de l'océan que vous trouverez votre salut. Par contre, il existe un autre endroit…

Comme Luna ouvrait de grands yeux incrédules, la vieille fée continua :

— Au sud-ouest d'ici, il existe une terre qui pourrait vous accueillir.

— Comment s'appelle-t-elle ? s'écria l'adolescente.

— Ysmalia.

— Où se trouve-t-elle exactement ? Et pourquoi n'y êtes-vous pas allées pour fuir les abysséens ?

— Ysmalia se trouve très loin, beaucoup trop loin pour nos frêles ailes.

— Comment avez-vous découvert son existence ?

— Il y a de cela quinze années environ, nous avons recueilli une naufragée. Les abysséens avaient attaqué son navire et dévoré ses compagnons d'infortune. C'est elle qui nous a parlé d'Ysmalia. C'était là-bas qu'elle se rendait.

Luna médita longuement cette stupéfiante révélation.

— Pourquoi croyez-vous que nous nous plairions davantage là-bas qu'ici ?

— La naufragée était une elfe comme vous et elle semblait pressée d'arriver à destination.

— Une elfe ? s'étonna Luna. Une elfe comment ? de lune, de soleil, noire ?

Comme la matriarche hésitait, Malibel vint à son secours.

— Heu, je dirais plutôt de cuivre. Ça existe ?

Luna sursauta.

— Une elfe sylvestre ? Il y a quinze ans ? Comment s'appelait-elle ?

— Cela commençait par un V. Je crois que c'était quelque chose comme Vurma ou Virna… Non, attends, c'était Viurna. Oui, c'est ça ! Viurna.

En entendant ce nom qu'elle croyait avoir oublié à jamais, l'adolescente hoqueta de surprise et se mit à trembler.

— Tu la connaissais ? demanda Ma'Olyn.

— Pas directement, mais ma mère, oui. C'était sa nourrice et sa confidente. C'est elle qui m'a sauvée des griffes des drows en m'emmenant loin de Rhasgarrok. C'est grâce à cette femme si je suis en vie aujourd'hui, car elle m'a confiée à son frère, le Marécageux.

À ces mots, son cœur se comprima à nouveau, mais elle chassa son chagrin pour demander :

— Combien de temps est-elle restée sur Tank'Ylan ?

— Quelques semaines seulement, déclara Malibel. Nous lui avons offert l'hospitalité, mais aller à Ysmalia restait son idée fixe. Nous avons guetté le passage d'un navire qui allait vers le sud. Lorsque nous en avons vu un, nous l'avons portée au-dessus de la mer à l'aide de nos lianes et l'avons déposée dans l'eau, hors du territoire des abysséens. Les marins l'ont prise pour une naufragée et l'ont hissée à bord. Nous n'avons plus jamais eu de ses nouvelles. Nous ignorons si elle a atteint les rivages d'Ysmalia.

Luna ferma les yeux pour réfléchir.

Lorsqu'elle les rouvrit, sa décision était prise. Elle allait tout faire pour se rendre à son tour sur cette terre mystérieuse.

Ysmalia. Ce nom lui plaisait. Il sonnait comme une promesse, comme un nouveau départ. Là-bas, leur communauté bâtirait une nouvelle cité et oublierait ses malheurs passés. Oui, bientôt elle mettrait le cap vers le sud-ouest, à la recherche de cette terre promise.

LISTE DES PERSONNAGES

Abzagal : Divinité majeure des avariels ; dieu dragon.
Acuarius : Divinité principale du panthéon océanide.
Allanéa : Avarielle ; amie de Luna et compagne de Hoël.
Ambrethil : Elfe de lune ; mère de Luna et de Sylnor, et reine des elfes de lune.
Assyléa : Drow ; meilleure amie de Luna, épouse de Darkhan et mère de Khan.

Bouff'mort : Nom que les résidants du palais des Brumes donnent au brouillard environnant, lequel s'anime occasionnellement et constitue une véritable menace.
Bowen : Loup ; chef de la meute des anciens loups de la forêt de Langres.

Cyrielle Ab'Nahoui : Avarielle ; cousine de Thyl et d'Haydel, fiancée de Platzeck.

Darkhan : Mi-elfe de lune, mi-drow ; cousin de Luna, époux d'Assyléa et père de Khan.
De la Bâtie (Monseigneur) : Humain ; évêque de Croix-Blanche.

Edryss : Drow ; chef des bons drows et prêtresse d'Eilistraée.
Eilistraée : Divinité du panthéon drow ; fille de Lloth. Solitaire et bienveillante, elle est la déesse de la beauté, de la musique et du chant. Associée à la Lune, elle symbolise l'harmonie entre les races.
Elbion : Loup ; frère de lait de Luna, compagnon de Scylla et père de Jek, de Kally et de Naya.
Elkantar And'Thriel : Drow ; noble sorcier, amant d'Ambrethil et père de Luna et de Sylnor.
Ethel : Drow ; mage noir au service de matrone Sylnor.

Fulgurus : Océanide ; roi d'Océanys et père de Sylmarils et de Léathor.

Gabor : Océanide ; frère jumeau de Kern, cousin de Léathor et de Sylmarils.
Gorgonath : Minotaure ; capitaine de la goélette la *Sanglante.*

Haydel Ab'Nahoui : Avarielle ; sœur cadette de l'empereur Thyl.
Hérildur : Elfe de lune ; père d'Ambrethil et grand-père de Luna et de Sylnor. Il vit à

présent dans le royaume des dieux sous la forme d'un ange.
Hoël : Avariel ; compagnon d'Allanéa.

Jek : Loup ; fils d'Elbion et de Scylla.

Kendhal : Elfe de soleil ; roi des elfes de soleil.
Kern : Océanide ; frère jumeau de Gabor, cousin de Léathor et de Sylmarils.
Khan : Mi-elfe de lune, mi-drow ; fils de Darkhan et d'Assyléa, petit cousin de Luna.

Lahaut (**Messire de**) : Humain ; gouverneur de Croix-Blanche.
Léathor : Océanide ; fils de Fulgurus et frère de Sylmarils.
Lloth : Divinité majeure des drows ; déesse araignée.
Lucanor (**Sire**) : Lycaride ; maître-loup et ami du Marécageux.
Luna (**Sylnodel**) : Mi-elfe de lune, mi-drow ; fille d'Ambrethil et d'Elkantar And'Thriel, sœur de matrone Sylnor.
Lya : Fée ; esprit bienveillant vivant dans la tour des Sages du palais des Brumes.

Ma'Olyn : Fée ; guérisseuse supérieure d'un clan de fées sur l'île de Tank'Ylan.

Malibel : Fée ; membre du clan de Ma'Olyn.
Marécageux (Le) : Elfe sylvestre ; ancien mentor de Luna.
Marie-Jeanne : Humaine ; compagne du capitaine Orull.

Naak : Divinité du panthéon drow ; ancien dieu scorpion de la guerre.

Octopie : Pieuvre ; animal de compagnie de Sylmarils.
Oreyn : Humain ; capitaine de la frégate la *Fougueuse.*
Orkar : Humain ; capitaine de la frégate l'*Étoile du soir.*
Orull : Humain ; capitaine de la frégate la *Marie-Jeanne.*

Phyllis : Fée ; membre du clan de Ma'Olyn.
Platzeck : Drow ; bras droit d'Edryss, dont il est le fils, et fiancé de Cyrielle.

Ravenstein : Esprit sylvestre ; protecteur de la forêt qui porte son nom, il est prisonnier d'un citrex détenu par matrone Sylnor.

Scylla : Louve ; compagne d'Elbion et mère de Jek, de Kally et de Naya.

Sylmarils : Océanide ; fille de Fulgurus et sœur de Léathor.
Sylnodel : Signifie Luna, « Perle de Lune » en elfique. Voir Luna.
Sylnor (matrone Sylnor) : Mi-elfe de lune, mi-drow ; fille cadette d'Ambrethil et d'Elkantar And'Thriel, sœur de Luna.
Syrus : Vieil elfe de lune ; guérisseur et savant.

Thémys : Drow ; intendante du monastère de Lloth.
Thyl Ab'Nahoui : Avariel ; empereur de la colonie d'avariels.

Viurna : Elfe sylvestre ; sœur du Marécageux et nourrice d'Ambrethil.

Ylaïs : Drow ; première prêtresse de Lloth.
Yvain : Humain ; jeune paysan de Meyllac.

Zélathory Vo'Arden : Drow ; ancienne grande prêtresse de Lloth.
Zesstra Vo'Arden : Drow ; ancienne grande prêtresse de Lloth.

GLOSSAIRE

Abysséens : Les abysséens sont des créatures sous-marines qui vivent dans les eaux profondes qui entourent l'île de Tank'Ylan. Leur corps grotesque ressemble à celui d'un humain difforme dont la peau écailleuse luit faiblement dans les ténèbres. Leurs jambes, longues et musculeuses, contrastent avec leur torse rachitique, presque atrophié. Quant à leurs bras, reliés à leur torse par une membrane formant une sorte de nageoire, ils sont bien plus longs et puissants que la moyenne et semblent capables d'étouffer un ours. Sur leur face repoussante, sans yeux ni narines, s'ouvre une bouche couleur rouge sang qui cache trois rangées de dents tranchantes comme des rasoirs. Leurs yeux globuleux se nichent au creux de leurs mains aux doigts crochus. Les abysséens sont des prédateurs impitoyables. Leur férocité n'a d'égale que leur cruauté. Ces êtres sont pervers, sadiques et n'éprouvent aucune pitié pour quelque être vivant que ce soit.

Aléli : Nom que les océanides donnent à la poussière scintillante produite par les ailes

des fées. Il s'agit d'un ingrédient sacré entre tous fréquemment utilisé par les océanides au cours de leurs cérémonies religieuses et pour enchanter leurs armes et leurs armures.
Avariels : Voir elfes ailés.

Citrex : Cet artefact aussi rare qu'ancien ressemble à un petit tube en verre refermé par un bouchon parfaitement hermétique. Il possède la particularité de pouvoir emprisonner des êtres éthérés tels que les esprits. Cet objet magique est très recherché par les nécromanciens désireux de maîtriser des démons, mais il n'en reste que très peu d'exemplaires intacts.

Dieux / déesses : Immortels, les dieux vivent dans des sphères, sortes de bulles flottant dans le firmament éternellement bleu de leur monde. D'apparence humanoïde ou animale, les dieux influencent le destin des mortels en leur dictant leur conduite, en les aidant ou, au contraire, en les punissant. Plus le nombre de ses fidèles est grand, plus une divinité acquiert d'importance et de pouvoir parmi les autres dieux. Ceux dont le culte s'amenuise sont relégués au rang de divinités inférieures et finissent par disparaître complètement si plus aucun adepte ne les vénère.

Dragons / dragonnes : Créatures reptiliennes possédant un corps massif recouvert d'écailles brillantes et capables de voler grâce à des ailes membraneuses. Vivant en troupeau, les dragons peuvent hiberner pendant plusieurs siècles. À leur réveil, leur appétit insatiable les pousse à attaquer tous les genres de proies. La dernière grande communauté de dragons des terres du Nord vit cachée au cœur de la cordillère de Glace.
Drows : Voir elfes noirs.

Elfes : Les elfes sont légèrement plus petits et minces que les humains. On les reconnaît facilement à leurs oreilles pointues et à leur remarquable beauté. Doués d'une grande intelligence, ils possèdent tous des aptitudes naturelles pour la magie, ce qui ne les empêche pas de manier l'arc et l'épée avec une grande dextérité. Comme tous les êtres nyctalopes, ils sont également capables de voir dans le noir. Leur endurance et leurs capacités physiques sont indéniablement supérieures à celles des autres races. À la suite de la destruction de Laltharils par les drows, les autres communautés elfiques se sont réfugiées dans la forteresse de Naak'Mur.
Elfes ailés (ou avariels) : Ils possèdent de grandes ailes aux plumes très douces, qui leur

permettent d'évoluer dans les cieux avec une grâce et une rapidité incomparables.
Elfes de lune (ou elfes argentés) : Ils ont la peau très claire, presque bleutée ; leurs cheveux sont en général blanc argenté, blond très clair ou même bleus.
Elfes de soleil (ou dorés) : Ils ont une peau couleur bronze et des cheveux généralement blonds comme l'or ou plutôt cuivrés. On dit que ce sont les plus beaux et les plus fiers de tous les elfes.
Elfes marins (ou océanides) : Ces elfes à la peau bleutée possèdent des branchies situées derrière les oreilles qui leur permettent de respirer sous l'eau. Avec leurs mains et leurs pieds palmés, ils se déplacent aisément dans la mer. Ils vivent en autarcie dans la cité-palais d'Océanys sous l'autorité de Fulgurus, leur roi.
Elfes noirs (ou drows) : Ils ont la peau noire comme de l'obsidienne et les cheveux blanc argenté ou noirs. Leurs yeux parfois rouges en font des êtres particulièrement inquiétants. Souvent malfaisants, cruels et sadiques, ils sont assoiffés de pouvoir et sont sans cesse occupés à se méfier de leurs semblables et à ourdir des complots. En fait, les elfes noirs se considèrent comme les héritiers légitimes des terres du Nord et ne supportent pas leur

injuste exil dans les profondeurs de Rhasgarrok. Ils haïssent les autres races, et ceux qu'ils ne combattent pas ne sont tolérés que par nécessité, pour le commerce et la signature d'alliances militaires temporaires. Les drows vénèrent Lloth, la maléfique déesse araignée, et leur grande prêtresse dirige d'une main de fer cette société matriarcale.
Elfes sylvestres : Avec leur peau cuivrée et leurs yeux verts, ce sont les seuls elfes à vivre en totale harmonie avec la nature. Comme ils ont été les premières victimes des invasions drows, il n'en reste que très peu. Si certains ont préféré l'exil, d'autres vivent en ermites, comme le Marécageux.

Fées : Petites créatures extrêmement attachantes qui vivent exclusivement sur l'île de Tank'Ylan, perdue au milieu de l'océan occidental. De taille réduite, elles possèdent une ou deux paires d'ailes qui leur permettent de voler. Les fées vivent en clan, regroupées autour d'une guérisseuse supérieure. On compte sept clans qui vivent en paix sur l'île. Leurs uniques ennemis sont les abysséens qui les capturent ou les tuent pour récolter la précieuse poussière d'étoile produite par leurs ailes.

Gobelins : Humanoïdes petits et chétifs, les gobelins ont des membres grêles, une poitrine large, un cou épais et des oreilles en pointe. Leurs relations sont basées sur la loi du plus fort. Depuis la campagne militaire menée par matrone Sylnor, plus aucun gobelin ne vit dans les terres du Nord. On en trouve encore quelques communautés isolées dans les montagnes à l'est de la vallée d'Ylhoë.
Griffons : Créatures fantastiques à corps de lion et à tête d'aigle ; les griffons possèdent des ailes et des serres puissantes. Fiers et farouches, ce sont de redoutables prédateurs. Les griffons de l'Ombre sont particulièrement sauvages et cruels. Certains drows sont néanmoins parvenus à apprivoiser quelques individus, mais seule leur magie noire leur permet de dominer ces montures extrêmement versatiles et imprévisibles.

Humains : Depuis la destruction massive des villages humains des terres du Nord par l'armée de dragons de matrone Zélathory, il n'existe plus guère d'humains dans les terres du Nord. Ceux qui vivent dans les villes et villages de la vallée d'Ylhoë côtoient très peu les autres races. Ils sont par ailleurs réfractaires à la magie qu'ils attribuent au diable.
Hydre de feu : Plante carnivore typique de

l'île de Tank'Ylan. Grâce aux têtes lumineuses de ses longues lianes, elle attire ses proies pour les capturer et s'en nourrir.

Légilimancie: Faculté mentale qui permet de lire dans l'esprit des gens sans qu'ils soient consentants ou conscients de ce qui leur arrive. En général, un contact visuel est nécessaire au légilimens pour percer les pensées des autres.
Lycarides: Les lycarides sont des êtres hybrides, mi-homme, mi-loup, capables de communiquer avec les loups. Contrairement aux loups-garous, les lycarides se transforment en loups selon leur propre volonté; par ailleurs, jamais ils n'attaquent d'autres races pensantes pour s'en nourrir. Ils vivent en solitaires, à cause de leur apparence et de leur propension à fréquenter les loups qui les rendent suspects.

Mages: Ce sont de très puissants magiciens. Les mages elfes de soleil et elfes de lune sont d'une grande sagesse et d'une érudition remarquable. Les mages noirs sont des drows, tout aussi sanguinaires que ceux de leur communauté. En réunissant leurs forces magiques, les mages peuvent accomplir des exploits surprenants.

Minotaures : Créatures hybrides au corps d'humain et à tête de taureau. Les minotaures sont très intelligents, mais leur apparence repoussante et effrayante en fait des êtres taciturnes, souvent remplis de haine et de violence, qui vivent en marge de la société.
Mithril : Minerai extrêmement rare. Réputé pour sa légèreté et son extrême résistance, il est utilisé pour la confection de cottes de mailles de très haute qualité.

Océanides : Voir elfes marins.

Pégases : Créatures magiques issues de l'union d'une jument et d'un aigle royal ; ce sont des chevaux ailés. À l'état sauvage, ils vivent en troupeaux, mais certains, domestiqués par l'homme, font d'excellentes montures. Leurs cousins, les pégases noirs, ont un tempérament fougueux qui en fait des animaux peu sociables et très difficiles à dresser. Ils sont pourtant les montures de prédilection des elfes noirs.

Qwich : Ce jeu populaire est le passe-temps favori des abysséens.

Spirulium : C'est le métal de prédilection des océanides. Produit de leurs mines sous-

marines, il est ultraléger, mais aussi solide que l'acier. Il sert le plus souvent à confectionner des armes et des cottes de mailles
qui seront plus tard enduites d'un vernis à base d'aléli pour leur conférer des vertus extraordinaires.

Trolls: Les trolls sont des humanoïdes de grande taille, puissants, laids et particulièrement stupides. Ils vivent essentiellement dans des cavernes, où ils amassent des trésors, tuent pour le plaisir et chassent toutes les proies qui leur semblent comestibles.

Urbams: Créatures monstrueuses, fruit d'expériences ratées de sorciers drows. Issus de croisements contre nature entre gobelins et elfes noirs, ces êtres difformes ont la peau noire recouverte de verrues et de pustules suintantes. Les urbams ont tous été massacrés durant la campagne militaire menée par matrone Sylnor, lors de la prise de Laltharils.

TABLE DES MATIÈRES

Luna

Ce livre a été imprimé sur du papier contenant 100 %
de fibres recyclées postconsommation, certifié Écolo-Logo
et Procédé sans chlore et fabriqué à partir d'énergie biogaz.